U0068625

韓國華人華文文學論

梁楠 著

目次

緒論

韓國華人華文文學的
定義與範疇

全世界範圍內的跨國人口移動現象，時至今日仍然方興未艾，這種跨國移居現象使既往的一些概念與認識隨之改變。比如「華人」的概念：19世紀以來主要指漢族，而到了20世紀以後在廣義上不僅包括漢族，還包括被漢族同化或在文化上與漢族文化具有一體性的人，另外在華人／洋人的區分上，又具有了指代中國國民的意義。今天所謂的華人，大多數情況下沿用20世紀的概念，但特別是指其中長期生活在中國以外地區的漢族，以及被漢族同化或在文化上與漢族文化具有一體性的人。在此意義上，韓國華人就指代長期生活在韓國地區的漢族，以及被漢族同化或在文化上與漢族文化具有一體性的人。[1]

在韓國，人們更習慣將移居韓國的中國人稱為「韓國華僑」。除了極少數韓國學者以外，大部分學者也都習慣在學術論文中使用「韓國華僑」這一稱謂。在韓國使用「華僑」一詞，最初大概是受到日本橫濱的中國商人1898年創建的華僑學校名稱的影響。繼之，「華僑」一詞又在1909年清朝農工商部大臣溥頲的奏章中出現，而被普遍使用。[2]「華僑」這一表述在韓國可以理解為韓國人的一種習慣用語。過去韓國人對「華人」這一表述不是很熟悉，韓國人使用「華僑」這一表述指代1992年以前移居韓國的華人。再加上1992年以後移居韓國的華人從居住時間上來看還比較短，從身分上來看留學生或者短期滯留者占有較大比重，而真正的長期居住者人口不是很多，因此韓國人尚未意識到區別表述兩個韓華群體的必要性。

---

[1] 有關此內容的詳細論述請參考金惠俊、梁楠，〈韓國華人華文文學初探〉，《中國語文論叢》Vol.55，首爾：中國語文研究會，2011，p. 323。

[2] 梁楠，〈韓國華文文學概覽〉，《世界華文文學論壇》，南京：江蘇省社會科學院，2018，p. 38。更詳細內容請參考朴銀瓊，《華僑的定著與移動：韓國的情況》〔韓〕，梨花女子大學博士學位論文，1981，p. 21。

根據中國國務院僑辦僑務幹部學校編著的《華僑華人概述》所說，華僑（或稱「旅外華僑」），是指定居外國的中國公民；華人（或稱「外籍華人」），是指華僑或其後裔中已加入、取得住在國國籍者。並且認為「華僑」一詞的使用始於晚清時期，1883年鄭觀應在《稟北洋通商大使李傅相為招商局與怡和、太合訂立合同》中，使用「華僑」這一表述，再到19世紀末、20世紀初，經章炳麟、孫中山等同盟會人士的廣泛使用，「華僑」成為「海外愛國華人」的代名詞。而「華人」一詞，雖然早在中國古代即常被用作華僑的稱呼，但基於國籍身分的定義，則是到了第二次世界大戰後才出現。[3]

　　華人學者王賡武也認為「華人」或「華僑」一詞並非一開始就是指代居住海外中國國民的稱謂。根據王賡武的考證，從19世紀上半葉開始，較多使用「華人」一詞來指代海外華人。官方對於「華僑」稱呼的使用，始於《光緒東華錄》1904年的外務部奏。民間對於「華僑」稱呼的使用時間尚難斷定，但是在1903年5月章炳麟的〈革命歌〉中稱海外華人為「華僑」，呼籲華僑應把富貴視如浮雲，投身到革命的隊伍，推翻清朝，建立民國。「華僑」字眼的使用被蒙上了一層強烈的政治色彩。此後「華僑」的使用曾一時出現普遍化趨勢，這一趨勢延續到1955年的萬隆會議而告終。之後「華人」又重新取代了「華僑」的稱謂，「華僑」時代已成為歷史陳跡，又恢復到「華人」時代。[4]

　　不管「華僑」這一表述被使用的時間始於何時，「華人」和「華僑」表述被使用的時間孰長孰短，「華僑」這一表述的再

---

[3]　參考國務院僑辦僑務幹部學校編著，《華僑華人概述》，北京：九州出版社，2005，pp. 1-2。

[4]　以上內容參考王賡武，《王賡武自選集》，上海：上海教育出版社，2002，pp. 231-237。

登場，就象徵著中國政府看待海外居住中國人立場的變化。有學者認為「華僑」這一表述的再登場，表示中國政府開始關注海外居住華人在政治、經濟方面的利用價值。[5]也有學者認為，「華僑」從被賦予指代海外中國國民意義開始，就帶有政治色彩，時至今日，「華僑」被賦予的政治色彩似乎仍然保存，這一稱謂本身就存在著中國偏向的政治屬性。[6]甚至還有華人學者認為中國政府有效且持續地播撒「海外華僑」此一具意識形態的身分認同，是在利用他們在異地遭受種族歧視與其他形式的歧視，將這些歧視有效轉化成有利中國的遠距民族主義，讓海外華僑們能永遠效忠中國。[7]在這種情況下，從「華人」與「華僑」稱謂的使用問題，再到「韓國華僑」與「韓國華人」稱謂的使用問題，我們不得不在綜觀整個世界範圍內的跨國移居局面下，去重新思考，慎重對待。

其實，在「華人」與「華僑」這兩個表述的選擇上，我們更應該從如何看待中國，如何看待中國人的問題上去思考。也就是說，我們應該把中國看作如某某「王朝」這樣歷史概念上的中國？還是如「中華人民共和國」這樣的政治實體？亦或是看作以漢族或以漢族文化為核心的文化共同體？[8]因為看待中國的角度不同，看待中國人與生活在中國以外地區華人的範疇也隨之不同。所謂想像的中國共同體，已經不是一統的共同體，我們有必要從文化共同體的角度，使用「華人」這一表述，指代長期生活

5　林采茪、呂秉昌、李丹、崔承現、李聖蘭，《華僑離散者移住路線和記憶的歷史》〔韓〕，城南：BookKorea，2013，p. 27。
6　金慶國、崔承現、李康馥、崔智賢，《韓國的華僑研究背景以及動向分析》〔韓〕，《中國人文科學》Vol.26，光州：中國人文學會，2003，p. 509。
7　史書美，《反離散——華語語系研究論》，臺北：聯經出版社，2017，p. 9。
8　葛兆光，《宅茲中國——重建「「中國」」的歷史論述》，北京：中華書局，2015，pp. 31-32。

在中國（中國大陸、臺灣、香港、澳門）以外地區的漢族人（以及被漢族同化或在文化上與漢族文化具有一體性的人），站在華人的立場上，強調他們雖然與中國或漢族具有一定的關聯性，但是從根本上說幾乎或完全不具有回到傳統的漢族共同體的可能性。[9]

因此，本書使用「韓國華人」（韓華）一詞，指長期生活在韓國地區的漢族以及被漢族同化或在文化上具有一體性的群體。而韓國華人使用華文創作的文學就是「韓國華人華文文學」（韓華華文文學）。

韓國華人的移居歷史可以追溯到19世紀末期。隨著日本對朝鮮侵略的加強，清朝也開始積極干涉朝鮮內政。1882年發生「壬午軍亂」時朝鮮向清朝政府請求軍事援助，清朝派吳長慶率兵三千來到朝鮮，其中就包括四十幾名軍役商人。雖然這些軍役商人大部分都在1885年天津條約簽訂後回國，但是憑藉他們打下的基礎再加上一般商人的開拓，之後來到朝鮮的華人越來越多。再加上「清朝水路章程」的簽訂，允許兩國商人通商，允許擁有土地及房屋、租賃、建築等的規定，使清朝人向朝鮮的正式移居成為可能。一方面由於1898年的黃河氾濫、1899年和1900年的乾旱、1920-1921年的洪水、1894年之後日本、德國、英國等的入侵、1899-1901年的義和團運動、地方軍閥的橫徵暴斂以及清朝政府對漢族的滿洲（東北三省）移居許可等等原因，使許多山東省出身的人大舉移居朝鮮。另一方面由於日帝強占朝鮮，為了實現殖民地經營大規模開展建設工程，造成廉價勞動力的大量需求，這同樣是華人大批移居朝鮮的原因。

---

[9]　有關此內容的詳細論述請參考金惠俊、梁楠，〈韓國華人華文文學初探〉，《中國語文論叢》Vol.55，首爾：中國語文研究會，2011，p. 323。

總體來看，早期移居韓國的華人大體有三種情況：第一種情況是從山東經仁川來到朝鮮的移居群體，商人比率較高；第二種情況是從山東向滿洲地區移動的過程中，一部分經新義州等地來朝鮮的移居群體，大部分為勞動者；第三種情況是從清朝移居日本後又來到朝鮮的少數商人群體。1894年甲午戰爭之前，朝鮮沒有現代意義上的新式學校。只有家境富裕的華人在家裡設私塾，主要學習中國傳統的教育內容三字經、百家姓、名聚集、千字文和四書五經等，而家境貧寒的華人則幾乎沒有接受教育的機會。[10]但是從早期韓國華人的人數上看，還難以構成從事文化或文學活動的規模。即使有少數人留下了文字記錄，也很可能用文言文寫成。因為擁有清朝政府的大力支持，早期的韓國華人對自己的身分與地位有很強的自豪感，並且大部分人把家人留在中國，也不在朝鮮建立家庭，可以說這一時期的韓國華人仍然保持著中國人的身分認同。

　　進入20世紀初期，日本殖民當局想方設法限制韓國華人人口的增長、居住地以及經濟活動範圍的擴張，甚至在1931年還陰謀製造了萬寶山事件，挑撥離間朝鮮人與華人的關係，曾經造成一定的人口減少現象，但整體來看韓國華人的人數仍然保持持續上漲的趨勢。如表1[11]所示：1910年11,818名→1920年23,989名→1930年69,109名→1940年63,976名→1942年82,661名。早期來朝鮮定居的群體成為韓國華人的中心，從事以貿易業為主的各種商業活動，

---

[10] 梁楠，〈韓國華文文學概覽〉，《世界華文文學論壇》，南京：江蘇省社會科學院，2018，p. 39。更詳細內容請參考金明姬，《韓國華僑教育研究──不同時期的教育經驗考察》〔韓〕，弘益大學碩士學位論文，2011，p. 22。

[11] 最終調查日期為2020年3月25日，在金惠俊、梁楠，〈韓國華人華文文學初探〉，《中國語文論叢》Vol.55，首爾：中國語文研究會，2011，p. 341的基礎上補充完成。資料主要參考李孝載、朴銀瓊（1981），崔承現（2000），出入境·外國人政策本部《出入境統計年報》http://www.immigration.go.kr。以下有關韓國華人人口的資料均參考此表。

表1 韓國華人人口變化表

www.immigration.go.kr

年度	先遷韓華（臺灣籍）	年度	先遷韓華（臺灣籍）	年度	先遷韓華（臺灣籍）	後遷韓華（中國籍）
1901		1941	73,274	1981		
1902		1942	82,661	1982		
1903		1943	75,776	1983		
1904		1944		1984	26,823	
1905		1945	12,648	1985	25,008	2
1906	3,661	1946		1986	24,822	1
1907	7,902	1947	17,443	1987	24,512	
1908	9,978	1948	12,578	1988	24,088	4
1909	9,568	1949	21,885	1989	23,828	42
1910	11,818	1950		1990	23,583	147
1911	11,837	1951		1991	23,464	67
1912	15,517	1952	17,687	1992	23,479	516
1913	16,222	1953	21,058	1993	23,461	2,661
1914	16,884	1954	22,090	1994	23,259	6,597
1915	15,968	1955		1995	23,265	11,825
1916	16,904	1956	22,149	1996	23,283	17,387
1917	17,967	1957	22,734	1997	23,150	23,571
1918	21,894	1958		1998	22,928	19,169
1919	18,588	1959	23,318	1999	22,985	19,413
1920	23,989	1960	24,723	2000	23,026	26,541
1921	24,695	1961	23,975	2001	22,791	30,740
1922	30,826	1962	23,575	2002	22,699	36,297
1923	33,654	1963		2003	22,585	77,202
1924	35,661	1964	29,462	2004	22,285	80,036
1925	46,196	1965	29,154	2005	22,178	70,654
1926	45,291	1966	29,939	2006	22,118	90,298
1927	50,056	1967		2007	22,047	111,008
1928	52,054	1968	30,810	2008	21,789	121,754
1929	58,000	1969	31,243	2009	21,698	125,564
1930	69,109	1970	31,918	2010	21,490	139,261
1931	56,502	1971	32,605	2011	21,381	147,301

年度	先遷韓華（臺灣籍）	年度	先遷韓華（臺灣籍）	年度	先遷韓華（臺灣籍）	後遷韓華（中國籍）
1932	41,303	1972	32,989	2012	21,176	151,945
1933	37,732	1973	32,841	2013	21,187	161,098
1934	49,334	1974	32,255	2014	21,014	171,174
1935	57,639	1975	32,434	2015	20,485	187,934
1936	63,981	1976	32,436	2016	20,413	207,259
1937	43,000	1977	31,751	2017	20,363	208,343
1938	45,533	1978	30,562	2018	20,489	207,777
1939	51,014	1979	30,078	*後遷韓華（中國籍）不包括韓國		
1940	63,976	1980	29,623	系中國人（朝鮮族）		

對朝鮮經濟的發展起到了很大的促進作用。韓國華人的人數不斷增多，越來越多的華人在經濟上也逐漸穩定，因此一部分華人就把家人接到朝鮮一起生活。繼而為了解決子女教育問題，開始在各地區設立華人學校。最早是1901年設立的仁川小學，接著又在1912年設立了漢城小學等。此時期的韓華教育發展速度還很緩慢，韓華教育尚處於新式學校與舊式學堂（私塾、家塾）的交替時期。新式學校創建未久，且寥寥可數，而舊式學堂、私塾仍然比比皆是。因此可以推測，此時的文字記錄仍然應該大多使用文言文。

　　1920年代拉開了韓華經濟黃金時代的序幕，韓華教育也隨之得到發展。除仁川、漢城、釜山等韓華學校外，新義州、海州、鎮南浦、平壤等地也都建立了華人學校。華人學校教師都從中國國內聘請，教科書採用國內教育部審定教材，教學全部使用漢語。[12]這些華人學校為日後華人從事文化及文學活動打下一定

---

[12] 有關韓華教育以及韓華學校的詳細內容參考楊昭全、孫玉梅，《朝鮮華僑史》，北京：中國華僑出版公司，1991，p. 209-210。

的基礎。但此時期的韓國華人大部分屬於受教育程度較低的勞動者，再加上移居朝鮮的時間不長，還沒有打下良好的經濟基礎，因此可以推測他們幾乎無暇顧及從事文化或文學活動。

1945年光復以後由於過去80%以上的華人生活在北韓，原本達到82,661（1942）人口的華人，南韓只剩下12,648（1945）人。北韓華人在華聯會的組織領導和北韓政府的支持下，開始興辦華人學校，此時期的北韓華人教育得到較快發展。1947年9月，由華僑聯合會總會主辦，在中國東北民主政府、北韓政府的贊助下，在平壤市建立了北韓的第一所華人中學，教材採用中國東北人民政府教育部審定的中學教材。當時的文化班，除了學習文化外，還用較多的時間排練文藝節目，為此學校還組織了劇團。1947年底，在平壤市勞動劇場首場演出學生排演的歌劇《血淚仇》獲得成功。1948年7月，又演出了大型話劇《血債》等，也轟動了整個北朝鮮（北韓）華僑界。參與劇團活動的北韓華人，很有可能也參與甚至獨立從事劇本的創作或改編等文學活動。另外，華聯會總會於1948年10月創辦機關報《民主華僑》，主要宣傳北韓政府各項政策法令和建設成就，以及當地的華人活動。1957年初，華聯會總會創辦報紙《華訊》（旬刊）。1964年《華訊》停刊，代之以雜誌《學習資料》（半月刊）。為廣泛傳播文化，華聯會總會還成立華光書店，出版了《北朝鮮華僑歡慶中華人民共和國誕生》、《朝鮮概況》等多種書籍。[13]這些都為北韓華人的華文文學創作提供了機會。

南韓政府成立之前，韓國華人仍然從事以貿易業為主的商業活動，發揮自己的經濟影響力。但是大韓民國政府成立之後，

---

[13] 以上論述參考楊昭全・孫玉梅，《朝鮮華僑史》，北京：中國華僑出版公司，1991，p. 309-320。

由於各種限制的出臺，韓國華人的貿易業、商業、農業領域開始走向沒落，向餐飲業以及少數的中醫藥業轉型。1948年大韓民國政府成立以後開始限制外國人的出入境，使韓國華人人口幾乎完全依靠自然增長而不是外部流入。這就意味著隨著時間的流逝，在韓國出生的第二、三代華人將占有很大比重。特別是按照韓國政府的教育自治政策，韓國華人在自己設立的學校接受教育。實際上在韓國出生的第二、三代華人從幼兒園到高中都在「中華民國」（臺灣）的教育體制下接受母語，即漢語（國語）的正規教育。1990年代以前，韓國華人學生高中畢業之後，有一部分學生受到臺灣政府的優待政策到臺灣的大學繼續升學，也有一部分學生就讀韓國的大學。華人學校的建校數量在1974年達到頂峰，全國共有50所小學，5所中學。1974年韓華人口為32,255人，其中學生人數達到了11,169人。隨著第二、三代華人人數的增加，這種學校體制使韓國華人的社會關係由親屬或同鄉關係逐漸向同學關係轉型，同時使對故土中國的依戀逐漸轉向對在韓生活經驗的重視。原本屬於清朝或中華民國國民的華人也在此教育體制下，開始出現臺灣化的傾向。此時期的韓國華人已經在韓定居，具有較強的凝聚力，並且接受了較高層次的教育，又得到臺灣政府的支持，因此從事文化以及文學活動也較過去活躍。

　　1950-60年代開始出現韓國華人離開韓國向臺灣或美國等地再移居的現象，這種現象一直持續至1970-80年代達到高潮，韓國華人人口數量發生明顯變化。比如：1974年的韓國華人人口為32,255人，而10年後的1984年則減少到27,662人，再到1990年韓華人口為23,583人，比1980年的29,623人減少了6000多人，比1970年的31,918人減少了8,000多人。雖然韓國華人的再移居現象可能由諸多原因造成，但是韓國政府給韓華社會所施加的各項法

律限制畢竟對韓國華人在政治發揮、經濟發展以及就業領域等問題上造成了影響，成為韓國華人再移居的重要原因之一。20世紀後半葉在經歷了永住權制度缺失、國籍變更限制、經濟制度壓制、教育自律政策等一系列困境之後，韓國華人開始對自己的身分提出疑惑，開始重新思考韓國華人的身分認同問題，這種疑惑與思考也就成為韓國華人華文文學創作欲望的源泉之一。

　　1990年代之後，韓國華人在構成上出現了新的變化。隨著1992年8月韓國與中華人民共和國的建交，兩國間的交流逐漸增多，韓國政府也開始通過實施各種政策，放寬移居條件，促進華人的在韓投資與移居。因此從中國大陸來韓的華人人數開始增加。1992年韓中建交當時只有516名具有中華人民共和國國籍的滯留者，27年後的2019年7月已登記的中國大陸來韓的華人就有207,777人。當然因為其中留學生（56,581人）和企業界的派駐人員等短期滯留者占很大比重，現居韓國國內的中國大陸人今後大部分將回到中國，所以不能把他們全部看作長期居住的韓國華人，但是其中相當一部分也會長期居住下來。

　　從韓國華人移居歷史情況來看，由於移居時期的不同，韓華群體自身又出現了幾個不同性質的韓華子群體，每個子群體性質的不同，必然會影響每個子群體文學創作性質的不同，因而有必要將韓華群體進行進一步的劃分。

　　首先，鑒於1992年以前移居韓國的華人，與1992年以後移居韓國的華人在性質上的不同，以1992年為分界，將韓國華人劃分為先遷韓國華人（20,489人）和後遷韓國華人（約15萬人）。先遷韓國華人使用華文創作的文學就是先遷韓國華人華文文學（先遷韓華華文文學），後遷韓國華人使用華文創作的文學就是後遷韓國華人華文文學（後遷韓華華文文學）。

其次，由於韓國光復後，先遷韓華中居住北韓的華人成為北韓華人（約6萬餘人），居住南韓的華人成為南韓華人（12,648人）。北韓華人使用華文創作的文學就是先遷北韓華人華文文學，南韓華人使用華文創作的文學就是先遷南韓華人華文文學。由於目前研究條件上的限制，先遷北韓華人華文文學尚不被看作本書的研究範疇。因此本書中所說的先遷韓國華人華文文學，僅指代先遷南韓華人華文文學。

再次，由於19世紀末期移居朝鮮的先遷韓華，得到了清朝政府的大力支持，這些早期移居朝鮮的韓華，與20世紀初期以後移居韓國的韓華在性質上產生不同，因此本應將先遷韓華再劃分為早期先遷韓華和後期先遷韓華。但是考慮到名稱上的繁瑣性，將19世紀末期移居朝鮮的先遷韓華簡稱為早期韓華，將20世紀初期以後移居韓國的韓華稱為先遷韓華，本書中的先遷韓華華文文學主要是指這一群體創作的文學作品。

最後，由於開始於1950年代，並在1970-80年代形成規模的先遷韓華的再遷現象，筆者將先遷韓華中由韓國再遷往其他國家的群體，稱為再遷韓國華人（約1萬5千人），再遷韓國華人使用華文創作的文學就是再遷韓國華人華文文學（再遷韓華華文文學）。

第一章

韓國華人華文文學
研究的現狀與理論

一、韓國的韓國華人華文文學研究現狀

　　韓國學者關於韓國華人的研究大概始於1960年代。當時的學者具孝慶、金信子發表了學術論文《在韓華僑實態》，針對韓國華人人口等實況問題進行了調查研究。進入1970年代高承濟發表了學術論文《華僑對韓移民社會史的分析》，通過韓國人滿洲等地的移民與中國人朝鮮地區的移民情況的對比，開始真正關注韓國華人移居當時的實際活動情況，以及韓國與中國的韓國華人政策等問題。並將韓國華人移民的初始時期考訂為1882年《朝清商民水路貿易章程》簽訂之後。[1]更重要的是1970-80年代，在韓國成長並接受了高等教育的第二、三代韓國華人開始關注韓國華人的韓國移居現實，思考自身的身分認同問題。申文廉、姜德志、鄒美蘭、譚永盛、朱鳳儀、譚建平等人的碩士學位論文，通過對韓國華人經濟、韓國華人文化意識、韓國華人社團組織等方面的考察打開了韓國華人研究的新局面。特別是姜德志的《對韓國華僑經濟的考察》與譚建平的《在韓華僑的社團組織研究：以首爾地區為中心》受到後進學者的關注。前者受到重視的原因在於其對飲食業如何成為韓國華人經濟核心的過程，以及1970年代韓國華人向美洲或臺灣等地的再移民背景所做的論述。後者受到重視的原因在於這篇論文通過對首爾地區韓國華人組織的詳細調查，分析了這些多樣又相互聯繫的韓國華人組織，對韓國華人種族認

---

[1] 參考金慶國・崔承現・李康馥・崔智賢，〈韓國的華僑研究背景及動向分析〉〔韓〕，《中國人文科學》Vol.26，光州：中國人文學會，2003，p. 503；王恩美，宋承錫譯，《韓國華僑——冷戰體制與祖國意識》〔韓〕，首爾：學古房出版社，2013，p. 29。

同的形成起到的巨大作用，[2]對韓國華人身分認同研究具有參考價值。

　　1980年代以後出現更多韓國學者有關韓國華人的研究，其中最值得關注的是朴銀瓊的博士學位論文《華僑的定著與移動：韓國的事例》。後進學者對此篇論文有認可也有批評，持肯定態度的學者如金慶國、崔承現、李康馥、崔智賢等，認為此篇論文已經將韓國華人做為一個研究對象，通過具有當時韓國時代特徵與單一民族國家建設緊密相關的「同化」與「異化」理論，對韓國華人這一研究對象做出了詳細分析。王恩美也表示，朴銀瓊的這篇論文從種族性的觀點出發，將韓國華人從初始至1980年代的移居歷史，分為形成期、全盛期、定著期和移動期等四個時期，並分別分析了各個時期韓國華人的種族性變化特徵。特別是對1970-80年代韓國華人向美國以及臺灣等地的再移民現象所做的考察，尤為值得注意。宋承錫也認為朴銀瓊提出的理論框架，在以後相當長的時間裡，對之後所展開的韓國華人研究起到了強烈的影響作用。因為這篇論文從種族性觀點出發，對韓國政府在法律制度上對韓國華人實施的差別政策；韓國社會對韓國華人根深蒂固的偏見，並由此引發的排斥和邊緣化行為；韓國華人的衰落過程和美國臺灣等地的再移居等，有關韓國華人定著與移動過程做出了整體而詳細的分析。

　　但是宋承錫在肯定的同時，也對朴銀瓊提出的同化與異化、自我與他者的二元對立式的理論框架持有批判態度。他對朴銀瓊所推斷的結論：韓國政府通過排他性的華僑政策，使韓國華

2　參考宋承錫，〈「韓國華僑」研究的現狀和未來——以東亞地區內「韓國華僑」研究為中心〉〔韓〕，《中國現代文學》No.55，首爾：韓國中國現代文學學會，2010，p. 186；王恩美，宋承錫譯，《韓國華僑——冷戰體制與祖國意識》〔韓〕，首爾：學古房出版社，2013，pp. 30-31。

人不能完成同化，從而造成韓國華人不得不再移居他地，韓國政府只有採取更加積極和肯定的華人政策，才能將華人容納進來的觀點持懷疑態度。宋承錫認為這種以國民國家為單位的「他」或者「我」，是近代主義理論框架的延續。具有無視差異，只求通過同化，來強調國家統一性的局限性。他所強調的是，承認種族內部存在的多種差異，由此來瞭解韓國華人社會，才是重要的課題。另外，李昶昊也批判朴銀瓊是對巴斯（Barth）理論的誤用。巴斯理論的本意是，通過設定一個與韓國華人種族相對應的，另一個所謂韓國人的國民國家種族，來主張種族群體的多樣性與複雜性。但是朴銀瓊的誤解，造成了人們的錯誤認識。本應該是族群間境界設定主體的韓國華人，在朴銀瓊的觀點下反而成為了被動存在。[3]

值得關注的是，同樣出現在1980年代的南知叔的碩士學位論文《首爾市華僑的地理學考察（1882-1987）》，提出了與朴銀瓊截然不同的結論。南知叔通過將1882年至1987年首爾地區華人居住地的形成與發展過程，分為形成期、擴張期、安定期、移居期。並通過各種圖表以及問卷調查分別進行考察，得出造成首爾地區韓國華人向首爾整個地區分散居住的原因之一，是華人的韓國社會同化與適應。即，韓國華人的再移居現象，造成韓國華人社會內部凝聚力的弱化，最終原因可以歸結為韓國華人的韓國社會同化。[4]也就是說，朴銀瓊將韓國華人整個群體看成一個被動

3　參考李昶昊，《韓國華僑的社會空間與場所：以仁川中國城為中心》〔韓〕，韓國學中央研究院博士學位論文，2007，pp. 7-9；宋承錫，〈「韓國華僑」研究的現狀和未來──以東亞地區內「韓國華僑」研究為中心〉〔韓〕，《中國現代文學》No.55，首爾：韓國中國現代文學學會，2010，pp. 186-187。
4　參考宋承錫，〈「韓國華僑」研究的現狀和未來──以東亞地區內「韓國華僑」研究為中心〉〔韓〕，《中國現代文學》No.55，首爾：韓國中國現代文學學會，2010，p. 187；王恩美、宋承錫譯，《韓國華僑──冷戰體制與祖國意識》〔韓〕，首爾：學古房出版社，2013，p. 31。

的研究對象，從同化與異化的理論框架上，討論韓國華人不能被韓國同化的外部原因，從而提出韓國社會的差別政策，造成韓國華人再移居的結果。而南知叔則通過對韓國華人社會內部情況的考察，結合韓國華人在地性特徵，得出韓國華人的再移居現象，造成韓國華人社會內部凝聚力的弱化，而這種弱化現象，反而反作用於韓國華人的韓國社會同化傾向。

　　進入1990年代，隨著嚴翼相、陶秀華、李在正、梁春基、石美齡、金基弘等人的加入，韓國學界有關韓國華人的研究開始多樣化。分別出現了對韓國華人經濟、教育、語言、居住地、華人網路等方面的研究。其中金基弘的碩士學位論文《在韓華僑的種族性研究》，受到王恩美、金慶國、崔承現、宋承錫等學者的關注。這些學者對這篇論文的評價褒貶不一。王恩美認為，這篇論文通過採訪調查，從韓國華人受到的來自韓國社會的差別制度，以及韓國華人被韓國社會同化程度較低的事實出發，將韓國華人的韓國社會適應類型，歸類為階層化與異化交叉型的見解具有貢獻意義。金慶國等學者認為，隨著1990年代冷戰體系的瓦解，韓國社會對韓國華人的認識也出現變化。而金基弘的這篇論文，正強調了韓國華人是韓國社會一部分，打破了韓國華人是中華民國國民的絕對普遍認識。崔承現也認為，這篇論文預示了韓國的韓國華人研究，已經擺脫了純血統的民族主義觀念和以國民國家為單位的思考方式。但是宋承錫卻不完全贊同這種看法，認為這篇論文呼籲做為少數族群的韓國華人，應該積極與韓國社會溝通，說明作者仍然沒有擺脫同化與異化理論的框架。即使如此，筆者認為金基弘將韓國華人的每一個個體，都做為能動的對象看待；在此基礎上將韓國華人社會，做為少數群體，看成韓國社會的一個組成部分的觀點，對今後的韓國華人研究具有啟發意義。

1990年代末至2000年代初，韓國華人的法律地位與人權問題，受到韓國學界的關注。梁必承等對韓國華人具有新的認識，提出在韓國興建中國城，將中國大陸資本引進韓國的建議。並積極勸說韓國政府以及法務部，重視韓國華人的法律地位和人權問題。2000年代後，李昶昊、崔承現、李玉蓮、金基昊等學者，從新的視角、新的觀點出發，打開了韓國華人研究的新局面。隨著更多研究者的加入，此時的韓國華人研究才逐漸走向正軌。其中李昶昊、金基昊兩位學者更值得關注。兩位學者均打破了以往將韓國華人看作被動行為對象，被動接受韓國政府的不平等待遇，從而不能完成同化的研究局限，注意將研究視角放在韓國華人社會內部的多樣性與差異性上。前者通過考察居住仁川中國城等地的韓國華人，對空間與場所的認識與實踐，探索韓國華人社會的變化原理以及文化認同。他認為韓國華人，通過對自身所特有的，具有母國淵源的生活原理——以關係、面子、會[5]等為代表的政治、經濟、社會實踐所構成的社會空間，來維繫做為特殊少數者的生活。後者則強調，韓國華人是通過跨越韓國、中國大陸、臺灣等國家／地區境界，來構成自身的生存戰略，並由此形成了新的國家認同意識。也就是說，他們在韓國是中國人，在臺灣是韓國人，在中國大陸是臺灣人。這種被他者化的韓國華人，形成了既不屬於中華民國，也不屬於中華人民共和國的，所謂「想像中國」的「第三中國人」國家認同。[6]

5　這裡的「會」是指一種親睦組織或團體。具體內容參考李昶昊，《韓國華僑的社會空間與場所：以仁川中國城為中心》〔韓〕，韓國學中央研究院博士學位論文，2007。

6　參考李昶昊，《韓國華僑的社會空間與場所：以仁川中國城為中心》〔韓〕，韓國學中央研究院博士學位論文，2007；金基昊，《跨國時代的移住民身分認同——韓國華僑的事例研究》〔韓〕，首爾大學碩士學位論文，2005；宋承錫，〈「韓國華僑」研究的現狀和未來——以東亞地區內「韓國華僑」研究為中心〉

在廣泛圍的跨國移居理論框架下，移動在韓國、中國大陸、臺灣、美國等地的韓國華人研究，還不能只滿足於關注做為能動的對象的韓國華人社會內部的差異性與多樣性。韓國華人向臺灣、美國等地的再移居問題，也是韓國華人研究領域中不容忽視的組成部分。金基昊在他2016年發表的論文《在中國與臺灣之間變化的韓國華僑移住民認同——對首爾華僑社團組織的案例研究》中，強調了韓國華人在臺灣由於外省人的身分而受到排斥，1990年代以後逐漸有更多韓國華人回中國大陸探親；1970年代由於韓國的不平等待遇而再移民美國等案例。並強調這些案例正暴露了認為跨國移居是對「去領土化民族國家」的擴張，也是對國家境界的瓦解，這種二分法理論的局限性。他認為隨著跨國領域自由性的擴張，處在境界線上的韓國華人不能從民族國家的框架來界定，已經在地化的華人的再中國化現象，也要與華人固有的「中國人」的種族性，既互相結合又互相衝突的過程中來理解。除了金基昊的研究以外，僅有姜素英的《海外居住韓國華僑的韓語使用現象研究》（2011）、李昶昊的《韓國華僑的「歸還」移住與新的適應》（2012）、金京學的《韓國華僑的跨國特徵與展望》（2012）、安秉日的《通過密西根的案例看韓國華僑的美國移住與定著，以及美國韓華身分認同》（2015）等，關於韓國華人再移居現象的考察和研究還有待於進一步的深入與擴張。

　　實際上，以上所述都是韓國學者針對1990年代以前移居韓國華人的研究。1990年代以後移居的韓國華人歷史也已近三十年，而對於1990年代以後移居韓國華人的研究就顯得明顯不足。排除那些為了界定、對照或區分1990年代以前移居韓國華人，而在論

〔韓〕，《中國現代文學》No.55，首爾：韓國中國現代文學學會，2010，pp. 189-191。

文中簡短言及的論文之外，真正將1990年代以後移居韓國華人做為研究對象，進行考察的論文則出現在2010年代之後，只包括李昶昊的《新華僑的國內移住與認同的政治》（2014）和李恩相的《中國中產階層的增長與新華僑的濟州島流入》（2016）等。李昶昊指出在跨國移居時代，居住國的歸化者回到祖國行使投票權的事例逐漸增多，這正是對傳統的同化主義理論，即移民者對國民國家政治的關心逐漸減少論點的排斥。另外1990年代以後移居韓國華人大部分屬於海外留學後轉變為長期居住，或者以尋找更好的經濟環境為目的的「投資移民」等形式的移居。他們不僅具有較高的學歷，並且具有較為優越的經濟實力。所以與那些長期處於韓國社會不平等待遇下，只能經營中國餐館的1990年代以前移居韓國華人的境遇相比，是一種飛躍性的發展。因此1990年代以後移居韓國華人的研究，是亟待韓國學界關心與重視的領域，特別是兩者的比較研究也是非常值得重視的研究課題。

　　韓國學界有關1990年代以後移居韓國華人研究的不足已是既成事實，但是與此相比問題更加嚴重的是另外一個領域——韓國華人文學領域的研究。從目前韓國學界有關韓國華人的研究情況來看，主要圍繞政治、經濟、社會、地理、文化等方面，關注韓國華人的移居、定居、居住地以及身分認同等問題，而涉及韓國華人文學方面的研究卻是鳳毛麟角寥寥無幾。

　　從韓國學界的研究現狀上來看，有關韓國華人文學，特別是韓國華人華文文學領域的研究成果，僅有筆者獨立完成的論文，或由筆者與其他學者共同完成的幾篇學術論文。金惠俊、梁楠的《韓國華人華文文學初探》（2011）可以說是這一領域研究的濫觴，打破了這一研究領域的空白局面。之後發表的論文分別從韓國華人的韓國移居歷史和華文創作情況，1990年代以前移居韓國

華人與再移居韓國華人華文文學中出現的具體特徵，做為跨國移居者的韓國華人文化身分認同等方面進行了嘗試性研究。實際證明，韓國華人華文文學充分具有其重要的研究價值。遺憾的是，與其重要的研究價值相比，目前有關這方面的研究力量還相當薄弱。

　　韓國學界對於韓國華人華文文學情況不甚關心的原因，大概可以從兩個方面來考慮。一方面是從韓國華人華文文學自身情況來看：首先，韓國華人的人口數量與成員知識水準上的限制，影響了韓國華人華文文學的發展。其次，由於韓國華人經歷坎坷，各種資料沒有得到及時地收集和適當地保管。第三，1992年以後流入的中國大陸系華人大部分屬於短期滯留，一部分長期居住者由於移居時間較短的緣故，再加上他們更關心經濟、投資等方面的問題，尚未形成華文文學創作規模。第四，韓國華人華文文學創作主要在韓國華人內部進行，缺乏與世界華人及韓國人的交流。另一方面是從韓國學者的研究角度來看，中韓未建邦交等多種政治與社會局勢因素，使韓國的中國現代文學研究自1980年代後才真正得以開展。再加上現有的中國文學或者韓國文學研究者對華人華文文學缺乏重視等等。[7]

二、韓國華人華文文學研究理論闡釋

　　中國大陸學界從1980年代中後期開始，也就是1997年香港回歸問題被確定之後，開始關注香港文學。進而這種關心，逐漸擴大到臺灣文學、澳門文學以及華人華文文學領域。特別是1993年

---

[7]　部分內容參考金惠俊、梁楠，〈韓國華人華文文學初探〉，《中國語文論叢》Vol.55，首爾：中國語文研究會，2011，p. 338。

以後，更將中國文學與華人華文文學統稱為「世界華文文學」。繼而，世界各地的華人對此稱謂持有強烈的懷疑態度。[8] 在對「漢族中心、漢族主流的大一統中國性建構」，以及在這一建構下所產生的「世界華文文學」理論的批判中，值得關注的就是華語語系文學理論的提出。華語語系文學與世界華文文學最大的不同就在於，華語語系文學理論最根本的出發點，是為了解決華人所遭遇的困境問題。即，華人所受到的來自居住地與出發地的雙重支配乃至雙重邊緣化，擺脫離散者的狀態，確立自身的文化身分認同。[9]

　　華語語系文學的概念首先由美國UCLA的史書美（2004）教授提出，再加上美國哈佛大學王德威教授的積極回應，華語語系文學概念在隨後的10幾年時間裡，不僅擴散到以兩位學者為中心的北美華人學界，甚至擴散到臺灣學界、香港學界以及馬來西亞華人學界。[10]這裡的華語語系文學（Sinophone Literature），是與英語語系文學（Anglophone）、法語語系文學（Francophone）、西語語系文學（Hispanophone）、葡語語系文學（Lusophone）等相對應的概念，意謂在各語言宗主國之外，世界其他地區以宗主國語言寫作的文學。但是華語語系文學概念的提出者們，也承認當代身在海外的華語語系族群，除了少數例子之外，很難說與中國有殖民或後殖民的關係，這是華語語系與

8　參考金惠俊，〈華語語系文學，世界華文文學，華人華文文學──中國大陸學界對華語語系文學（Sinophone literature）的肯定與批判〉〔韓〕，《中國語文論叢》Vol.80，首爾：中國語文研究會，2017，p. 330。

9　金惠俊，〈華語語系文學，世界華文文學，華人華文文學──中國大陸學界對華語語系文學（Sinophone literature）的肯定與批判〉〔韓〕，《中國語文論叢》Vol.80，首爾：中國語文研究會，2017，p. 347。

10　金惠俊，〈華語語系文學，世界華文文學，華人華文文學──中國大陸學界對華語語系文學（Sinophone literature）的肯定與批判〉〔韓〕，《中國語文論叢》Vol.80，首爾：中國語文研究會，2017，p. 347。

其他以語言為劃分標準的後殖民社群，如西語語系、法語語系等之間最大的不同之處。儘管如此，史書美仍然從華語語系包含了在中華人民共和國之外，使用各種不同漢語語言的各種區域的角度，強調華語語系族群，就像其他非大都會中心地區，必須使用大都會中心語言一樣，也有著一部殖民史。史書美認為，部分在中國境內的少數民族文學，也可以視為華語語系文學之一，因為這些作家不是經歷了外部殖民（如果他們希望獨立自主），就是遭到內部殖民（如果他們感到受壓迫），強調他們雖然用漢語寫作，但是感覺結構與「政治文化的中國」相對，也與漢族中心、漢族主流的大一統的中國性建構相對。因此在史書美看來華語語系與中國的關係充滿緊張，而且問題重重。[11]

王德威在華語語系文學必須從後殖民主義的角度理解的問題上，與史書美出現分歧。王德威認為，海外華語文學的出現，與其說是宗主國強大勢力的介入，不如說是在地居民有意無意地賡續了華族文化傳承的觀念，延伸以華語文學符號的創作形式。百年來大量華人移民海外，他們建立各種社群，形成自覺的語言文化氛圍。儘管家國離亂，分合不定，各個華族區域的子民，總以中文書寫做為文化（未必是政權）傳承的標記。而他們書寫時所使用的語言，也不必只是中州正韻，而必須是與時與地俱變，充滿口語方言雜音的語言。王德威認為不應該斤斤計較漢語與華語的對立，強調「從邊緣打入中央」，繼而將中國大陸境內的漢語，也視為華語語系的一部分。[12]

---

[11] 參考史書美，楊華慶譯，蔡建鑫校，《視覺與認同——跨太平洋華語語系表述‧呈現》，臺北：聯經出版社，2013，pp. 46-69。

[12] 參考王德威，〈華語語系的人文視野與新加坡經驗：十個關鍵字〉，《華文文學》第122期，汕頭：汕頭大學，2014，pp. 7-13；王德威，〈中文寫作的越界與回歸——談華語語系文學〉，《上海文學》2006年第9期，上海：上海市作家協會，

不管兩位學者在理論展開上是否觀點一致，他們都是在對僅僅以標準漢語，來標示「獨一無二」的「中國性」的批判，認為應該解放華語語系的複雜性與活力，讓眾聲喧譁。強調華語語系文學研究的出現，正呼應了現當代文學的課題，希望華語語系文學可以打破國家文學的界限，不再將華語語系文學視為中國現當代文學的分支或延續，而是將其定位在與中國現當代文學同等對話的位置上來看待。如果主流群體，對少數群體實行壓制或是霸權性的壓迫，受壓迫的少數群體為了對抗這種壓迫與抑制而進行的努力，是非常值得肯定的。華語語系文學理論最根本的出發點，是為了解決華人所遭遇的困境問題，即華人所受到的來自居住地與出發地的雙重支配乃至雙重邊緣化，擺脫離散者的狀態，確立自身的文化身分認同。在這一點上，與做為跨國移居者文學一部分的華人華文文學，在範疇上存在相當部分的重疊性。[13]

華語語系文學的提出儘管具有如此的重要性，但是仍然不能就此忽視其單純以語言為基準，來定義文學本身所具有的局限性。朱崇科、黃維樑等學者在「Sinophone」的漢語翻譯問題上就曾提出過異議，他們認為王德威將「Sinophone」譯成「華語語系」，犯了學術上的錯誤。因為所謂語系，原本指「語族」，選用這一術語做為「Sinophone」的翻譯不夠嚴謹，給人造成「Sinophone」就像語族一樣，由眾多其他語言構成的錯誤認識。[14]王德威就此問題曾在多處做出過辯解，其理由是「中文／

2006，pp. 91-93。

[13] 參考金惠俊，〈華語語系文學，世界華文文學，華人華文文學——中國大陸學界對華語語系文學（Sinophone literature）的肯定與批判〉〔韓〕，《中國語文論叢》Vol.80，首爾：中國語文研究會，2017，p. 330；金惠俊，〈華語語系文學（Sinophone literature），境界的解體或再構〉〔韓〕，《中國現代文學》第80號，首爾：韓國中國現代文學學會，2017，p. 95。

[14] 朱崇科，〈再論華語語系（文學）話語〉，《揚子江評論》2014年第1期，南

漢語／華語／華文」等術語存在強調漢語同一性的成分，又因為這種偏見已經形成，為了強調漢語的多樣性和異語性，最終選擇了「華語語系」這一術語。[15]雖然史書美和王德威通過強調廣義上包括標準漢語和各種漢語的漢語複雜性，批判了漢族中心、漢族主流的大一統中國性建構，批判了將所有相關群體同質化總體化的意圖。但是在文學即人學，每一部文學作品都熔鑄著作者的生活經歷與人生智慧的意義下，選擇單純使用語言做為人類文學的定義方式，很有可能在某種程度上，遮蓋了文學做為人學的作用。金惠俊也提出，這種使用語言做為唯一標準來定義某一人類群體的文學，顯得過於牽強。他認為，某一人類群體的文學所使用的語言固然重要，但是更重要的是這一群體的生活本身。華語語系文學主張「眾聲喧譁」，但是由於他們過於強調各種漢語的語言共通性，很可能使這些語言使用者多樣的「發聲」，即多樣的生活被掩蓋。另外使用標準漢語以外的各種漢語，這唯一的標準來定義華語語系文學，其範疇就難免會無限擴張，其特徵也會變得過於複雜，結果就造成具有不同特徵的眾多人類群體的文學都被包括其中，隨之需要更複雜的解釋，甚至不可避免地出現論理間的互相矛盾。[16]

在此意義上，華人華文文學的概念，似乎可以彌補華語語系文學概念存在的上述局限與不足。華人華文文學做為跨國移居者文學的一部分，與華語語系文學在範疇上存在很多重疊部分。但

京：江蘇省作家協會，2014，pp. 18-19。

[15] 金惠俊，〈華語語系文學，世界華文文學，華人華文文學——中國大陸學界對華語語系文學（Sinophone literature）的肯定與批判〉〔韓〕，《中國語文論叢》Vol.80，首爾：中國語文研究會，2017，p. 343。

[16] 金惠俊，〈華語語系文學（Sinophone literature），境界的解體或再構〉〔韓〕，《中國現代文學》第80號，首爾：韓國中國現代文學學會，2017，pp. 80-98。

是華人華文文學與華語語系文學概念最大的不同，就在於華人華文文學不是根據語言，而是從新的人類群體的角度做出的定義。

華人華文文學的概念，是由韓國國立釜山大學的金惠俊教授提出，金惠俊認為如今跨國移居者在人口數量上更加增長，空間上更加擴大，時間上更加頻繁，現象上更加普遍化，因此有必要將他們看成一個跨國移居者群體。這一群體並非都是傳統意義上的殖民、難民形態的移居者，但仍然可能生活了幾個世代，也摘不掉出發地的標籤，被居住地（或居住地的主流社會）懷疑他們的忠誠，被排斥成為居住地社會的正當成員。另一方面，隨著時局的變化，他們又可能會受到出發地國家的強烈召喚，或者無情的拋棄。因此新移居者，也將可能同時成為居住地和出發地雙方的邊緣，持續著邊界人不安定的生活。所以他們的文化意識和表現文化意識的文化形態，不是固定於特定的種族或國家，而是始終具有可變性的同時，自行表現出某種新的人類群體的性質。在這個龐大的跨國移居者群體下，又可以劃分為華人群體，韓人群體等等各個群體，而華人群體又可以細分為華人華文群體，華人英文群體等等。因而做為跨國移居者文學一部分的華人華文文學也就具有了展現新人類群體生活的特徵。

金惠俊認為，之所以各個時期各個地區的學者，對華人華文文學會產生不同的看法，最根本原因在於其如何看待中國，如何看待中國人，如何看待漢語的問題上。強調中國概念的不確定性，本身就意味著中國已經不是一個一統的概念，所謂想像的中國共同體，也不是一統的共同體了。因此中國人與生活在中國以外地區華人的範疇也隨之不同，進而中國概念的差異使種族與民族的概念也變得不同。因此金惠俊所定義的「華人」概念，是指長期生活在中國（中國大陸、臺灣、香港、澳門）以外地區的

漢族人（以及與漢族同化或在文化上與漢族文化具有一體性的人）。他們除了有一部分人仍然持有中國（不論是中華人民共和國還是中華民國）國籍以外，大多數人已不再持有中國國籍。雖然他們與中國或漢族具有一定的關聯性，但是從根本上說，他們幾乎或完全沒有回到傳統的漢族共同體的可能。這些人的文學稱為「華人文學」，其中用華文寫作的文學稱為「華人華文文學」。這裡選用「華文」代替「漢語」，是因為「漢語」主要在中國大陸使用，「華文」主要在中國大陸以外地區使用，再加上「華文」與「華人」又相互呼應的關係。[17]

金惠俊的這種通過構建跨國移居者群體文學，將華人華文文學看作跨國移居者群體的子集，從而將華文文學從王德威的所謂廣義的中國文學（即華語語系文學將中國文學包括在外構成廣義的中國文學）中分離出來的理論構想，似乎要比史書美的徹底與中國文學斷絕瓜葛的目的更現實更具有可行性；同時也比王德威通過構建廣義的中國文學來實現華語語系文學與中國文學間對話的設想更少危險性，也就是說，王德威廣義的中國文學構想，反而具有促進自身所反對的「大一統的中國構建」的可能性。

因此，本書旨在將韓國華人群體，視為在全世界範圍內形成的龐大華人群體的一個組成部分；將韓國華人華文文學，視為整個華人華文文學領域的一個組成部分。將韓國華人每一個個體都做為一個能動的行為主體，關注韓國華人每個個體移居生活的具

---

[17] 以上有關金惠俊觀點的概述，主要參考論文：金惠俊，〈試論華人華文文學〉〔韓〕，《中國語文論叢》Vol.50，首爾：中國語文研究會，2011，pp. 77-116；金惠俊，〈華語語系文學，世界華文文學，華人華文文學——中國大陸學界對華語語系文學（Sinophone literature）的肯定與批判〉〔韓〕，《中國語文論叢》Vol.80，首爾：中國語文研究會，2017，pp. 329-351；金惠俊，〈華語語系文學（Sinophone literature），境界的解體或再構〉〔韓〕，《中國現代文學》韓國學研究》Vol.4第80號，首爾：韓國中國現代文學學會，2017，pp. 73-105。

體情況，聆聽他們的「發聲」。將韓國華人華文文學，看作跨國移居者文學一部分的華人華文文學的一個子集，通過探索韓國華人每個個體的文化身分認同特徵，構建整個韓國華人群體文化身分認同的共同特性，最終目的在於將韓國華人群體的特殊性，放在整個華人群體的普遍性中去考察。

第二章

韓國華人華文文學資料

一、韓國華人華文文學資料梳理

　　韓國華人華文文學資料的缺乏確實是不可否認的事實，但是，缺乏並不意味著不存在。筆者通過走訪韓國多個地區的華人學校、華僑協會、華人教會、華人社團、以及曾經從事韓國華人華文報刊編輯或記者工作的人士，收集了韓國華人華文文學資料；並通過採訪的形式更加深入地瞭解到韓國華人華文文學創作當時的社會背景、華人社會的反映等情況；並多次到韓國的國立中央圖書館、國會圖書館、各高校圖書館查詢和收集相關資料。筆者又多次到美國和臺灣等地，走訪了再遷美國和臺灣地區後，繼續從事華文文學創作、華文報刊編輯、或出版行業的韓國華人，收集了再遷韓國華人華文文學資料，其中包括再遷美國韓國華人創辦的華文雜誌，以及再遷臺灣韓國華人出版的華文文學作品集等資料；另外還通過與作者的面談，瞭解到更多作者創作當時的心理狀況。

　　目前筆者所收集到的資料主要包括四個部分：第一，先遷韓國華人創辦的華文報紙《韓中日報》、華文月報《韓華通訊》；華文雜誌《韓華春秋》（月刊）、《韓中文化》（月刊）、《韓華天地》（季刊）、《韓華》（月刊）；學術性華文雜誌《韓華學報》；華文單行本出版物秦裕光的《旅韓六十年見聞錄——韓國華僑史話》、杜書溥編著的《仁川華僑教育百年史》；先遷韓國華人個人柳耀廣於1969年10月10日至12日，在中國大使館（當時的中華民國駐韓大使館）中山堂舉辦的詩畫展中展出的華文詩集，以及作者提供的日記。第二，再遷美國地區的韓國華人創辦的華文雜誌《韓華世界》、《美國齊魯韓華雜誌》（2009年之前

的名稱為《北美齊魯韓華通訊》）；華文單行本出版物崔仁茂編著的《韓華在浴火中重生》；「美國南加州韓華聯誼會」網站中的「韓華文藝」專欄。第三，再遷臺灣地區的韓國華人的單行本出版物，分別包括初安民的詩集《愁心先醉》、《往南方的路》；郝明義的散文集《故事》。第四，後遷韓國華人的華文單行本出版物，李文的長篇小說《蒲公英：文麒留韓記》。

本書以研究韓國華人華文文學為目的，在確定研究對象時，對於韓國華人報刊資料進行了如下的篩選程式：韓國華人華文報刊→韓國華人華文報刊中的韓華文藝板塊／文藝副刊→韓華文藝板塊／文藝副刊中可以確定是韓國華人原創的散文／詩歌或其他各種文學體裁的作品。因此雖然設有文藝副刊，但是難於確定作者身分的《韓中日報》；以及以政論性文章為主，且未設文藝板塊的《韓華天地》不被看作本書的研究對象。再遷美國的韓國華人創辦的華文雜誌情況例外，兩份雜誌均沒有單設文藝板塊，但是雜誌中發表作品的體裁以及作者身分容易區分，所以也被看作本書的研究對象。對於韓國華人華文單行本出版物的篩選則本著不包括以整理韓國華人各方面歷史為目的，帶有史學性的編著或個人回憶錄性的作品，也不包括各種學術性作品，只選擇純文學性的詩集、散文集、小說集／長篇小說等類型的作品。因此《旅韓六十年見聞錄——韓國華僑史話》、《仁川華僑教育百年史》、《韓華在浴火中重生》、《韓華學報》也不被看作本書的研究對象。這些資料雖然不是本書直接研究的對象，但仍然是本書的重要參考資料。

最終，筆者所確定的研究對象資料包括：先遷韓國華人華文雜誌《韓華春秋》、《韓中文化》、《韓華》、華文月報《韓華通訊》中，登載在文藝板塊／文藝副刊的散文、詩歌、小說等

文學體裁的作品；先遷韓國華人柳耀廣在詩畫展中展出的華文詩歌作品；再遷韓國華人的華文雜誌《韓華世界》、《美國齊魯韓華雜誌》中的散文類作品；「美國南加州韓華聯誼會」網站所設「韓華文藝」專欄中的散文類作品；再遷韓國華人的華文單行本，初安民的詩集《愁心先醉》、《往南方的路》，郝明義的散文集《故事》；後遷韓國華人的華文單行本，李文的長篇小說《蒲公英：文麒留韓記》。表2是筆者對本書研究對象的整理。

表2 韓國華人華文文學作品一覽表

作者類型	時間	刊行物／單行本／網站	板塊／專欄	文體類型
先遷韓國華人	1964.6	《韓華韓華春秋》第1期	〈評論〉	評論
			〈隨筆·遊記·小品〉	散文
			〈文藝·畫漫畫〉	詩歌
	1964.7-1964.8	《韓華春秋》第2期-第3期	〈評論〉	評論
			〈隨筆·遊記·小品〉	散文
			〈生活·藝術〉	詩歌
			〈連載小説説〉	小説
	1964.9-1964.11	《韓華春秋》第4期-第6期	〈評論〉	評論
			〈筆隨筆筆·小品〉	散文
			〈新詩〉	詩歌
			〈文藝小説〉	小説
	1964.12-1966.4	《韓華春秋》第7期-第20期	〈論述〉	評論
			〈筆隨筆·畫漫畫〉	散文
			〈春秋詩苑〉	詩歌
			〈文藝小説〉	小説
	1969.10.10-12	柳耀廣詩畫展		詩歌

作者類型	時間	刊行物／單行本／網站	板塊／專欄	文體類型
	1974.6-1974.7	《韓中文化》第1期-第2期	未分類→筆者判斷	詩歌 散文
	1974.8-1975.1	《韓中文化》第3期-第8期	〈僑社論壇〉	評論 散文
			〈新詩〉	詩歌
	1975.2-1978.10	《韓中文化》第9期-第49期	〈僑社論壇〉／〈短評〉	評論
			〈韓中園地〉	散文 詩歌
	1978.11-1983.8	《韓中文化》第50期-第101期	〈短評〉	評論
			〈讀者論壇〉／〈讀者投書〉／〈讀者園地〉	評論 散文
	1983.9-1984.10	《韓中文化》第102期-第114期	〈短評〉	評論
			〈文藝‧小品〉	散文
	1984.11-1985.12	《韓中文化》第115期-第128期	〈專論與報導〉	評論 散文雜感
			〈僑社動態〉	散文雜感
	1990.5-1990.6	《韓華》第1期-第2期	〈評論〉	評論
			〈紀事〉	散文遊記
			〈僑社園地〉	散文
	1990.7-1990.9	《韓華》第3期-第5期	〈論壇〉／〈評論〉	評論
			〈詩文創作〉	詩歌 散文
	1990.10-1991.2	《韓華》第6期-第9期	〈評論〉	評論
			〈文藝〉	散文
			〈創作詩〉	詩歌
	2010.6-2013.1	《韓華通訊》第96期-127期	〈衣建美生活隨筆〉	散文
	2013.2-2014.5	《韓華通訊》第128期-第143期	〈衣建美教授文集〉	散文
	2014.6-現在	《韓華通訊》第144期-	〈衣建美文集〉	散文

作者類型		時間	刊行物／ 單行本／網站	板塊／專欄	文體類型
再遷韓國華人	再遷美國韓國華人	1982-現在	「美國南加州韓華聯誼會」網站	〈韓華文藝〉	評論 散文
		2007	《韓華世界》 第1期	未分類→筆者判斷	評論 散文
		2009	《韓華世界》 第2期	未分類→筆者判斷	評論 散文
		2011	《韓華世界》 第3期	未分類→筆者判斷	評論 散文
		2009.10-現在	《美國齊魯韓華雜誌》 第24期-	未分類→筆者判斷	評論 散文
	再遷臺灣韓國華人	1985	初安民 《愁心先醉》		詩集
		2001	初安民 《往南方的路》		詩集
		2004	郝明義 《故事》		散文集
後遷韓國華人		2017	李文 《蒲公英：文麒留韓記》		長篇小說

二、韓國華人華文刊物

　　韓國有很多與韓國華人有著密切關係的組織或社團，而由其中的一些組織社團主辦或協辦的華文報紙與雜誌，在韓華社會中不僅起到了互相交流的言論媒體作用，並且為韓國華人的華文文學創作活動提供了重要平臺。這些韓華華文報刊或雜誌，是掌握韓華華文文學創作情況的重要資料依據。因此在具體介紹和分析韓華華文文學創作情況之前，有必要簡要介紹一些與韓華華文文學創作關係密切的韓華華文報紙與雜誌的情況。

1964年先遷韓國華人發行了第一本華文雜誌《韓華春秋》，這本雜誌在韓華華文文學歷史上具有里程碑的意義，它代表了韓華華文文學創作的正式開始，也是韓華通過華文文學創作來發聲，敘說韓華坎坷人生經歷，抗訴不公的社會現實，反省韓華社會弊端，重新思考身分認同，尋找更好生活突破口的珍貴資料。同時，《韓華春秋》雜誌的文藝板塊集散文、詩歌、小說等多種文學體裁於一體，是韓華所發行的華文雜誌中，文體類型最為全面的一冊。在韓華華文文學創作歷史上占有舉足輕重的位置。

　　《韓華春秋》是月刊，1964年6月15日在首爾[1]發行，自1964年6月至1966年4月共發行20期。這份雜誌的創辦者是鞠柏嶺、劉學武、譚永盛、曹積傑，按照當時韓國的法律，外國人沒有創辦雜誌的權利，所以《韓華春秋》在發行上不得不借用韓國人的名義。四位創辦者均為曾經留學臺灣後返回韓國的第二、三代先遷韓國華人，他們出於熱愛文學、關心韓華社會，希望韓華能有一本真正屬於自己的華文雜誌的熱情，不求報酬，憑藉不懈努力的精神創辦而成。

　　《韓華春秋》之所以在此時期誕生，大概有以下幾點原因：第一，1952年臺灣針對世界各地華人實施僑生歸國升學優惠政策，第一批先遷韓華青年赴臺灣留學，升入臺灣的大學。先遷韓華青年在臺灣受到系統的高等教育，使其具有了從事華文文學創作的可能性。再通過接觸韓華社會以外的世界，開闊了韓華青年看待事物的眼界，增長了重新審視韓華社會的能力，為韓華華文文學創作奠定了文學基礎。第二，此時期的先遷韓華人口變化相對穩定，為韓華華文文學創作以及華文雜誌的發行奠定了市場基

---

[1]　按照雜誌創辦時間，當時的地點應被稱作漢城。但筆者在本書中，除了「漢城華僑協會」等固有名稱外，所有代表地點的名稱均統一稱為首爾。

礎。第三，隨著韓國日本強占期的終結與韓國戰爭的結束，韓國
政治局勢趨向穩定。1960年代發佈《新聞以及政黨等的登錄法施
行令》，將定期刊物的許可制變成登錄制，擴大了言論的自由
度，雖然這一法令在1963年12月被修改為限制外國人的刊物發行
權利[2]，但是韓華華文文學的創作以及華文雜誌的創辦，仍然因
此獲得了一定的言論自由基礎。第四，也是最重要的一點原因就
是由於當時在先遷韓華社會發行的華文報紙被臺灣政府駐韓使領
館操控，基本上變成了國民黨的黨政機關報性質，這一點造成了
先遷韓華的不滿，他們希望辦一份屬於韓華自己的雜誌來與被臺
灣政府控制的華文報紙相抗衡。[3]其實，這同時也是韓華對身分
認同產生疑惑的一種體現。

　　《韓華春秋》在臺灣駐韓使館及其代行機關華僑協會[4]的壓
制下短短堅持了兩年時間，但是在這短短的兩年時間裡，《韓華
春秋》卻給韓華社會帶來了不小的衝擊。直到現在說起韓華華文
文學成就，先遷韓華也總會首先提到《韓華春秋》。有一位再遷
美國韓華，至今憶起《韓華春秋》都會稱讚當年幾位志趣相投的
年輕朋友創辦的雜誌，首開針砭僑社月旦人物風氣之先河，有如
春雷名噪一時。[5]《韓華春秋》的發行給以後韓華華文雜誌的發
行提供了寶貴的經驗。

---

[2] 宋佳，〈關於韓國華僑出版活動的研究〉，《韓國學研究》Vol.46，首爾：高麗
　　大學韓國學研究所，2013，p. 75。
[3] 《韓華春秋》在創刊號的發刊辭中說：「韓華春秋不是阿諛黨派的機關紙，更不
　　是任何權勢的應聲蟲。韓華春秋的生存，不是代表本社同仁的生存，而是三萬華
　　僑表現意志的生存意義。」
[4] 1947年中國總領事劉馭萬，將南韓的華人劃分為48個自治區，政務被組織化。
　　1950年代所有華人團體一體化，成立韓國華僑自治聯合總會，1962年改稱為韓國
　　華僑協會。
[5] 季冬，〈東漂散記〉，《美國齊魯韓華雜誌》第35期，Laguan Woods, Califonia：
　　美國齊魯聯誼協會，2013.1，p. 16。

1974年在首爾發行了另一份華文雜誌《韓中文化》。這本雜誌是月刊，從1974年6月發行至1985年12日停刊，歷時12年，共發行128期。《韓中文化》在名義上是韓中文化親善協會[6]發行的刊物，因此發行人、編輯人以及印刷人均以韓國人名義，只有主幹是先遷韓華王世有[7]。但是實際上的資金籌備、稿件徵集等實際運營工作都是韓華自己來完成，特別是在1982年以前，韓中文化親善協會以及臺灣駐韓使領館基本不過問。王世有當時的計畫很大，他不希望《韓中文化》的讀者群只局限於先遷韓國華人，而是希望將其閱讀面擴展到東南亞各國的華人社會。

　　《韓中文化》之所以在此時期誕生，除了上述原因之外，還因為1970年代為了尋找更有利於經濟發展，子女可以受到良好教育的環境，過上更好的生活，為了尋找沒有歧視的地方，而出現的先遷韓華再移居高峰。[8]大批再遷韓華的出現，再加上世界格局的變化，如臺灣與美國的斷交、中華人民共和國開始登上世界政治舞臺等事件，造成在韓華人口急劇減少，給先遷韓華的心理上帶來嚴重的不安。為了宣洩和安撫心理上的不安，他們需要一個互相溝通的平臺，一個可以打破空間局限，不僅包括先遷韓華社會內部，更可以與移居他地的再遷韓華社會之間，甚至像王

---

[6]　韓中文化親善協會設立於1965年12月，由曾任韓國駐臺灣大使的韓國空軍中將崔容德命名，目的在於通過文化親善維繫韓國與臺灣的友好關係，文化親善的具體實施就是發行《韓中文化》等華文報紙或雜誌。

[7]　王世有在中國大陸參加過抗日戰爭，中國內戰爆發時加入國民黨，後隨國民黨部隊撤到臺灣，韓國戰爭爆發後又來到韓國，在韓國陸軍當局的協助下，組成韓國華人戰略情報隊（HIDSC）。1970年10月獲得了韓國政府頒發的保國褒章，和國防部發給的韓戰參戰紀念章。1970年代他開始到首爾、大田等地策動韓華協會會長辦刊物，他的建議被韓國大田韓華協會朱維珊會長接受，表示願意出資支持發行《韓中文化》。

[8]　朴景泰，〈華僑，隱藏在我們中間的鄰居〉，《黃海文化》，仁川：Saeul文化財團，2005，p. 238。

世有所設想的，可以與東南亞各國華人，乃至全世界華人互通彼此的平臺。

《韓中文化》的意義就在於：第一，雖然由韓國民間組織發行，但是1982年以前真正的經營運作全由先遷韓華負責，臺灣領館干涉也不多，基本可以保證雜誌投稿人的言論自由。第二，《韓中文化》是韓華華文雜誌中發行時間最長的雜誌，為韓華的長期創作提供了可能性。通過此雜誌可以從某種程度上瞭解1970-80年代先遷韓華的生活狀況以及身分認同的變化情況。第三，開始注意關注韓華社會以外的華人世界，產生了將韓華華文雜誌的視野，擴展到東南亞華人社會的想法。第四，開始重視與韓國報刊媒體的互動，力求爭取更多韓國讀者，擴大韓華華文雜誌的影響力，這同時也是先遷韓華在地化欲求的一種外在體現。

1990年5月先遷韓華又創辦了一份華文雜誌——《韓華》月刊，1990年5月至1991年2月停刊，前後共發行了9期。《韓華》月刊的總編輯也是發起人是先遷韓華李溪信，副總編是柳耀廣，兩位均為第二代先遷韓華。多年從事《韓中日報》和《韓中文化》報刊發行工作的李溪信曾表明自己之所以努力想為先遷韓華社會創辦華文雜誌，原因是在看到先遷韓華華文報刊一一停刊後內心充滿感傷，出於不想再聽到韓華社會是一片文化沙漠的聲音，通過華文雜誌給韓華提供精神上的消遣，最終使沙漠變成綠洲。

不能否認這是《韓華》月刊得以誕生的重要原因之一，但是筆者認為《韓華》月刊之所以在此時期產生，更重要的原因還包括兩個方面。其一，1970-80年代達到高潮的，先遷韓華的再移居現象，給整個韓華社會帶來了不小的衝擊。其二，此時期正值韓國與中華人民共和國建立邦交前夕，先遷韓華憑藉韓國政府對中華人民共和國外交政策上的變化、韓國媒體的報導宣傳，以及

韓國社會輿論等多種管道，已經意識到兩國建立邦交已是勢在必行。先遷韓華因此開始對自己的未來惴惴不安，也許此時他們正需要一個可以互相溝通的管道，相互交流應對目前政治局勢的策略，商討如何以中華民國國籍的身分在韓國與中華人民共和國友好邦交的社會背景下繼續生存下去。

2002年6月，漢城華僑協會開始發行華文報紙《韓華通訊》，每月發行一期。自2009年1月第79期開始，又另外開設《韓華通訊》電子版。值得關注的是從2010年6月《韓華通訊》第96期開始，在最後一版綜合消息上增加了〈衣建美生活隨筆〉板塊。作者衣建美是第二代先遷韓華，是「韓華文藝講習會」[9]的創辦者之一，從2010年6月開始，衣建美基本上堅持在每一期《韓華通訊》上發表一篇個人隨筆作品。自2013年2月《韓華通訊》第128期開始，板塊名稱改為〈衣建美教授文集〉，再到2014年6月最後確定為〈衣建美文集〉。

1970-80年代出現的先遷韓華的再移居熱潮，在某種意義上可以說是先遷韓華華文文學創作陣營，至少是部分陣營的轉移。因為在當時特別是具有再移居美國等已開發國家條件的先遷韓華，基本上都是財力充裕甚至雄厚，或是具有一定文化素養或從事教師工作的華人。這些再遷韓華中有很多是具備華文文學創作潛能，或是曾經從事過華文文學創作人士，比如《韓華春秋》的創辦者中，除了鞠柏嶺以外，其他幾位幾乎都離開韓國再移居其他地區。可以體現先遷韓華華文文學創作陣營轉移的代表地區就是美國。

9　1980年代末，高麗大學中文系講師衣建美，與畢業於臺灣師範大學的林勉君，共同推動創建了「韓華文藝講習會」。這是一個專為韓華中學學生開設，以介紹文學發展潮流、增強學生對文學的理解和作品鑑賞能力為目的的文學社團。韓華文藝講習班在漢城華僑中學的開講，給韓國華人的華文文學創作奠定了知識基礎。

先遷韓華再移居美國之後，通過在當地建立起「美國齊魯聯誼協會」等組織，強化了山東地區出身韓華的身分認同。並且再遷美國韓華的華文文學創作活動也較為活躍，由這些組織發行的一些旨在搞好各地韓華交流聯誼為目的的通訊性華文雜誌隨之相繼出臺，其中具有代表性的是《美國齊魯韓華雜誌》和《韓華世界》。

《美國齊魯韓華雜誌》原稱《北美齊魯韓華通訊》，創刊於2000年9月，是季刊，每年發行4期，至今仍在發行中。2009年因為刊物頁面增加，編輯成員改組，名稱也被改為《美國齊魯韓華雜誌》。首先從《北美齊魯韓華通訊》和《美國齊魯韓華雜誌》的名稱上多少可以感覺到再遷韓國華人漂移混雜在美國、齊魯（中國大陸）、韓國之間的跨國移居特徵。另外，從雜誌名稱的變化上也可以看出，再遷美國的韓國華人從2009年以前重視雜誌的消息報導性，即希望通過這本雜誌使各地的韓國華人互通消息，互知生活境況為目的，轉變為2009年以後的重視雜誌的文學性或文藝性特徵。

另一本華文雜誌《韓華世界》，從2009年到2011年，每兩年發行一期，共發行3期後停刊，與《美國齊魯韓華雜誌》相比，《韓華世界》則較少出現通訊性文章，文學體裁以散文為主，大部分都在描寫再遷美國韓國華人的生活情況和心理感受等，是研究再遷美國韓華生活狀況以及身分認同等問題的重要資料。

再遷美國韓華除了正式出版的華文雜誌以外，還有以網路為媒介的非正式出版物——《韓華文藝》網路專欄。再移居美國的韓國華人於1982年創建的「美國南加州韓華聯誼會」網站（http://www.hanhwa-la.org），至今已有三十幾年的歷史，其目的是希望取代報紙或雜誌的功能，利用網站的時效性與韓華交流

和溝通。網站上開設的《韓華文藝》專欄同樣為再遷韓華的華文文學創作提供了展現的舞臺。

　　通過上述內容，可以大致瞭解不同年代先遷韓華華文文學創作目的以及內容的不同，瞭解韓華華文文學創作陣營的變遷情況。這對於理解接下來將要介紹和分析的，有關韓華華文文學各個文學體裁在不同年代創作的變遷情況具有很大的輔助作用。

第三章

韓國華人華文散文創作

韓國華人華文散文作品，不管是在數量、內容還是形式上，在韓華華文文學的各個文體類型中都占有絕對優勢。從1960年代至2010年代，登載在韓華華文報刊雜誌上的散文作品有300餘篇，其中先遷韓華華文散文作品有150篇左右，再遷美國韓華華文散文作品有150餘篇，各約占韓華華文散文作品數量的50%。除此以外，還有一部再遷臺灣韓華2004年出版的散文集。

也許三百餘篇這個數字不免使人感到韓華散文創作的貧乏，但是在考慮到從事文學活動的韓華在人數上的限制，以及有利於韓華從事文學創作的外在條件的不充分等因素時，三百餘篇這個數字在韓華華文文學的歷史中就具有了重要意義。即，因為後遷韓華移居時間還不長，尚未正式打開文學創作的局面。而先遷韓華在人口上僅有兩萬餘人，由於受教育程度以及受韓語影響程度等原因，實際從事華文文學活動者還主要集中在第二、三代先遷韓華。再遷韓華中從事文學活動者，也主要是再移居美國或臺灣等地的第二、三代先遷韓華。韓華作者中也沒有專門從事文學創作者，他們終日為生計奔波，只能利用閒餘時間創作。可以刊登作品的韓華報刊或雜誌等的缺乏，也是韓華從事文學創作上的一個阻力。[1]

韓華華文散文從內容上看，橫跨韓國、美國、臺灣、中國大陸，以及其他華人居住地等多個國家和地區，涉及韓華經濟、韓華社會、韓華教育、韓華移居生活實態等各個方面。從創作形式上看，又主要包括四種類型：雜文、哲理散文、遊記、隨筆等，下面分別考察各類型散文的創作情況。[2]

---

[1]　除了上述原因之外，也不能排除筆者資料收集的不充分性等因素。

[2]　在進行作品分析時，出於必要筆者會引用或簡述韓華文學作品的內容。由於韓華在語言上出現的混種化或韓國化特徵，在盡量保持韓華文學作品原本文風的敘述過程中，很可能也帶有一定程度的韓國化傾向。對於其中一些難於理解的詞彙或

一、韓國華人華文雜文創作

　　1960年代，不管是從韓華華文雜文作品的數量上，還是出現作者的人數上來看，都可以視為韓華華文雜文創作的高峰期。

　　此時期第二、三代先遷韓華已在韓國成長起來，較之第一代，具有更多接受高等教育的機會，可以選擇到韓國或是臺灣的大學就讀。隨著第二、三代先遷韓華教育程度的提高，他們觀察事物的視野更加開闊。他們認為眼前這個韓華社會已是千瘡百孔問題重重，自覺有義務有必要去揭露問題，謀求改善方案，以促進韓華社會的進步與發展。而雜文是一種直接而迅速地反映社會現象和問題、變化與傾向的文藝性論文，內容廣泛，形式多樣，這種文學形式正好迎合先遷韓華青年的上述創作目的。

　　先遷韓華的雜文，在語言上活潑豪放，又不失鋒利。時而以自嘲或反諷的形式，通過影射或諷喻的修辭手法，揭露韓華經濟蕭條難於發展，韓華生活諸多受限等不合理之處，如：熊仁的〈「外行人」說外行話〉（1965）、〈炸醬麵值價幾何〉（1965）、張鐵板的〈王書房的苦惱〉（1965）、王小二的〈四月的大邱〉（1965）、無影島的〈僑民心聲〉（1965）等；時而運用雙關、借喻等手法，揭露先遷韓華社會內部問題百出，不良風氣彌漫的現實，如：洛東客的〈釜山華僑「物語」〉（1965）、〈洛東隨筆〉（1965）等。

　　特別是揭露韓華教育中存在問題的雜文，更是運用幽默、諷刺的筆法，做到了戰鬥性與愉悅性的和諧統一。比如： 揭露

表達，用〔〕或注釋的方式加以解釋。以下內容皆如此。

先遷韓華學校自身運營上存在問題的雜文，歐東方的〈杏壇現形記〉（1965）、司馬希的〈飯碗校長的「傑作」〉（1965）、嘯天的〈港都風情「話」〉（1965）等就是如此，詼諧而尖銳地嘲諷了先遷韓華學校校長從選舉到行政管理上的不正之風，在學生管理上不重視人性化教育的弊端。

　　以其中的一篇〈杏壇現形記〉為例，在作者幽默滑稽的筆鋒下，一位不懂教育倚老賣老的老校長滑稽百出的醜態躍然紙上，令人讀後啼笑皆非。年輕有為的前任校長因為不怕得罪權貴，不抱「飯碗主義」思想，凡關於校內行政措施及人事安排絕不受人干涉，甘願做學校學生的校長，結果不幸被開除出校。終生為國民黨立下汗馬功勞卻根本不懂教育的六旬老者，忠誠擔當著「董事會的校長」之職，至終安然無恙。

　　正如〈杏壇現形記〉中刻畫的「老校長」與「年輕校長」形象，如果單獨看每一篇雜文，作品中都獨立地塑造出了一個或是幾個鮮明的形象，但若是將這些形象合在一起，就會看到整個時代的面貌，即，在韓華青年人與老一輩韓華之間，已經產生了一條深深的代溝，先遷韓華社會落後的舊風習、保守的舊思想，正在埋沒扼殺著韓華青年的前途和出路。在先遷韓華社會，老一輩人眼裡的年輕人，總是乳臭未乾的毛頭小子，幹不了大事，不能委以重任，因而韓華青年的才能毫無用武之地。身處這個矛盾重重的社會中，韓華青年自覺有權利也有義務去改造這個社會，但是對於他們這失落的一代、自顧不暇的一群來說，卻只有無盡的哀怨與歎息。

　　1970-90年代，韓華這種利用詼諧幽默筆調，直戳問題要害的雜文文風逐漸呈現消退趨勢。進入2000年代以後，由於再遷美國韓華華文雜文的創作，使韓華雜文重展昔日姿態。

再遷美國韓華的雜文作品，主要涉及四個方面的內容：其一，是與韓國相關題材的雜文，如：阿里郎的〈說韓國泡菜〉（2007）、老高麗的〈「馬格里」韓國米酒〉（2007）；其二，是與中國大陸相關題材的雜文，如：編輯文章〈酒醉乎？熱情乎？齟齬乎？〉（2007）、〈中國人的不拘小節〉（2007），呂仁良的〈北京的八大胡同可謂不雅觀胡同〉（2007）、烏鴉的〈韓華節儉成性〉（2007）、司晨的〈大陸賓館 無理索賠〉（2010）；其三，是與臺灣相關題材的雜文，如：焉晉琦的〈中華民國與我〉（2012）、李作堂的〈難忘祖國德政與恩情〉（2011）；其四，是與韓華相關題材的雜文，如：賈鳳鳴，〈閒話韓國華僑的普通話〉（2011）、李作基的〈龍的傳人〉（2007）、〈淺談旅美韓華與韓裔〉（2007）、于尚君的〈韓華國籍的三岔路口〉（2013）。這些雜文所涉及的題材本身就具有多元性，複雜性，這一現象也可以從一個側面反映出再遷韓華在身分認同上的混種性特徵。

二、韓國華人華文哲理散文創作

韓國華人華文哲理散文的創作至少在1960年代就已經出現，比如：先遷韓華黃務的〈痰盂有感〉（1965）、周甯的〈仲秋夜語〉（1965）、頑石的〈大千世界〉（1975）、軒生的〈大自然的啟示〉（1975）等作品。

到了1980-90年代，韓華哲理散文不管是在作品內容上，還是在作品寓意的深刻性上，都達到了較高的創作水準。此時期，韓華的散文創作文風逐漸內斂化，以散文的形式講哲理，借物寓意，勸誡教化，啟迪人生的哲理散文則較為引人注目。其中，具

有代表性的作者是出現在1980年代的先遷韓華夏蟲，以及1990年代的先遷韓華王齊先。

作者夏蟲，善於以物寓意。其作品〈仲夏囈語〉（1983）通過家裡已經使用了22年，並預計還能用上十年八年的「順風」牌電扇，寓意萬事都要從「長遠」打算，凡事長遠才能見到它的真價。〈語冰集〉（1983）則通過稱讚家裡一台使用了二十年仍然堅實耐用的大同牌電鍋，是因其公司在許多「看不見」的地方精心而為以致成功的實例，來批判那些專在「看得見」的地方用力，「看不見」的地方則乏力的社會現象，用嘲諷的筆調將一座只在「看得見」的高樓大廈、街路廣場上下功夫，而忽視「看不見」的上下水道，最後成為壯觀其上不堪其下的都市，比作便祕的美人，令人惋惜。更值得注意的是這裡的大同電鍋是作者從臺灣買回來的，作者借用臺灣的物品，憂慮的是自己實際上所生活的韓國都市現實。

作者王齊先是一位牧師，他的作品多少有一些說教意味。〈自勝者強〉（1990）意在勸誡韓華必須對自己產生信心，對於自己的所短所長一目了然，認識清楚，才能開拓自己的前途。一個人如果能認識自己的缺點，再能克服自己的缺點，當然不難日新又新，成就無限。假若一個人屈服在自己的缺點下，又自己做不了自己的主，那才是一個可悲的人。〈油條受屈〉（1990）有力求為「油條」翻身的架勢，作者認為本指一個人油滑、奸巧、固執的「老油條」一詞這實在叫油條受屈，因為油條的原料，是一種潔白無瑕，人類維持生計所必須的麵粉，在日常生活中人人都少不了。雖然在體型上並不甚高大，但卻有潛在發酵的功能，其發揮的程度往往要比本身大出若干倍，比起墨守成規，無所發展的鍋餅，更要有過之無不及。另外作者還賦予「油條」一種更

深刻的寓意，即是一種在棍棒下成長，熱辣辣的油鍋中磨練，被揉、被壓、被打、被煎熬後仍能以黃金般的色彩躋身社會的堅強意志，而作者又似乎在暗示這正是韓華身上所具有的那種精神。

作者們在借物寓意的手法上，相當具有跨越性，比如：作者表面上似乎在敘說韓華社會的一種最普通不過的食物（這種食物在韓國是沒有的），但最終寓意卻在於思考跨國移居者在移居地生活的態度與精神。亦或是借用家中使用的臺灣產品來教化韓華在韓國社會生活，就要具備長遠的眼光。作品表面看來都以不相干的事物展開，開頭看似並不鮮明，但通過道理的論述，以及最後的評論使主題分明。

三、韓國華人華文遊記創作

至少從1960年代開始就已經出現了韓華華文遊記的創作，比如：有關臺灣之行的巴本寬的〈老巴遊臺不亦樂乎〉（1966）、高登河的〈臺北十日記〉（1979）等；有關美國等其他地區之行的曹青菊的〈旅美履痕〉（1964）、於碧川的〈旅美瑣記〉（1982）、港影的〈「華人」在「英倫」〉、鄒生的〈旅次見聞與雜感〉（1984）等作品。

進入1990年代，遊記繼而成為韓華散文創作的主旋律，這大概是受到先遷韓華的再遷現象，以及韓國與中華人民共和國建交等歷史事件的影響。從作品內容上來看，記敘的主要是有關遊覽中國大陸、美國以及其他華人居住地區的所見所感，在某種程度上體現出韓華華文文學的跨國性。

其中，值得關注的是先遷韓華有關中國大陸紀行的四篇遊記作品：輝光的〈暴風雨降臨前的北京城〉（1990）、王夢蘭的

〈大陸探親歸去來〉（1990）、賀山的〈大陸紀行〉（1990）、張泰河的〈回鄉探親──期待和失望〉（1991）。

　　從作品的創作時間上來看，正值韓國與中華人民共和國建交前夕，時隔四十年之久先遷韓華又重新獲得踏上中國大陸的機會。四十年，是足夠一代人成長的時間，許多在韓國出生的第二代或者第三代華人從未有機會踏上過中國大陸這片土地，也就是那個做為祖籍所在地的「故鄉」。先遷韓華生活在韓國社會，幾十年的時間足以使一代人習慣了韓國式的生活以及韓國人看待問題的角度，而大部分先遷韓華從小學到高中都在華人學校使用中華民國的教材接受臺灣式教育，對政治與歷史的看法又不可避免地被染上臺灣色彩。這樣的經歷就使得先遷韓華在踏上中國大陸這片土地上的時候，身分變得模糊不清，也就是這樣的移居經歷，使他們已經不能完全回到一個純粹的（從未有過跨國移居經驗的）「返鄉者」的身分，與故鄉重續舊情。他們會從與「純粹的返鄉者」不同的視角來「審視」那個「道聽塗說的故鄉」。

　　在先遷韓華的上述遊記作品中可以看到，他們驚訝於當時中國大陸的貧窮：「大陸第三大城市的天津機場，像一片廢墟，沒有一架外國飛機，只有二架小型中國民航機停留在機場」。[3]他們驚訝於所謂大城市的大型百貨公司設施的簡陋，這甚至會使他們聯想到：「雖然大陸輸出石油和煤炭，但那是人民受冷受凍所換來的」。[4]他們驚訝於在中國大陸一打電話就能通，驚訝於中國大陸也在研究《紅樓夢》這本中國文藝史上的巨作。他們看待事物的態度更接近於一個局外人的審視，也許他們在驚訝中國大

3　輝光，〈暴風雨降臨前的北京城〉，《韓華》，首爾：韓中文化協會，1990.6，p. 28。

4　張泰河，〈回鄉探親──期待和失望〉，《韓華》，首爾：韓中文化協會，1991.2，p. 30。

陸的實際面貌要比自己「想像」中的還要差。有人在國際飯店前面購買到新義州與平壤的火車票，這對於一個「純粹的返鄉者」來說並沒有什麼特別，可能會平凡到視而不見。但是對於長期生活在南韓，對北韓幾乎一無所知，甚至認為那裡是禁地的韓華就會覺得「這是一件新鮮的景象」。當那個高中課本上的「大觀園」真實的出現在眼前時，他們除了會看到「怡紅院，瀟湘院，迴廊上十三金釵的詩詞，一道又一道的院牆」之外，也會批判：「也許大觀園是近來才建造的，總有些偷工減料之感，儘管皆是雕龍刻鳳的裝飾，卻又缺少古香古色的味道」。[5]

先遷韓華的遊記作品中還表示，來到自出生四十年未見的故鄉，來到父母離鄉前的故居，在來自韓國的他們看來，這所故居裡的陳設「連簡陋都稱不上」，親戚使用的收音機還是韓國五十年代木盒做的那種。計程車司機當得知他們是從韓國來的，對他們說「姓資的都富，姓馬的都窮」，他們也並沒有加以反駁，卻想到了中國的一句古語「哀莫大於心死」，並自我推斷，像司機那樣認清大陸的生活水準和先進國家相差太遠，和臺灣韓國更相差很大，將可能成為推進中國大陸經濟開放改革的主力。[6]

先遷韓華有關中國大陸的遊記作品，其價值就在於它從某一個側面體現出先遷韓華對自身身分認同的思考。認同是指我們如何看待自己與他人如何看待我們的方式[7]，很明顯，中國大陸人並不把這位來自韓國的華人認同為和自己屬於同一群體，至少

5　輝光，〈暴風雨降臨前的北京城〉，《韓華》，首爾：韓中文化協會，1990.6，pp. 28-31。

6　參考張泰河，〈回鄉探親——期待和失望〉，《韓華》，首爾：韓中文化協會，1991.2，pp. 31-32。這裡所謂姓資的是指資本主義國家，姓馬的是指馬克思主義國家。

7　史書美，楊華慶譯，蔡建鑫校，《視覺與認同——跨太平洋華語語系表述・呈現》，臺北：聯經出版社，2013，pp. 34-35。

在計程車司機眼裡他們一個「姓資」，一個「姓馬」。而韓華在聽到這些話語之後，也並沒有急於辨明，而是採取一種預設的方式。也就是說，此時韓華看待自己的方式，與計程車司機看待自己的方式，在不屬於中國大陸人這一點上達成了一致。

還有一篇值得關注的遊記作品是先遷韓華苗嶺的《新印旅行記》（1990）。作者遊歷了印尼、新加坡和馬來西亞等地，有趣的是作者按照自己的標準排列了「華人在南洋的地位」，而作者排序的標準是值得關注的問題。

作者將新加坡華人排在第一位，理由是新加坡種族平等，採用中、英語為國語，政治最清明，具有嚴刑峻法的法家制度，華人在新加坡是主人翁。馬來西亞華人被定位為「二等國民」，理由是馬來西亞華人雖然掌握經濟大權，有華文報紙、華語電臺，但是獨立後馬來人執政，華人在政治上深受排斥，距離政治平等，尚有一段距離。印尼華人被排在第三位，原因是印尼華人被同化，在南洋的華人中印尼華人遭遇最慘，荷人統治時代，華人掌握印尼經濟，不願參加政治活動。印尼獨立後，被人宰割，蘇卡諾時代與中共建交，親中華民國的華人被迫害不能在印尼立足，大批往外遷移。另外在華人受教育問題上作者也將印尼華人與韓華作了比較，自1965年後印尼政府對華人實行同化政策，關閉華僑學校，在公共場所，一律禁止使用中國語文，與此相比先遷韓華在受漢語教育方面自由自在。

從作者對華人在移居國所處地位的評價標準上可以看出，作者認為最重要的基準是看華人在移居國家的政治地位，也就是華人在移居國政治上所享受到的民主自由程度；其次是華人在移居國的經濟地位，也就是華人在移居國家經濟被允許自由發展的程度；最後是在移居國的語言文化自由程度。作者認為華人不能掌

握政治大權，而是在移居國掌握了主要經濟命脈，則可算作「二等國民」。如果按照作者的這種評價標準來看，至少在作者心裡在移居國既沒有擁有政治地位也沒有獲得經濟發展自由的韓華只能淪為「三等」。不僅是作者，其他韓華也有同樣的感受，他們同樣認為韓華人少力薄，論人口論經濟皆不能與新加坡南洋等地相比，韓華沒有玩魔術的本錢，只能在灰色地帶安分守己。[8]

然而，即使被作者評價為掌握政治大權的「一等國民」——新加坡華人，雖然漢語、英語都被認定為國語，但實際上在新加坡不精通英語，也是根本不能進入仕途的。由此，我們不得不再次思考邊緣性的問題，也就是說，被作者評價為「主人翁」的新加坡華人，是否真正擺脫了其邊緣性的地位，成為了中心？再進一步說，如果新加坡華人的地位尚如此，那麼包括韓華在內的其他世界各地的華人群體的邊緣性問題又當如何？

另外，還有一個問題是需要明確的。表面上看起來，作者認為印尼華人在南洋華人的地位最低的根本原因是「被同化」，但是這並不表示作者反對移居者與移居國家的「同化」，作者反對的是移居國家對移居者所實施的強行同化政策，對於新加坡華人以自由主人翁的姿態，與印度人、馬來人平等相處，共同為建設新加坡而努力這一點，是表示肯定與羨慕的。作者嚮往的是，移居國家可以在政治、經濟、文化等各方面給予移居者充分的自由空間，移居者也會積極自願地進行在地化實踐，扎根於移居社會，並為移居國家的發展貢獻力量。

2000年代以後，先遷韓華衣建美創作了遊記〈不虛此行——梵蒂岡〉（2014）等作品；再遷美國韓華也繼續延續著韓華華文

---

[8] 蕭兮，〈請為僑校留一片淨土〉，《北美齊魯韓華通訊》第14期，Laguan Woods, Califonia：美國齊魯聯誼協會，2006.12，p. 35。

遊記的創作，出現了陳維雲的〈韓花姐妹埃及遊記〉（2007）、
高文俊的〈日本遊記〉（2009）等。

四、韓國華人華文隨筆創作

　　韓華華文隨筆的創作，同樣在1960年代就已經出現，比如：
先遷韓華齊魯的〈客在他鄉〉（1964）、尉遲的〈背十字架的
人〉（1965）等。1970-90年代又相繼出現了先遷韓華陳傳治的
〈香泉寺〉（1975）、高登河的〈病中散記　四則〉（1978）、
王齊先的〈七七感言——從七七到九零年代的回想〉（1990）等
作品。

　　2000年代以後，華文隨筆的創作成為韓華散文創作的新趨
勢。特別是先遷韓華女性作者的出現，成為韓華散文創作，更進
一步說成為韓華華文文學中一道新的亮麗風景。

　　先遷韓華女作者衣建美，是在韓國出生的第二代華人，曾
在高麗大學、誠信女子大學等地任教，至今仍擔任韓華學會副會
長，以及愛華圖書館館長之職。衣建美於2010年6月開始在《韓
華通訊》〈衣建美文集〉板塊上發表隨筆，至今已發表80餘篇。
衣建美善寫生活隨筆，在創作手法上，往往旁徵博引，行文縝
密，又富有深情，就像作者在與讀者談心般輕鬆。作者的寫作意
圖大多在於傳達一種快樂的心情，或者是一點感悟，一個發現，
通過評析世態人情，啟人心智，引人深思。

　　「樂活」是衣建美生活隨筆的一大主題，作者認為有誰沒
哭過，有誰沒痛過，有誰沒笑過，有誰沒愛過，有誰沒孤獨過，
有誰沒失意、低落、軟弱、羞愧、恐慌過，人活著多少都有點兒
自我存在的困惑與質疑。重要的是要定格「活在當下」，日子

過得越滋潤越好，就像花園中的花草，陽春白雪，得以自在。所以她主張讓生活變成「一種美學，一種品味」，要懂得「樂活」、「慢活」、「綠活」，「用收放自如的人生，笑傲於瀟灑人間」。

衣建美的大部分隨筆都顯出一種樂觀、積極對待生活的態度，但實際上，在作者的人生經歷中，卻並非只有平坦和一帆風順。作者也曾由於家裡經濟拮据而無奈地選擇免費在臺灣國立華僑實驗中學就讀普師科；也曾在足夠錄取分數的情況下，只因為韓華的身分而被韓國的首爾大學拒之門外。作者也表示有時自己也會去質疑一些事物的可靠性，持久性，但有一件事絕不能懷疑，那就是不能懷疑「我」的存在，所以她相信踏出去的每一步，都會抵達一個目的地。[9]讓生命更美好之前，時時停泊關照心面，人的心靜了，就氣定神寧，在人生中的沉浮之中，讓心依然擁有淡定豁達，心若不動，風又奈何，在寧靜中品味生活享受人生。

她的散文無疑為先遷韓華孤獨壓抑的移居生活帶來一絲春意，一絲溫暖。更重要的是作者相信韓華能夠通過調整心態，從而更好地適應移居地的生活，因為在她眼裡，韓華有一種「真精神」，這種「真精神」就是即使處在客觀不完全的條件下，仍然可以去不斷拓展，仍然有勇氣去面對不同的橫逆及阻礙。

2000年代以後，再遷美國韓華的隨筆創作也成為韓華華文散文的一大亮點。從內容上來看，大部分作品是關於對曾經的韓國移居生活的回憶，也有一小部分是涉及移居美國後生活情況的作品。這些再遷美國韓華的隨筆，體現著再遷美國韓華對身分問題

---

9 以上敘述參考衣建美，〈衣建美生活隨筆〉，《韓華通訊》147期，首爾：漢城華僑協會，2014.9；衣建美，〈吹皺一江春水〉，《韓華通訊》156期，2015.6。

始終不斷地思考，也體現出他們對「根」的思考與詮釋。

再遷美國韓華焉晉琦的〈見不得光的一座冠軍銀盃〉（2009），回憶的是作者與其他四位韓華代替臺灣選手參加大韓射擊聯盟在濟州島舉辦的國際親善狩獵射擊大會，最終榮獲銀獎，卻由於自己是「冒牌貨」的身分而沒有勇氣向任何人誇獎它的來歷，故而這座銀雕的冠軍獎盃雖然得來不易，但也因為師出無名而見不得光。作者只好將它擺在客廳暗角處木廚架上，心領神會的自觀自賞。

再遷美國韓華季冬的〈東漂散記〉（2013），追憶著位於中國大使館前的，彙集中正圖書館大廈、華僑協會、華僑小學、居善堂、各僑團，薈萃韓華人文文化，被韓華約定俗成的「館前街」，同時也為使館前右側巷口那座曾經對於韓華有著舉足輕重的地位的，黨國威權時代的國民黨駐韓直屬支部的二層水泥樓房，如今已然成為沒有香火的閒廟，而感發望「廟」興歎之情。

再遷美國韓華王宜敏的〈巨星的隕落 追悼許傳修同學〉（2010）以追悼文的形式，追述了1955年以第一個韓華學生身分到美國留學的許傳修，羅城大學畢業後通過自己不懈地努力將事業由餐館擴展到旅館及房地產獲得成功後，捐鉅款在中國大陸的故鄉日照市建立第一中學、日照高級工業學校、設立貧困學生獎學金、建立現代化自來水廠，同時熱心幫助先遷韓華，也熱心居住當地的公益事業，捐獻不比故鄉更少，成為羅城著名慈善家的事蹟。

上述三篇隨筆可以在某種程度上體現出再遷美國韓華在身分認同上的變化，即再移居前的1950-70年代，先遷韓華始終承認中華民國的正統地位，具有中華民國國籍，但是在身分上卻具有一種模糊性，就像作者所說自己是個「冒牌的臺灣人」。再遷美

國之後，這種對中華民國的認同逐漸弱化，再遷美國的韓華更習慣稱自己是臺灣人，同時他們不僅熱心移居地的公益事業，也不忘支援中國大陸故鄉的建設、心繫仍然留在韓國的華人，從某一層面體現出再遷美國韓華身分認同上的混種性特徵，關於這一問題，將在第八章和第九章展開具體論述。

再遷美國韓華作者中還出現了一位女性作者崔樓一鶯，她於2007年至2011年在美國發行的韓華華文雜誌上共發表過四篇隨筆：〈吾愛吾師〉（2007）、〈小公洞往事〉（2009）、〈傷逝〉（2010）、〈那一代的事〉（2011）。作者用清新婉約的文筆，脫去世俗紛爭，脫去凡塵困擾，通過對曾經在韓移居生活的回憶，描畫了一個充滿溫情的真實的韓華社會。也可以說，正是因為韓國的移居生活，也曾經充滿了溫情與美好，才會使得韓華即使再遷他地，仍然久久懷念。

〈小公洞往事〉中作者回憶著人情味濃郁的小公洞的童年生活。作者聽祖母說英國人把他們從上海帶到首爾是因為祖父是西裝裁縫，安排他們定居貞洞[10]，但是現在想起來這棟樓房被祖父母裝修得像極了上海的弄堂住宅。作者身在美國，但是她對童年時期在韓國生活的一切都記憶分明：她仍然記得「源泰昌」，記得以源泰昌為中心，向西大門走，便是小時常去的首爾俱樂部，記得吳福森爺爺是那裡的大總管，吳業興三叔是宴會高手，楊秋冬阿姨表現了上海人的素質和潛力；仍然記得走到大漢門，過了馬路是一排餐館櫛比鱗次，有中央飯店、天津飯店，仍然記得天津飯店是天津人開的，家規大，大女兒與自己同班，一下學便得回家，穿著密密實實；仍然記得小時候每天都要經過的老李小

---

[10] 這裡的「洞」是韓國的地區行政單位之一，在市、區、邑之下，下分統和班。

鋪，李老爹似乎有做不完的事，他不與自己打招呼，卻說「聽說昨天你遲到了，還買這麼多零食做什麼？」作者仍然記得那時小公洞的人是多麼的純樸自然。[11]

〈那一代的事〉中作者回憶著那個年代，華人孩子們的天真無邪。在那個戰亂的年代，孩子們卻因為每天可以背著有位址名片的「十字」急救小背包，聽著刺耳的警報笛而興奮。在那個父親是敵偽汪政府領館專員，母親是日本人，一家人就像一滴油，融不進華人社會的年代，孩子們也總會聚在那個小夥伴的家門口，叫一聲「馮明玲，來跳繩啊！」作者還回憶著那個年代，韓華的純樸熱情。她無法忘懷在那個因為戰爭，人人都生活艱辛的時期裡，當自己避難到釜山時被一家韓華照顧得無微不至的年代。[12]

作者通過一些瑣碎得不能再瑣碎，平凡得不能再平凡的生活細節，用極溫柔的聲音向世界宣告這就是真實的先遷韓華，一個充滿溫情的韓華社會，作者將這個特殊的群落稱之為「真正的華僑文明」[13]。在這些隨筆中，也體現了作者對「根」的詮釋。作者認為雖然那個年代過去了，他們這一輩人都已年逾古稀，經歷了憂患，涉獵的知識半新半舊，因緣際會，偶然也按捺不住或中或西的影響在意識中，但是兒時的故事，兒時的夢想，即使再遷往任何地方都刻刻難忘，因為那些是讓自己生命豐美的前塵往事，那是身藏的老根，忘了澆水也不乾枯。

11　以上敘述參考崔樓一鶯，〈小公洞往事〉，《韓華世界》第2期，Walnut Creek, Califonia：韓華基金會會，2009.10，p. 19。
12　以上敘述參考崔樓一鶯，〈那一代的事〉，《韓華世界》第3期，Walnut Creek, Califonia：韓華基金會，2011.10，p. 55。
13　崔樓一鶯，〈小公洞往事〉，《韓華世界》第2期，Walnut Creek, Califonia：韓華基金會，2009.10，p. 19。

五、韓國華人華文散文集創作

2004年,再遷臺灣韓華郝明義出版了散文集《故事》。

郝明義1956年在韓國釜山出生,在釜山的華僑學校讀小學和中學,之後又升入臺灣的臺灣大學。1978年畢業於臺大商學系國際貿易組,次年開始進入出版業工作。1996年創立大塊文化出版公司,2001年創立「網路與書」,任大塊文化董事長與「網路與書」發行人之職。他的著作有《故事》(大塊文化出版)、《工作DNA》(大塊文化出版)等,其中與韓國移居生活有關的作品是出版於2004年的散文集《故事》。

作者談到他最初會寫《故事》這本書,是因為一個人。他在一次接受記者採訪時,談生命裡影響深刻的女性,除了母親,他的心頭浮現了另一個人的身影,她就是作者在就讀華人中學的時候,他的級任導師池復榮。由此作者試著打開自己塵封的記憶,在整理一個老師的故事的同時,也回顧了許多自己做為一個學生的故事。

在郝明義的印象裡,韓國地形多山,釜山更是丘陵起伏。他覺得釜山這個城市很好描述:一條沿著海岸線蜿蜒的大馬路所形成的交通要道;一片倚山臨海,高高低低綿延在山坡上的房子。郝明義的記憶回到1960-70年代的韓國釜山,火車站對面,越過交通動脈的大馬路,進去一點點,左右又分出兩段窄得開進一輛車都嫌窄的,兩者內容卻大不相同的街道:右邊這一條,是每個傍著海洋的城市都會有的,讓水手上岸玩耍的酒吧街,他現在仍然覺得1960-70年代這樣「德克薩斯胡同」在韓國洋溢著各種意義。和「德克薩斯胡同」相對的左邊這一條,是另一種氣氛。大

約從清朝的時候開始，中國人到釜山來居住和活動的場所，總長不過兩百來公尺，主要熱鬧的那一段更不過總長的一半。早年韓國人稱前街為「清官胡同」，而華人們則稱這條具體而微的街道為「唐人街」。前街往上，爬一個大約四十度的陡坡，有另一條寬窄相當的街，叫後街，郝明義的家就住在後街上。[14]

　　郝明義表示選擇離開韓國到臺灣生活的原因有兩個，第一是因為華人在韓國當地受到各種限制以及不平等待遇這些現實因素的影響。第二是因為對中國文化根深柢固的認同，而選擇臺灣是因為覺得那裡才是中國文化保留得最完整的地方——雖然那是個遙遠的陌生的熱帶國家。但是郝明義並不否認韓國文化對自身的巨大影響，甚至認為自己之所以有勇氣隻身來到臺灣打拚，也是受到韓國人所特有的某種精神的影響，這是郝明義在韓國居住、成長的時候沒有認知，反而人過中年，回憶過去的時候才覺悟到的。

---

[14] 以上敘述參考郝明義，《故事》，臺北：大塊文化出版股份有限公司，2004.3，pp. 27-32。

第四章

韓國華人華文詩歌創作

韓國華人華文詩歌作品約計188首，主要包括兩個部分：其一，是先遷韓華創作的作品約有65首，創作於1960年代的約有45首，創作於1970年代的約有16首，創作於1990年代的約有4首。其二，是再遷韓華分別於1980年代與2000年代出版的詩集中，共收錄詩歌作品123首。先遷韓華華文詩歌作品的來源又主要包括兩個部分：第一是先遷韓華發表在各個時期華文雜誌上的詩歌；第二是先遷韓華個人詩畫展中展出的華文詩歌作品。

　　從韓華華文詩歌的內容以及內容的表達方式上來看，韓華華文詩歌又主要包括四種類型：抒情詩、敘事詩、擬古派詩與現代派詩，下面分別來考察這幾種詩歌類型的創作情況。

一、韓國華人華文抒情詩創作

　　1960年代，主要出現了9位韓華詩歌作者，創作的抒情詩約有24首。其中比較多產的是先遷韓華洛藍在韓華雜誌上共刊登過9篇作品：〈痴尋你走了〉（1964）、〈別後〉（1964）、〈思念之飛行‧在四季〉（1964）、〈聖誕感懷〉（1964）、〈除夕在我心深處〉（1965）、〈失落的約會〉（1965）、〈藍色中的愛〉（1965）、〈마도로스[1] PAN〉（1965）、〈我是很甲骨文的〉（1965）等。其次，先遷韓華楓濤也在雜誌上登載過5篇作品：〈想你〉（1964）、〈我心靈中——你的愛〉（1965）、〈傷情，在四季〉（1965）、〈夢境〉（1965）、〈我寂寞等你〉（1965）等。此外，還有先遷韓華回罕的〈為你……我的愛〉（1965）、〈靜夜中的人〉（1965），先遷韓華北斗的〈寄

---

[1]　作者解釋為「海員」之意。原是荷蘭語matroos，遠洋船船員之意。

語〉（1965）、〈心頌〉（1965），先遷韓華春光的〈失去的愛〉（1965）等等。

從這一時期詩歌的內容上看，除了幾篇具有頌詩和諷刺詩的風格之外，大多為直抒胸臆，抒發愛戀思念之情的情歌類。詩歌沒有具體敘述事件或生活的過程，但是韓華作者們卻又通過抒發自己的思想情感來反映生活，激盪著時代的旋律。

此時期的抒情詩多以「離別」、「失落」、「傷情」、「寂寞」、「失去」等為主題，詩中流露出無盡的悲情色彩。比如：洛藍的〈痴尋，你走了〉[2]中，作者在「撥荊棘的草叢，爬蜿蜒的雪徑，涉重重的溪河，穿密集的人群，從城鎮巷街，僻鄉孤島」瘋狂地找尋，因為他必須在毫無預告毫無心理準備的情況下承受離別的重量：「你走了，是悄悄的，不向我道一聲親熱的稱呼，不向我回眸最後的一瞥。」作者對這樣的離別充滿了埋怨，因為這樣的離別「欠我一聲深情的祝福，溫柔的叮嚀，欠我一個含淚的拋吻，世紀末的擁抱。」

這裡作者似乎是在抱怨棄他而去的戀人的無情，但是從詩人埋怨的語氣以及詩歌字裡行間所流露的感情上，又使人懷疑作者所埋怨的「戀人」到底所指為何？從當時韓華的韓國移居背景上來看，1950年代毫無徵兆的戰爭，戰後韓國與中華人民共和國關係的惡化使先遷韓華失去了心靈的依靠，他們被禁止再踏上那個在經受苦痛或寂寞時，可以暫時做為心理慰藉的「故鄉」。作者此時「摒棄了時間，摒棄了空間」，以他全部的呼吸想要尋找的，也許是戀人，但也許是「重燃自己生命的火光」，是「枯渴了的靈感與荒廢了的夢」，是「向另一個夢另一片海波拋錨，

---

[2]　洛藍，〈痴尋，你走了〉，《韓華春秋》第1期，首爾：韓華春秋編輯委員會，1964.6，p. 10。

渡一身異國星月的光暉,逐向另一幅畫另一篇詩另一首戀曲揚帆。」[3]也就是在變動變化變遷中,尋找新的平衡,新的開始,適應變化開始更好的生活。

先遷韓華的另外一首愛情詩,也在某種程度上證明了這一點。在春光的〈失去的愛〉[4]中,作者這樣寫道:「我何曾愛過你?沒有和你漫步過煙霧漫迷的沙灘,從莫流連在百花繽紛的山畔,但是,你的倩影猛力難忘。」這樣的描寫更加使人聯想到作者在這裡提到的,自己都不敢確定是否愛過的「愛人」。或許指的就是韓華曾經為了更好的生活,而選擇離開的「故鄉」。如前所述,此時期的韓華作者,大多是接受過高等教育的第二代或第三代華人,從詩歌的創作時期上來看,詩歌的作者很可能在記憶尚未分明的幼年時期,曾經去過中國大陸的故鄉,或甚至從未踏上過故鄉的土地。他們對中國大陸,對所謂故鄉的認識,不過是從父輩那裡聽來的,並非真實的,建立在想像之上的「形象」。

因為沒有過真實的接觸,所以作者的感情也處於模糊不確定的狀態。詩中說「沒有和你漫步過煙霧漫迷的沙灘,從莫流連在百花繽紛的山畔」。而漫步煙霧彌漫的沙灘,流連在百花繽紛的山畔,這些都屬於作者與韓國之間的真實經驗,真實記憶。但即使如此,故鄉的倩影也猛力難忘,這種對故鄉的哀戀之情,隨著年齡的增長而加深。這裡體現出作者肉體與精神上的矛盾與錯置。作者生長、生活在韓國,所有的經驗、經歷留下的都是自己與韓國的記憶。但是韓國卻不是作者精神上可以寄託之地,而故鄉,即使是被想像的虛無縹緲的存在,卻是作者無法忘懷的情緒。

3　洛藍,〈마도로스 PAN〉,《韓華春秋》第14期,首:韓華春秋編輯委員會,1965.7,p. 32。

4　春光,〈失去的愛〉,《韓華春秋》第16期,首爾:韓華春秋編輯委員會,1965.9,p. 32。

另一方面，這些敘述又從某一層面上，體現了先遷韓華以非韓國人身分，生活在韓國的錯位生存的無奈。這是一種就像「隔季的秋風，將春花吹成枯黃，抑是北國的霜雪，冒昧地來訪早春」般的錯置；[5]是一種當「聖誕老人輕叩情人們的心扉，天使也為這份歡愉賜報佳音，上帝慈愛的靈光照亮每個人的心坎」的時候，而「在時間與空間的狂流裡，我卻被貶低遺忘於這荒島孤淒之夜」的錯置。[6]這種錯置使他們覺得自己就像是「被遺忘於北極海的一個小貝殼」，是「喜瑪拉雅山上的一塊頑石」，是一片無人能了無人能解的「殘缺的甲骨文」。[7]這種錯置使他們形成了謹言慎行的性格，「不敢吐露深藏在胸中的一言」。也正因如此，他們將自己的精神寄託，那個想像的「故鄉」幻化成戀人，以此委婉含蓄地抒發自己對故鄉的愛戀、思念之情。

由於歷史的變革，也許所有的先遷韓華都不曾想到，與故鄉或是仍留在故鄉的親人的離別，竟會成為某種意義上的「永別」。因此，有些先遷韓華的詩歌，也許還可以理解為在表達與故鄉隔絕後的悲涼心境。隔絕離別的淒涼，使他們「再也激不起愛河的漣漪」，「人間庸俗的歡笑」也不能激起他們「深藏著的喜怒哀樂」，即使在「攘來熙往的人群，喧囂繽紛的夜都廟會」，他們的心都像「盤據於赤道的子午線，香火久絕的古剎，世紀末的冰原上」一般冰冷。[8]當「蒼老的相思已暈迷」的時候，他們「再無勇氣看星月追逐，再無勇氣品嘗各種色調，再

5　洛藍，〈失落的約會〉，《韓華春秋》第11期，首爾：韓華春秋編輯委員會，1965.4，p. 32。

6　洛藍，〈聖誕感懷〉，《韓華春秋》第7期，首爾：韓華春秋編輯委員會，1964.12，p. 32。

7　洛藍，〈我是很甲骨文的〉，《韓華春秋》第10期，首爾：韓華春秋編輯委員會，1965.3，p. 32。

8　洛藍，〈別後〉，《韓華春秋》第2期，首爾：韓華春秋編輯委員會，1964.7，p. 9。

無勇氣循當年的雪徑去體味故鄉的真實，再無勇氣回顧當年的誓約在風雪中蹉跎。」[9]與故鄉的決絕就像一扁「載滿了創痛的回憶」的葉舟，「駛向那不知名的彼方」[10]，先遷韓華成了失去歸路的流浪者，漂泊在沒有終點，只有落腳點的人生旅途上。

1970年代出現的韓華抒情詩約有7首，除了繼續發揚抒情類情歌詩風的作品，如：湖崗的〈六月夜曲〉（1974）、周玉蕙的〈三月的思念〉（1975）、〈戀情〉（1975）、〈期待〉（1975），周思平的〈五月的雨〉（1975）等外，還出現了幾首諷刺詩，如：湖崗的〈自由的寓言 七則〉（1974）、〈寫畫狂 五則〉（1974）。

1990年代，引人注目的是先遷韓華林樹蘭的4首抒情詩。林樹蘭是一位西洋畫畫家，也喜歡寫詩。他在韓華雜誌上刊載的4首詩歌作品分別是〈無盡的歎息〉（1990）、〈我的兩隻小手〉（1990）、〈短談〉（1990）、〈異邦人的悲哀〉（1990）。林樹蘭的詩風也主要以抒情為主，多以內心獨白的表現方式，來宣洩內心的矛盾情緒，同時也是對作者生活現實的一種反映。酷愛藝術的作者，憑藉「藝術無國界」的信念，將畢生精力都投入到藝術創作中去，渴望得到韓國社會的認可。遺憾的是，結果令其大失所望。像烙印般抹不去的「異邦人」身分，連累其作品也跟著遭到排斥，進不了韓國藝術品展示會的大門。藝術才能也像被貼上身分的標籤，得不到認可，而華文詩歌就成為作者宣洩痛苦無奈情緒的途徑。

林樹蘭詩歌的價值在於，從經濟、社會、教育、生活以外的另一個層面，即，藝術層面上體現了先遷韓華對於身分的困惑與

9　楓濤，〈傷情，在四季〉，《韓華春秋》第11期，首爾：韓華春秋編輯委員會，1965.4，p. 32。

10　回罕，〈為你……我的愛〉，《韓華春秋》第14期，首爾：韓華春秋編輯委員會，1965.7，p. 32。

思考，同時也從一個側面表達了先遷韓華渴望被韓國社會承認的迫切希望。

二、韓國華人華文敘事詩創作

　　韓國華人華文詩歌作者較多創作抒情詩，從事敘事詩創作的韓華就顯得鳳毛麟角。韓國華人華文敘事詩主要出現在1960-70年代，在敘事詩方面取得突出成就的是先遷韓華柳耀廣，堪稱韓華敘事詩作者的代表，他的詩歌也堪稱韓華敘事詩的代表。因此，柳耀廣以及他的敘事詩在韓華華文詩歌歷史上就顯得格外重要。

　　柳耀廣出生在中國大連，八個月大的時候被父母帶到韓國。因為遭遇韓國戰爭，為了避難來到釜山，上高中以後回到首爾。柳耀廣從小酷愛文學和繪畫，但是父親出於生計的考慮極力反對，因此柳耀廣被迫升入成均館大學國語國文系（韓國語言文學系）。但是柳耀廣並沒有放棄自己的理想，在大學期間他也未間斷過繪畫和寫詩，在詩歌與繪畫領域都很有造詣。柳耀廣在大學畢業之前的1969年10月10-12日，還在中華民國大使館中山堂舉辦了個人詩畫展。詩畫展上共展出詩歌作品33首，其中華文詩歌21首，韓漢譯作5首，韓文詩歌7首。後來，韓國與中華人民共和國建交之後，曾經有包括《女性春秋》和《北方雜誌》等幾家韓國的雜誌社採訪柳耀廣，在採訪報導中稱讚他的韓語詩歌屬韓華韓語詩歌的首創，稱讚他始終把韓國看作自己的第二故鄉，為韓中文化交流做出了很大的貢獻。

　　作者用詩的形式刻畫人物，情節雖然簡單，但是完整集中主題鮮明，再通過刻畫人物與敘述情節來抒發感情，達到情景交融的效果。

比如，讀柳耀廣的詩，眼前便可浮現出：為了饑餓的肚皮，不管是在嚴冬冰水裡掙扎，還是在酷夏火爐旁烘烤，不得不揮著膊子製作五十塊錢一碗炸醬麵，與此同時還要默默承受著顧客的刁難，稅吏的壓榨，以及保健所的威脅，終日身心疲憊的韓華父子形象。看到「父親彎著駝下來的腰」又在道歉的時候，作者不禁「深深地哭了」，他發現自己也在不經意間「那麼輕易的放走了十三個미안합니다[對不起]」。[11]柳耀廣也會通過他的詩，給人們講述一段淒慘的故事，一個發生在韓國大成路上，明倫堂裡，十字路頭，終日和雨結伴，賣紙傘的孩子和他父親的故事：父親「喜歡雨天，喜歡雨打在自己的頭上」，因為他的兒子在賣紙傘。父親下雨天從來不用雨傘，因為那是「孩子和自己的飯碗」。父親目睹了被雨洗淨了的，兒子今晨被車輾死的現場，也流盡了自己的眼淚。此時，作者並沒有繼續絮說父親接下來的淒涼，而是敘說到父親「捧起孤獨的紙傘，雨再也打不著他的頭了」[12]戛然而止，這樣的處理，似乎給讀者留下了更多的想像空間。

作者還用詩歌的形式，嘲諷韓華社會每況愈下的風化：

......

廉價的奶子哺乳著廉價的兒子

三流的菜娘只在喝茶

......

神女提著高高地牌子

11　柳耀廣，〈中國人〉，首爾：中國大使館中山堂詩畫展，1969.10.10-12，詩歌創作時間：1968.10.26。

12　柳耀廣，〈雨的寄語〉，《韓華》，首爾：韓中文化協會，1990.8，p. 37，詩歌創作時間：1970.6.3。

——這裡是你的故鄉

　　沒有風的夜的私娼窟

　　呈著一遍歎息

　　明晨的麥神何去尋求？

　　……

　　從旅館私奔的男與女

　　又鑽進了麻痺的溝

　　看到這風景的小食母笑掉了牙

　　……

　　老人與老人正在歎息

　　往年這時天上有風

　　風下的風化也不像今夕

　　悲哀地走進了酒館

　　溫存著老鴇的嘴

　　……[13]

　　所有被刻畫的人物，以及整個情節展開都被作者安排在一個
狹窄陰暗到令人窒息的巷子裡：餵哺兒子的母親、三流的菜娘、
娼窟的光顧者、私奔的男女、笑掉牙的小食母、歎息的老人等眾
多人物紛紛登場，但是敘述卻並不紊亂，作者用精練的敘事，
展現出層次分明的場景構成，再通過這些人物與場景展示生活的
本質。

　　在作者看來，人生是「混著血與淚」的沉重與痛苦，人生就
是麻木到不去過問「活著的意義」，只為一個又一個「明日」，

---

[13] 柳耀廣，〈沒有風的夜〉，《韓華》，首爾：韓中文化協會，1990.7，p. 48，詩
　　歌創作時間：1970.7.27。

「活在苦與痛裡」[14]。作者之所以活得如此痛苦，是因為理想與父母的期望產生了矛盾，「父親要我拿起刀子，征服這個世界，母親要我拿起算盤，盤算這個世界。他們投資全家的財產，我卻要寫詩。」1950年代戰爭給韓華帶來的創傷還未癒合，1960年代來自韓國政府的諸多針對外國人的限制制度，對他們的經濟和生活更是雪上加霜。韓華可以賴以生存的途徑手段的選擇範圍，被限制得越來越狹窄，中華料理幾乎成了韓華經濟的最後一道生命線。在這種情況下，作者的父母為了生存不得不傾其所有，來維繫這個唯一可以支撐一家人生活的命脈。作者仰望的天空都像「被瀝青漆滿」，壓抑的天空下面是一個「佝僂，病弱的影子」，作者也想過「拋棄一切，欲更上盡頭」，但是他最終發現自己被「地心的吸力，牢牢地釘住了」。[15]作者只怪自己生活在一個處處受到限制的社會，一個不容許擁有自己理想的時代。

柳耀廣創作的華文詩歌有幾十首，收錄在詩畫展的詩歌作品集中，以及刊登在韓華雜誌上的詩歌作品僅有27首，還有很多優秀的詩歌尚未能與讀者見面實屬一大憾事。作者將自己的實際經驗與真實生活昇華為藝術，他的一首詩就是韓華生活的一個斷面，將這些斷面連接起來，就可以從點到面的瞭解和體會韓華的移居生活景象。因為作者將自己的人生融入詩歌之中，所以他的詩會給人帶來一種生存的厚重感。

---

[14] 柳耀廣，〈明日〉，首爾：中國大使館中山堂詩畫展，1969.10.10-12，詩歌創作時間：1967.5.18。

[15] 柳耀廣，〈這個時代的詩（自繪像）〉，首爾：中國大使館中山堂詩畫展，1969.10.10-12，詩歌創作時間：1967.9.23。

三、韓國華人華文擬古派以及現代派詩創作

韓國華人華文擬古派詩主要出現在1970年代，1970年代以後很少發現這種類型的詩歌。

韓國華人華文擬古派詩，從作品語言的音韻格律和結構形式上看，屬於仿照格律詩的形式創作的詩歌。作者是先遷韓華張世鏞，字禹聲，從1974年至1978年，使用這種近似格律詩的形式，陸續在韓華雜誌上刊登了6首作品，分別是：〈落花岩〉（1974）、〈於密陽〉（1975）、〈遊雪嶽山〉（1977）、〈遊赤裳山安國寺〉（1977）、〈有感詩兩則〉（1978）、〈觀公州百濟文化祭有感〉（1978）。儘管詩歌不能完全做到像中國古代詩歌中的「律詩」「絕句」那樣，在平仄、用韻的規定上講求得那般嚴格，但是不管是從字數、句數的安排上，還是在對仗押韻上都很見功夫。

張世鏞的主要詩風是詠物言志，在描寫沿途所見韓國自然景觀時，善於捕捉特徵著意描摹，在感歎韓國大自然的優美壯觀之餘，更在詩中融匯了作者對韓國歷史文化的思考。

韓國華人華文現代派詩同樣主要出現在1970年代，1970年代以後很少發現這種類型的詩歌。

韓國華人華文現代派詩，是一種對現代派詩歌創作的嘗試，很可能是受到當時臺灣詩壇這種詩風的影響，比較具有代表性的是先遷韓華非馬的〈焚〉（1975）：

　　飛　　上　　天
　　飛　上　天
　　飛上天

飛天
飛

坐著潛水艇
乘著黑牡丹

循著圓
畫個星
畫個星
再畫一個圓
畫一個圓
再
畫個　圓[16]

　　詩歌內容抽象，通過詩歌在形式建構上的特殊效果，刺激讀者的視覺神經，使抽象的內容更加飄渺，引發更廣闊的遐想。比如，可以想像成由於飛上天空夢想的破滅，而只好潛入地下，並不停原地打轉的無奈。內容與形式相輔相成，展現出更加獨特的藝術效果。這種創作形式在韓華華文詩歌創作中還是很少見的。

四、韓國華人華文詩集創作

　　再遷臺灣韓國華人初安民，分別於1985年和2001年出版了詩集《愁心先醉》和《往南方的路》。

初安民1957年出生在韓國，是第二代先遷韓華，祖籍山東牟平。從小學到高中均就讀韓華學校，1977年到臺灣成功大學攻讀中文專業，後舉家再遷臺灣定居。1985年曾任中學教員、雜誌編輯、《聯合文學》社長兼總編輯，現任《印刻文學生活誌》總編輯。初安民的創作文類以詩為主，臺灣文學界評價他的作品常將家國之思寄寓抒情形式，並能踏出現實生活的框圍中，而將思維和感覺的觸角延伸到更廣闊的世界。[17]正如初安民為自己詩集擬定的名稱「往南方的路」一樣，他的人生似乎一直在往南方逃亡、流浪。初安民的父親也像其他許多華人一樣，為了躲避災難尋求更加安定的生活而移居到韓國。剛剛在韓國落腳，就再次因為戰爭而逃往韓國的南方。直到後來繼續往南漂泊到臺灣，繼而初安民又來到了臺灣的臺南，尋找自己的落腳點。初安民說自己是吉普賽的鄰居，流浪是相伴人生的主旋律。初安民的命運似乎注定與漂泊交織在一起，無法擺脫。

　　初安民將在大學期間創作的詩歌進行整理，1985年由晨星出版社出版了他的第一本詩集《愁心先醉》。《愁心先醉》共收錄詩歌60篇，作品的排列並非按照創作時間順序，而是作者按照作品性格的不同自分四輯：第一輯〈心象篇〉共有作品12篇，第二輯〈意象篇〉共有作品18篇，第三輯〈現象篇〉共有作品15篇，第四輯〈抽象篇〉共有作品15篇。初安民又於2001年由臺南市立圖書館出版了他的第二部詩集《往南方的路》。《往南方的路》共收錄詩歌63首。第一輯〈佇立到黃昏〉收錄詩歌27首，第二輯〈如果，一枚蘋果墜地〉收錄詩歌22首，第三輯〈愁心先醉〉收錄的是其1985年以前創作的詩歌14首。

---

[17]　參考國立臺灣文學館臺灣作家作品目錄網站：http://www.nmtl.gov.tw/。

第一部詩集具有濃厚的自傳色彩，正如張夢機所說，初安民有一大部分作品是相當自傳式的，譬如寫僑生、寫離家、寫母親、寫二十九歲生日、寫北上南下等等；這些詩都那麼具體而深刻地表現出他內心的愁情與愛戀。[18]這部詩集記載著詩人初安民做為一個跨國移居者的人生經歷以及心路歷程。「詩」就是初安民對鬱積心底的愛戀情愁的發洩，當他將自己即將出版的詩集校對完畢時，像江河決堤般流下淚水，在夜深大雨的街頭上狂奔，積在內心多年的歡笑與淚水，也全交付在這狂囂的風雨之中了。[19]通過這部詩集，我們可以進一步瞭解再遷臺灣韓華的生活和心理狀況。

　　作者將詩集的第一輯命名為〈心象篇〉，心象指的是對象不在面前時，人的頭腦中浮現而出的形象。心象，可以是保存在人腦裡曾經感知過的某一事物或人物的形象，比如「母親」。詩人通過對韓國生活往事的回憶，使那位並不在眼前的，臉上爬滿皺紋，眼神充滿擔憂的母親形象躍然紙上。「母親」這一形象之所以會經常出現在詩人的腦海中，又與他曾經多次反覆感知的客觀現實相聯繫。詩人反覆的「離家」經驗使詩人對母親充滿思念，而反覆的「離家」背後，又隱藏著韓國社會差別與排外的現實。心象，也可以是對記憶內容進行重新組合，在取捨過程中建構起新的形象，[20]比如與詩人從相遇到相戀再到分別的，充滿感情糾結的「女子」形象。可以說是詩人通過將有關韓國的記憶重新組合，建構出的新形象。無可避免的宿命，早就決定詩人必須愛上

---

[18] 初安民，〈真正的初安民──張夢機序〉，《愁心先醉》，臺中：晨星出版社，1985。

[19] 初安民，〈自序〉，《愁心先醉》，臺中：晨星出版社，1985。

[20] 這裡對「心象」概念的解釋參考龐好農，〈論薩伏依異域的心象敘事〉，《外國語文》第31卷第5期，重慶：四川外語學院，2015，pp. 14-17。

這名女子。但想不到的是，他的真心表露卻並不被人接受，致使詩人成了罪無可赦的叛逆者。[21]詩人也許是想表述，自己命中註定來到「韓國」並愛上這片土地，但是他與「韓國」的愛戀，卻從一開始就是一種不被接受的「錯誤」。

意象，是在一剎那間裡呈現理智和情感的複合物。在第二輯〈意象篇〉中，詩人使用比喻意象，用具體的事物來比喻抽象的事物或概念，使之形象化和具體化。比如作者用不停轉的「馬達」[22]，比喻為了融入臺灣而像機器般不停歇的工作；用「流星」[23]，比喻永無止境的漂泊；用「無可縫補底裂隙」[24]，隱喻與臺灣社會之間存在的一道無法逾越的鴻溝；用渾然浸染上茶香的「煮茶的水」[25]，隱喻已經浸染上韓國文化風俗習慣，很難保持原來模樣的韓華的混種性。

〈現象篇〉中，詩人使用視覺意象和聽覺意象，來描寫給詩人視覺上或聽覺上產生深刻印象的事物或人物。[26]比如：「磨刀的老人」——「把黑髮磨成白髮，用生命磨取生活」，會使詩人聯想到父親，甚至未來的自己；[27]「板門店」[28]——對於所有的韓國人以及當時在韓國生活的人來說，都無疑是「仍然像心臟一樣跳動著湧不完的悲哀」，而在「板門店」前合影留念的遊客，則激怒詩人，引發對其「罹患戰爭健忘症的人類」的嘲諷；[29]

21 初安民，〈愛與罪〉，《愁心先醉》，臺中：晨星出版社，1985，pp. 22-23。
22 初安民，〈心情十六行〉，《愁心先醉》，臺中：晨星出版社，1985，p. 65。
23 初安民，〈浪子‧鄉愁〉，《愁心先醉》，臺中：晨星出版社，1985，p. 66。
24 初安民，〈難追〉，《愁心先醉》，臺中：晨星出版社，1985，p. 74。
25 初安民，〈心情十六行〉，《愁心先醉》，臺中：晨星出版社，1985，p. 62。
26 以上有關意象的概念參考劉保安，〈論狄金森詩歌中的意象〉，《新鄉學院學報》第24卷第5期，新鄉：新鄉學院，2010，pp. 115-117。
27 初安民，〈磨刀的老人〉，《愁心先醉》，臺中：晨星出版社，1985，pp. 114-115。
28 板門店位於朝鮮半島中西部，1953年7月27日，南韓與北韓的停戰協定在這裡簽訂。
29 初安民，〈板門店〉，《愁心先醉》，臺中：晨星出版社，1985，pp. 116-120。

「乒乓」——這一聽覺意象使詩人聯想到一位韓國殘廢軍人,就像桌球一樣,被兩邊的拍子打來打去,卻「不知道誰是贏家誰是輸家」,並為此深感悲哀。[30]初安民之所以對戰爭如此敏感,也是緣自他對戰爭是造成自己漂泊命運最根本原因的認知。

〈抽象篇〉中用形象的描述,解讀了許多難以把握的概念和抽象的情思,包括:疑惑、痛苦、堅執、寂寞、孤獨、喪失、希望等等。在詩人筆下,「痛苦」:是用昂貴價錢買下大口徑機關槍,與每日降臨的黑夜展開的生死搏鬥;[31]「寂寞」:和影子是一場反反覆覆凌亂的循環,卸下寂寞,卸不下影子,卸下影子,卸不下寂寞;[32]「孤獨」:就像梵谷割耳這檔事,每一聲嚎叫都有距離,距離乃孤獨割開的聲音;[33]「喪失」:是被長長的鉤在海上的水手,他的上陸,是另一個夢的下海;[34]「堅執」:是筆直的堅持在這裡,拒絕任何形式的搬家;[35]「希望」:是關掉所有的仇,關掉所有的恨,關掉所有的往事,然後開始走向一個叫黎明的地方;是將自己迸裂滿天,占領全部的天空;是酒醒的早上,微笑著開向眼前的一朵小花。[36]

初安民的詩可以說是他自焚式的沉思後沉澱的結晶。他用詩來向人們訴說一個跨國移居者的心聲,或者說用詩來為許許多多的跨國移居者代言。陳述他們徹底感受到的,自己在命運面前的束手無策,對一寸棲身之地的無比渴望;敘說他們生活在如此

---

[30] 初安民,〈乒乓〉,《愁心先醉》,臺中:晨星出版社,1985,p. 129。

[31] 初安民,〈奮戰記〉,《愁心先醉》,臺中:晨星出版社,1985,pp. 191-192。

[32] 初安民,〈影子與寂寞〉,《愁心先醉》,臺中:晨星出版社,1985,pp. 76-77。

[33] 初安民,〈割耳者——致梵谷〉,《愁心先醉》,臺中:晨星出版社,1985,p. 99。

[34] 初安民,〈水手〉,《愁心先醉》,臺中:晨星出版社,1985,p. 189。

[35] 初安民,〈樹〉,《愁心先醉》,臺中:晨星出版社,1985,p. 171。

[36] 參考初安民,〈一個叫黎明的地方〉、〈滿天星〉、〈酒醒的早上〉,《愁心先醉》,臺中:晨星出版社,1985,p. 174、p. 166、p. 196。

遼闊宇宙中卻無一寸真正棲身之地的悲哀。初安民以一個詩人墨客的敏銳，領悟到既然無法成為一顆「生根」的流星，那就做一顆渴望生根的「流星」吧；既然流星的悲哀是滑落時不能連根拔起，那就任憑那些根留在那裡，並且永遠牢牢地扎下去吧；當這些根連成線，再連成無限網絡的時候，當那些各自分散，自求發展的流星佈滿天空，散發滿天星光的時候，也許就是被接納的季節了。[37]

---

[37] 有關初安民詩歌的論述更詳細內容請參考梁楠，〈生根的流星：論韓華詩人初安民《愁心先醉》中的跨國認同〉，《中國現代文學》No.80，首爾：韓國中國現代文學學會，2017，pp. 110-112、127。

第五章

韓國華人華文其他文類的創作

韓國華人除了散文與詩歌作品外，還創作了評論、小說等其他文學體裁的作品。

　　自1960年代開始，各個時期都出現過韓國華人華文評論創作，作品總數約有九十餘篇。其中，先遷韓華的作品有七十餘篇，約占韓華評論作品總數的80%，再遷韓華的作品約占總數的20%。再從先遷韓華的華文評論創作情況來看，創作於1960年代的評論作品有五十餘篇，約占先遷韓華評論作品總數的70%，約占韓華評論作品總數的60%。

　　四部韓國華人華文小說作品，其中包括先遷韓華創作的三部短篇小說，後遷韓華創作的一部長篇小說。

一、韓國華人華文評論創作

　　先遷韓國華人通過評論這種文學形式，針對人物、事物或時事，及時迅速地進行主觀或客觀的批評議論，闡述自我觀點與感受。這不禁使人聯想到先遷韓華的雜文創作。可以說在1960年代，評論與雜文一起迎合了這個時期先遷韓華，特別是韓華青年對韓華社會、韓華教育、韓華報刊文藝工作等等問題，發表個人看法與評價的創作欲望。但是與雜文創作不同的是，評論作品脫去幽默詼諧的色彩，主要在議論說理上下功夫。

　　比如，1960年代在先遷韓華華僑協會選舉工作上出現了問題，於是先遷韓華紛紛寫文章批判這次選舉工作的荒謬，指出這樣的選舉辦法，將給韓華社會帶來怎樣的負面影響。評論包括：陸偉森的〈荒謬的「戶主互選」〉（1965）、〈漢城華僑協會「選舉辦法」批判〉（1965）、〈談僑社選舉〉（1964）、洪荒的〈民主倒車路難開〉（1965）、李省的〈開民主的玩笑〉

（1965）、編輯文章〈漢協改選說從頭〉（1965）、〈風雲寶座無人就職〉（1965）等。通過這些評論，1950年代以後受中華民國政府管理的韓華自治機構華僑協會[1]，對於先遷韓華的重要性就可見一斑了。另外，評論作者在文章中主張，在韓華社會應該真正將民主思想落到實處，也能體現出1950年代以後，先遷韓華受到中華民國思想教育的影響。

不管是在評論內容所反映的時代特徵，還是從作品在當時所引起的社會迴響上來看，〈館前街漫話〉都可算是1960年代先遷韓華華文評論的代表。

〈館前街漫話〉是在發行於1960年代的韓華雜誌《韓華春秋》上所設的評論連載專欄，從1964年6月始，至1966年4月止，共發表了14期評論文章。評論的作者據推測，應該是《韓華春秋》的編輯。每一期評論，都會針對當時發生在先遷韓華社會中的大事件發表個人看法。〈館前街漫話〉針砭時弊，批判韓華社會弊端的文風，被當時的大部分讀者所認可。有人評價說：「《韓華春秋》的內容確實夠豐富，論述的文章最引人注目，公正不苟的評論精神值得欽佩。而〈館前街漫話〉是最具特色者，將館前街許多大小事件，以犀利的筆鋒，公正的態度，描述出來。」[2]

「館前街」這一名稱，並非韓國政府在法律上劃定行政區域時的正式命名，而是〈館前街漫話〉作者的自創。作者對「館前街」的定義是這樣的：「漢城市明洞入口與忠武路一街之間，乃

---

[1] 自1950年代，先遷韓華在臺灣駐韓國大使的管理下，實行韓國華人自治。即當時的臺灣駐韓大使邵毓麟，把蔣總裁（蔣介石）「新縣制」中的「管教養衛」和「基層組織」的「保甲制」，適用到僑務工作上去，而演變發展成一套華人組織與華人自治制度。將韓國華人社會分化為48個自治區，每一區都設有華僑協會作為管理機構。參考邵毓麟，《使韓回憶錄》，臺北：傳記文學出版社，1980，p. 127。

[2] 曉星，〈局外人談《春秋》〉，《韓國春秋》第13期，首爾：韓華春秋編輯委員會，1965.6，p. 30。

我華僑在韓，黨、政、團、報、校，薈萃之地，上至我使領館，下至瓜子小販，結聚於此，舉凡外交大事，僑社繽紛，亦莫不肇於此，決於此，整日價車水馬龍，三教九流穿梭其間，華僑暱稱之為「衙門街」，吾人定名為『館前街』也。」[3]通過《韓華春秋》的發行，「館前街」這一新名詞逐漸被先遷韓華所接受，認為這一名稱名實相宜，就約定俗成地沿習下來。由此，〈館前街漫話〉給先遷韓華社會帶來的影響，也可見一斑了。

通過〈館前街漫話〉，我們可以從多個層面瞭解1960年代先遷韓華，特別是韓華青年所面臨的社會問題，以及困境與疑惑。

第一，〈館前街漫話〉與1960年代的雜文一起，揭示了先遷韓華青年與老一輩韓華之間的矛盾。

越來越多的第二、三代先遷韓華青年，通過接受高等教育，逐漸認識韓華社會的停滯不前，經濟發展困難，除了與韓國政府所制定的政策有關以外，還與老一輩韓華的封閉保守，不注重與韓國社會的交流，不識韓語等因素具有直接關係。韓華青年認為，韓華社會存在的弊端應該通過文學的形式，刊載在報刊雜誌上，以喚醒韓華，共謀發展之路。老一輩韓華故步自封，守著「家醜不可外揚」的舊思想，就像諱疾忌醫的患者，寧願隱患「舊疾」，也不願示人，因而極盡能事地反對韓華青年創辦華文刊物。先遷韓華社會仍然沿襲著長者為先的傳統思想，韓華社會的自治機構華僑協會的會長、副會長，也往往由所謂德高望重，或資金雄厚的老一輩華人來擔任。由於權力都集中在老一輩華人手中，因此嚴重打消了韓華青年人參與協會選舉的積極性，也大大束縛了韓華青年有意革新韓華社會的手腳。數年寒窗苦，只能

---

[3]　〈館前街漫話〉，《韓華春秋》第1期，首爾：韓華春秋編輯委員會，1964.6，p. 5。

換來失業青年的悲涼處境。

　第二，〈館前街漫話〉針對臺灣政府對先遷韓華的關心程度提出質疑。

　1950年代大韓民國政府成立，仍然留在韓國的華人在國籍上歸屬中華民國，先遷韓華只承認中華民國在政治上的正統地位。先遷韓華「是故一興起故國之思，就跑到館前街來看看飄揚著的國旗，和健行於館裡館外的官人，以療故國之思。」[4]浪跡客鄉孤立無助的先遷韓華，渴望中華民國政府派來的「官」，做為國民的公僕，可以同樣眷顧這些生活在韓國的「國民」，成為先遷韓華可以依靠的堅強後盾。但結果卻令他們失望。因此，評論作者批判，先遷韓華在韓國見到的「祖國官員」，都是一副「官權沖天」的官僚習氣，根本感受不到對韓華的關心之意。

　另外，評論作者還批判，臺灣政府派駐韓國的使領館官員，也只重視「外交」，對先遷韓華社會的事情，採取事不關己的態度。韓華社會鬧糾紛，臺灣駐韓大使卻表示：「僑社糾紛，讓他們自己鬧好了，我們不必管，我們只管外交好了。」[5]韓華要求使領館人員出面，主持漢城華僑協會選舉工作，領事部的劉祕書說：「部分僑胞要我們對僑社不合理的事情動手術，領事部不能接受，一個醫生給病人開刀也得取得家長同意，和病人的合作。」評論作者不由感歎：「我們不知我們的家長是誰，在國內

---

[4]　參考〈館前街漫話〉，《韓華春秋》第18期，首爾：韓華春秋編輯委員會，1965.12，p. 8。

[5]　這裡所說「僑社糾紛」是指先遷韓國華人派系間的糾紛。先遷韓國華人派系早在臺灣駐韓劉大使任期，除了地方上的新派、舊派以外，最嚴重的是以首爾為首的陳派與以仁川為首的呂派間的對立，陳派掌握漢城華僑協會，呂派除掌握了仁川地盤以外，並且控制了全南韓華僑協會的最高組織華僑協會總會。陳派為了強固勢力，另外組織了全南韓性質的中華飲食業協會，於是兩派的對壘更形尖銳。具體內容參考沉緹，〈梁大使荊棘滿途〉，《韓華春秋》第11期，首爾：韓華春秋編輯委員會，1965.4，p. 2。

我們整體應把總統看成家長，在海外，大使主張不管僑務，劉領事大概可算我們的家長了，集醫生與家長於一身的劉祕書，不同意動手術，就由我們這些病人自生自滅吧！」[6]

評論作者還發現，臺灣政府的間接管制，甚至影響到韓華社會華文刊物的言論自由。因此，作者犀利批判了那些「當言而不言」的新聞報刊，認為做為一種社會的「語言」，某些新聞報刊根本沒有盡到自己這一社會責任，一些需要通過報導讓韓華知曉的大事，卻因為對當局[臺灣政府]不利而避而不談，成為專聽臺灣領事館命令的「御用工具」。[7]

第三，〈館前街漫話〉反映出先遷韓華對身分產生的疑惑。

如上所述，先遷韓華具有中華民國國籍，但是這似乎只是一種形式上的認可。令作者感到荒唐不已的是，移居韓國的先遷韓華，被要求必須證實自己的「華人身分」。因此，作者批判道：「如果想證明你確實是一位華僑的話，必須有『華僑登記證』，有了它不僅可以證明你是正宗華僑，並且可以證明你是一個被無理剝削的可憐蟲！因為你必須每年繳納一次人頭稅，然後在『登記證』後面蓋上一個骯髒的戳印！」[8]

韓華教育問題是先遷韓華始終關注的話題。從評論作品的內容上可以看出，先遷韓華在不同時期，對韓華教育問題關心的側重點也有所不同。

出現在1960年代的評論：官雯的〈漫談僑中招生考試〉（1964）、李省的〈升學考試的困擾〉（1965）、向日葵的〈論

6　本報記者，〈漢協改選說從頭〉，《韓華春秋》第9期，首爾：韓華春秋編輯委員會，1965.2，p. 7。

7　〈館前街漫話〉，《韓華春秋》第1期，首爾：韓華春秋編輯委員會，1964.6，p. 6。

8　〈館前街漫話〉，《韓華春秋》第19期，首爾：韓華春秋編輯委員會，1966.1，p. 10。

當前韓華僑教〉（1965）等評論中，重點在於提出招生考試，在先遷韓華學校教育中的重要性。作者們認為，先遷韓華學生由韓華小學升入韓華中學的過程中，幾乎沒有任何升學壓力，這樣很可能導致學生疏於學業，將來升入臺灣的大學讀書就會感到吃力。如果在韓華學校嚴格實行招生考試制度，可以促進韓華學生對學習必要性的認識。作者們還提倡，通過聘請臺灣師資或在臺灣深造返韓的韓華青年，提高教學品質。這些看法與觀點，不僅對於培養先遷韓華學生的漢語表達能力，甚至在華文文學創作等方面，都可能起到直接或間接的促進作用。

　　1970年代有關韓華教育的評論中，比較有代表性的是韓說的〈僑教淺談〉（1975）。作者強調，先遷韓華三十年來，之所以在受教育程度上發生如此大的變化，與先遷韓華對韓華教育的重視，慷慨捐獻血汗錢，幫助韓華學校建設這一點是分不開的。作者批判的是，與先遷韓華對韓華學校的投入相比，學校培養出來的學生素質，卻並不令人滿意。

　　這篇評論還給我們提供了這樣一個資訊：1950-70年代這三十年間，先遷韓華的受教育程度大幅提高。用作者的話說：「三十年前，如能初級小學畢業，已經難得，而今，華僑子弟如果小學沒畢業，那才稀奇。」[9]這也從一個側面說明，為何1960年代以前，較少發現先遷韓華從事文學或文化活動。或者說，為何1960年代以後，才真正出現了一定規模的韓華華文文學創作的原因。

　　1990年代的評論中，值得關注的是一凡的〈華僑學校學生說國語在這裡也亮起紅燈？〉（1990）。作者意在批評，此時期先遷韓華學生的漢語水準，已經到了令人擔憂的地步。呼籲韓華學

9　韓說，〈僑教淺談〉，《韓中文化》，首爾：韓中文化協會，1975.1，p. 17。

校，多重視韓華學生的漢語教育問題。但是這篇評論的貢獻並不僅限於此。它的貢獻還在於，給先遷韓華語言的研究，提供了重要線索。更進一步說，對韓華華文文學的研究，也具有啟示意義。

首先，1990年代就讀韓華學校的學生，大多應該屬於第四代先遷韓華，通過評論內容可以瞭解，他們當時的語言狀況是：韓語比漢語說得更流暢，比漢語講起來更方便。這是因為第四代先遷韓華，雖然繼續在韓華學校接受中華民國國語教育，但實際上除上課時間以外，幾乎很少有可以接觸漢語的機會，甚至跟父母（均非韓國人）也講韓語。同時也說明第二代或第三代先遷韓華，在韓國生活的適應過程中，也逐漸習慣於使用韓語。

其次，根據評論中所說：「學生們講的中國語文都是倒轉的」[10]，這句話上來看，第四代先遷韓華已經在漢語口頭語上，形成了與韓語語法等的混種現象。

最後，先遷韓華的這種語言混種現象，是否在書面語中也同樣出現，又或者說先遷韓華的這種語言混種現象，在先遷韓華的華文文學創作上，將形成怎樣的影響，就成為一個值得深入研究的課題。這些問題將在第八章展開具體論述。

2000年代以後，先遷韓華華文評論的創作陣營發生了轉移，主要出現在再遷美國韓華發行的華文雜誌上。

再遷美國韓華的評論中，比較有代表性的，有崔仁茂的〈韓華總會事件 發人深省〉（2004）、〈剛上山 又下山〉（2004），〈僑校問題癥結在那裡？〉（2006）、蕭兮的〈請為僑校留一片淨土〉（2006）、一剪梅的〈冀望韓國政府多一點

---

[10] 參考一凡，〈華僑學校學生說國語在這裡也亮起紅燈？〉，《韓華》，首爾：韓中文化協會，1990.7，p. 12-13。

「施惠」少一點「互惠」〉（2010）等。

這些文章，或是評論再遷美國韓華，在美國自發成立的韓華總會存在的問題；或是批評先遷韓華學校出現的問題；亦或是議論韓國政府，對先遷韓華所實施政策。筆者認為這些評論值得關注的原因，並不在於強調作者所抒觀點的正確性與可行性。而在於這些評論對於思考韓國華文文學的範疇問題，具有重要的參考價值。也就是說，這些再遷韓華的評論，在內容上反映出，先遷韓華中的一部分再遷至美國，重新開始在美國的移居生活，但是他們仍然與韓華保持著千絲萬縷的聯繫。

再遷美國韓華在美國自發成立的韓華總會，在組織韓華聯誼活動，從事各種文學和文化活動等方面，在團結韓華的功能上，近似於韓國的華僑協會。另外，再遷美國韓華，即使身在美國，仍然心繫韓華，關心韓華的教育事業，與先遷韓華共同探討，如何改善韓華在韓生活等問題。再遷韓華評論作品所體現的這些特徵，都體現出將再遷韓華華文文學，看作韓華華文文學一個子集的必要性。

二、韓國華人華文小說創作

先遷韓國華人的短篇小說，出現在1960年代。

張嵐的〈別有一番滋味在心頭〉，從1964年6月至1964年12月，共分6期，連載在當時的韓華雜誌《韓華春秋》上。小說採用自傳體的形式，講述了一位先遷韓華青年到臺灣求學的經歷。

夏侯辰的〈外人部隊〉，從1965年1月開始登載在《韓華春秋》第8期上，共連載了9期。小說是作者根據真人真事改編，講述了韓戰期間，華人青年英勇抗敵的故事。

長峰的〈煙臺風雲〉，從1965年8月開始登載在《韓華春秋》的第15期上，共連載了5期。這部小說完全出於作者虛構，講述的是民國年間，青年崔如宏為了給父母報仇，不斷尋找復仇之路，最後成為一名革命軍。為父母報仇後，放棄一切與深愛的青樓女子紅雲浪跡天涯的故事。小說在創作上筆法運用純熟，情節安排連貫緊湊，是一部文學性很強的作品。

這三部短篇小說的意義就在於，它們是筆者所收集資料中，較早以連載形式出現的文學作品。小說不管是在人物形象的刻畫，還是在故事情節的展開，以及環境描寫上，都達到了較高水準。意味著先遷韓華在1960年代，就已經具備了長期性、計畫性的文學創作能力。其次，三部小說作品，都具有比較鮮明的寫作目的。而其寫作目的，又與作者的先遷韓華身分有著重要的關聯性。換句話說，這三部短篇小說，可以在某種程度上體現出，韓華華文文學自身所具有的某種特殊性。

〈煙臺風雲〉這部小說，單從故事情節上來看，就是將武俠與言情相結合的一部愛情小說，似乎與先遷韓華沒有什麼關聯性。但是作者將故事發生的地點選定為「煙臺」，就使這部小說具有了特殊的意義。首先，先遷韓華90%以上都是山東出身，不管是從作者的角度，還是從先遷韓華讀者的角度來看，煙臺都是他們較為熟悉的地方。一方面，便於作者在創作中的自然環境以及社會環境的描寫；另一方面，這些描寫又可以使先遷韓華讀者產生共鳴。其次，從歷史背景上來看，煙臺對於先遷韓華來說，是一個具有追憶性的地點：一個回不去了的，代表祖籍所在地的地點；一個對於早期韓華來說，是其經濟繁榮時期的貿易重地，而對於1960年代的先遷韓華來說，卻是只能嚮往和回憶的過去。

〈外人部隊〉這部小說，作者的寫作目的非常明確，是打

算給華人共同參加韓國戰爭的經歷，留下一個歷史的記錄。從作者產生創作欲望到真正動筆，經歷了這樣一個過程：作者初中一年級時，第一次聽到1951年華人搜索隊副隊長姜惠霖烈士作戰陣亡的英勇故事。那時，作者就產生了要為這些英勇的鬥士們立傳的想法。作者覺得，「既然生活在一個戰鬥的時代，就應該為這個時代留下一頁歷史的副本，這是一個讀書人起碼的責任。」但是，作者因為文字修養上的不自信，而未動筆。腹稿在作者心裡蘊藏了13年。直到1964年12月12日，姜烈士遺骨正式安葬首爾市郊銅雀臺韓國軍公墓，作者自覺不能讓這個英勇的故事，隨著烈士忠骨永埋地下，終於在1965年1月開始動筆。作者表示，出於對搜索隊家族安全地考慮，除故事中的時間地點保持正確性之外，人名均採用化名，為了易於處理，在體裁上採用較為自由的小說體，以連載的形式刊登在韓華雜誌上。[11]

〈別有一番滋味在心頭〉這部小說，是筆者收集資料中出現的第一部韓華小說。作者開宗明義：「我不強調能寫出一篇感人肺腑的東西，我只求讀的人對它有一種親切感，他們在此可以找到自己的內心，自己的生活，自己的現實問題，以及自己的將來。」[12]不管是從作者的寫作目的，還是從小說內容上看，這部小說都非常接近當時先遷韓華，特別是韓華青年真實的生活現實。小說中描寫的故事真實生動，應該與作者的親身經歷，或是與作者親眼目睹周圍韓華青年朋友的真實事蹟有關。小說細緻地展現了主人公的性格和命運，不僅表現了主人公內心的複雜矛盾，還體現出先遷韓華青年，與老一輩人在思想上的矛盾衝突。

---

[11] 以上內容參考夏侯辰，〈外人部隊‧序〉，《韓華春秋》第8期，首爾：韓華春秋編輯委員會，1965.1，p. 29。

[12] 張嵐，〈別有一番滋味在心頭〉，《韓華春秋》第1期，首爾：韓華春秋編輯委員會，1964.6，p. 28。

通過小說中人物所處社會生活環境的描寫，給我們提供了一個更為整體的先遷韓華社會生活。因此，筆者在此更加詳細地介紹一下這部小說。

〈別有一番滋味在心頭〉採用倒敘的方式，開篇講述的是一位窮困潦倒的韓華青年鍾辰隻身從釜山來到首爾，毫無目的毫無計畫地尋求謀生之路。到了首爾卻發現，自己曾經熟悉的景象，已經面目全非。正當他徬徨無措時，恰好在中央郵政局附近，遇到了初中時的同學黃秀民和宋強。無宿可投的鍾辰，只好暫時住在宋強家裡。黃秀民拜託自己的妹妹，給鍾辰找了一份家教的工作維持生計。一天他帶著家教的孩子過街時，一輛時髦的轎車從他們身邊飛馳而過。正當他們怔住的時候，從車上走下來的女人迫使他回想起所有的往事。

這個女人，正是他的初中同學趙萍萍。他們的再次相見，是鍾辰高二那年暑假，在基隆的碼頭。當時許多留學臺灣的僑生，都藉著海關檢查鬆懈之機，往來臺韓之間，大批的做買賣，從中賺取大量的錢，趙萍萍也是其中的一位。趙萍萍曾向鍾辰表白心意，鍾辰覺得兩人的家庭背景相差懸殊，有意躲避。最後當鍾辰剛剛說服自己，想去接受這份感情的時候，他卻在一次郊遊中，看到趙萍萍與朋友的哥哥依偎在一起。

感情上的失落，加上聯考名落孫山，使鍾辰變得鬱鬱寡歡，整日把時間消磨在彈子房。彈盡糧絕走投無路的鍾辰，突然聽到洗衣服的老王跟別的同學交談的聲音，使他又產生了一線希望。老王答應幫他向朋友借四千元，合一百塊美金給他。條件是月利五分，並且要求他拿這筆錢，買些美國軍裝、幾箱蘋果、韓國的鮑魚、海螺罐頭、和幾個大煙泡。鍾辰心裡明白，他不該借這筆錢，可是眼前這被扣掉第一個月利息，和剩下的三千八百塊錢，

讓他無法抗拒。

　　正當他滿懷希望地踏上基隆碼頭的時候，又一次遇到了趙萍萍。似乎已經忘記過去創痛的鍾辰，心裡又在復熾著衝動。鍾辰再次為了保護趙萍萍，一口攬下趙萍萍的行李是自己的。趙萍萍的行李被查出裡面裝滿面霜盒子，有些盒子裡還裝了手錶。此時鍾辰感到事情不妙，他覺得自己是走不出海關的門了。後來鍾辰被告知可以回家了，但是行李還要扣押幾天，原來是趙萍萍的表哥過來解了圍。鍾辰失望的回到家等消息，但是沒想到他等來的是石沉大海。他怎麼也聯繫不到趙萍萍的表哥，再也沒辦法取回自己的行李，只得知趙萍萍已經跟她的表哥訂婚，她是不再回臺灣，而自己是再也不能回臺灣，他的一切損失一空。

　　這部短篇小說，以主人公韓華學生鍾辰到臺灣接受教育過程中的不幸遭遇為主線，在短短的篇幅內，訴說了先遷韓華幾代人的痛苦迷茫與無奈的生活現實。

　　鍾辰的父親是大學畢業，這種學歷在鍾辰父親的年代是絕非常見的。這種學歷在鍾辰初中同學宋強的父親——一位莊稼人的眼裡：一定是可以賺大錢，或是可以到一家機關裡謀個一官半職的。但是現實中的鍾辰父親，卻委身於一家工廠，甚至拿不到合理的工資。雖然身兼工廠設計的重任，微薄的薪資卻已經使鍾辰和兩個妹妹失學在家，靠借債勉強維持鍾辰的弟弟在臺灣念書的學費。得知此事後，宋強的父親感歎道：「唉，年頭不值了，念書的人也都得遭罪了。」[13]

　　小說的作者明顯在通過鍾辰父親的親身經歷苦訴：即使擁有再多學問，在這個封閉落後的韓華社會，仍然找不到用武之地。

---

[13] 張嵐，〈自有一番滋味在心頭〉，《韓華春秋》第4期，首爾：韓華春秋編輯委員會，1964.9，p. 31。

找不到出路，已成為從父輩延續至今的幾代華人的共同悲哀。

然而，一輩子靠種田在韓國生活，沒有念過多少書的，宋強父親的境遇更是苦不堪言。

> 看看我這種了一輩子莊稼，還不是什麼也沒有，過去幾年
> 還好，年年賺的，年年吃，可是如今又吃了官司，這年頭
> 真不好混。自從日本狗子倒了楣，咱們買了韓國人的這塊
> 地，也沒到法院去登記，如今有韓國人冒名在法院登記
> 了，就要咱的地白白的給他們，你想想天下還有這樣的道
> 理？不光是咱的地出了這麼大的事，別人家也有，追根究
> 柢咱們國家也不強，為什麼日本剛倒楣的時候沒有這樣的
> 事？[14]

正如宋強的父親所說，土地所有權問題，是一項曾經令先遷韓華最頭痛的問題。在韓國，原本私人間土地買賣時，不需在登記所的登記簿上填寫籍貫一項，因此許多先遷韓華便以自己的名義，在法院登記了土地所有權。後來韓國政府一切走向軌道，明文規定外國人不得擁有土地所有權。但在這項法律出臺之前，韓華以自己名義登記土地所有權的事實，就失去了法律保障。一旦引起糾紛，因為得不到當時法律的保障，韓華因此蒙受的損失不計其數。[15]

小說的作者借敘述者鍾辰之口，發出了同情的感慨：「一個人一生的成果就這樣輕易地被剝掉，儘管法律是一回事，人情上

---

[14] 以上引文均出自張嵐，〈自有一番滋味在心頭〉，《韓華春秋》第4期，首爾：韓華春秋編輯委員會，1964.9，p. 31。

[15] 公孫維，〈我們當前的急務〉，《韓華春秋》第6期，首爾：韓華春秋編輯委員會，1964.11，p. 3。

又是另一回事，但是我們華僑由於過去知識的低落遭到這種不白之災的有多少？」[16]

　　同樣在痛苦生活中掙扎的兩代人，看待問題的角度卻不盡相同：宋強的父親，將華人社會的落後歸結於祖國的不夠強大。而青年人鍾辰，卻認為是由於上一代華人的無知。兩代韓華之所以會在思想和認識上出現差異，與韓華青年有機會在臺灣接受高等教育，擴展視野是分不開的。1952年第一批韓華學生到臺灣升學，為韓華提供了諸多方便，也為韓華學生提供了更多的求學機會。接受新知識新思想後的韓華青年，再回到這個落後的韓華社會，無疑會發現韓華社會存在的問題，意識到老一輩韓華的封閉思想，是阻礙韓華社會發展的一大障礙。因此，產生尋求改造落後韓華社會，尋找韓華青年出路的想法和決心。

　　窮困是韓華青年所面臨的第一大困境，曾經繁榮一時的韓華經濟，日據時代受到日本的諸多壓制，逐漸走向衰落。韓國光復後，雖然得到一定的恢復，但隨之而來的韓國戰爭等重大國際局勢變化，使韓華經濟再次一蹶不振，蕭條衰敗。而經濟上的衰落，對於本就封閉的韓華社會的就業問題來說，更是雪上加霜。

　　鍾辰的初中同學黃秀民，在首爾也並不如意。由於找不到職業，被逼得進入一所三四流的大學去鬼混。交了女朋友，但是女朋友的家人因為嫌他家裡窮，竭力反對他們的婚事。兩位被殘酷社會現實扼殺希望的年輕人，在街上的偶遇，已使彼此心照不宣。在學生時代就一向慷慨的宋強，請他們到一家韓國餐館吃烤肉。沐浴在友誼中的鍾辰，一向不善喝酒，那天也發洩般喝得酩

---

[16] 張嵐，〈自有一番滋味在心頭〉，《韓華春秋》第4期，首爾：韓華春秋編輯委員會，1964.9，p. 31。

酊大醉。酒醒後發現自己已經來到宋強家，一支洋火的光亮，照射出一幅家徒四壁的淒涼景象。

本以為來到首爾可以找到希望，看到至今沒有找到職業的黃秀民以及宋強的境況後，只令鍾辰更加失望。萬般無奈之下，不得不勉強接受一份自己並不喜歡的家教工作，每天行屍走肉般為了餬口而生活。更使鍾辰擔憂的是，他發現下一代韓華少年，小小年紀就因為未來的不透明，而像自己一樣的苦悶和憂鬱。他不由感歎是這個封閉落後的韓華社會，扼殺了韓華青年的出路和前途。

2010年代以後，出現了一部韓國華人華文長篇小說《蒲公英：文麒留韓記》。

這部小說，由後遷韓國華人李文所作，作者曾任東明大學外籍教授。這部作品從2006年動筆，至2015年修改完成，歷時近10年之久。小說的很大一部分，是作者在釜山一家考試院[17]裡，一個只有五、六平方公尺大小的房間中完成。在正式出版之前，曾登過騰訊網讀書頻道原創文學板塊的首頁，也簽過一家規模不算大的文學網站，最後於2017年1月由人民日報出版社正式出版。[18]

小說講述的是22歲的中國西安青年文麒，2005年漢語文學專業大學本科畢業之後，選擇到韓國留學。最後由一位在韓國留學的中國留學生，轉變為長期移居韓華的人生歷程。小說不僅敘述了主人公文麒，開始由於語言不通經濟拮据等困難，吃了不少苦頭。但是通過不懈努力，畢業後最終留在自己留學的大學任教，

---

17 韓國的考試院指的是一種居住設施，在此居住者大部分是需要長時間準備各種考試的應試生。由於考試院價格低廉，應試生以外的人也經常使用。

18 參考李文，《蒲公英：文麒留韓記》，北京：人民日報出版社，2017.1，p. 256。

書寫了一部國際版小人物的翻身故事。同時也塑造了一群與文麒同時代，像文麒一樣為了追求更好的生活，離開家鄉移居海外的跨國移居者形象。這些人物包括：文麒剛到韓國時的前輩兼同屋關智淵，離開中國已有八年的劉哲銘，文麒的舊友董軒澤，還有文麒的兩位同鄉及初中校友鄭衛鴻和時光。

關智淵在韓國碩士畢業後，去了日本攻讀博士。肄業後又去了香港，華麗轉身為月薪三萬港幣的專案經理。劉哲銘則遊歷了歐洲，走遍了大大小小十餘個國家，最終在韓國取得了金融碩士學位，成功簽到一家釜山的公司成了上班一族。董軒澤則在首爾蒸蒸日上，他始終打算畢了業要和老婆去美國挖金礦。不過他最後沒有去美國，而是回到了中國挖金礦。不過對於一個跨國移居者身分的董軒澤來說，他的再回中國也許並非回歸，而是一次再移居。也或許他始終沒有放棄過去美國挖金礦的夢想，甚至有一天終會實現。鄭衛鴻和時光則和文麒一樣，為了前途，告別家鄉，「漂在」釜山。[19]

主人公文麒的外公是教授，父母也是，文麒從誕生一個月起，便住在位於大學校內家屬院的家裡。出身書香門第的文麒，並非因為家境貧寒，為了擺脫貧困才選擇來到韓國。文麒覺得，中國已經改革開放二十多年了，時代告訴自己讀萬卷書行萬里路的最好方式是「留學」。由此可以看出，不管是為了擺脫貧困或是勞動需要，而選擇移居他地的先遷韓華，還是並非出此原因的後遷韓華，他們為了追求更好的生活，這一最終目的是一樣的。

其實，韓國並非小說主人公的首選之地，他首先想到的是近代文明的發源地歐洲，當今最發達的美國，一脈傳承儒家文化的

19 李文，《蒲公英：文麒留韓記》，北京：人民日報出版社，2017.1，pp. 174-184。

日本，戰鬥民族的俄羅斯，或是物美價廉的烏克蘭。他是在偶然看到的一則赴韓留學招生廣告上標明的學制和費用，以及未來的就業前景後才有些心動的。文麒內心隱隱覺得，韓國在世界留學排名上屬於二流國家，自己的選擇恐怕有被人看不起的可能。但是在考慮到家庭經濟情況，又不允許他有渴望去已開發國家的夢想，所以文麒不得不進行自我催眠，盡量將去韓國留學這個決定合理化，說服自己。

首先，他要找到排除那些理想的留學國家的理由：自己身材單薄，去西方先不說貴，面對高鼻子深眼睛的歐美大漢怕被揍。去經濟實力普通的俄羅斯或烏克蘭，在同樣的理由下，經濟上的回報率還太低。去日本，首當其衝的問題是太貴，當然錢的問題不是問題，哪怕自己過去兼N份職業，怕的是殺雞取蛋一般地影響學習。其次，是找到選擇韓國的理由：韓國，他印象中的這個與中國一衣帶水的半島國家，是一個從1980年代開始迅速崛起的，如今已是中等開發的亞洲新興工業國，遍地都是大長今一般的美女，人們彬彬有禮，有幾家諸如三星、現代、LG等世界知名的大公司，和一支荷蘭著名足球教練希丁克帶領的，令亞洲對手聞風喪膽，讓世界球迷不敢小瞧的黃種人男子足球隊。[20]

先遷與再遷韓華，最初是想尋求更好的生活而選擇來到韓國。但由於歷史和政治上的原因，毫無自主權地成為有故鄉卻無法返回的離散者。後遷韓華，較之先遷韓華則具有很大的自主性，為了尋求更好的生活，憑藉自己的判斷選擇來到韓國學習、工作或是生活。同時，他們又具有隨時可以返回故鄉的自由。因此，他們大部分都會選擇，長期往返兩地的雙重居住形式，成為

---

[20] 李文，《蒲公英：文麒留韓記》，北京：人民日報出版社，2017.1，p. 3。

新型的跨國移居者。就像小說《蒲公英》中的主人公文麒一樣，並非經受戰亂、災難之苦，他們的跨國移居行為，出自更高的精神追求，對中國以外世界的好奇，對成功海歸人士的憧憬，對自己也可能成為其中一員的幻想。

後遷韓華的這部長篇小說，通過心理描寫、動作描寫、語言描寫、外貌描寫、神態描寫等手法，刻畫了一群明顯不同於先遷韓華的，新型跨國移居者形象。這些新型的跨國移居者，大體具有這樣一些特徵：跨國移居行為具有更大的自主性，他們非常明確自己的跨國移居目的。即，通過跨國移居行為，想要獲得哪些收穫。並通過客觀分析自身情況，較有邏輯性地，從幾個做為移居目標的國家中，選擇一個就目前來說最適合自己的國家。這裡的目前很重要，因為這裡潛藏著，他們很可能在積累經驗增長閱歷之後，再次移居其他目標國家的可能性。這裡的其他目標國家，甚至可以包括曾經的出發地。即使他們很可能始終保持往返於出發地中國與現移居地韓國的雙重移居模式，但是由於他們的移居目的明確，因此在移居期間，會完全忠實於自己的移居地生活。

第六章

韓國華人華文文學中
「排斥」的兩面性

移居者在移居地受到當地居民的排斥，可以說是一種普遍存在的現象。在不同歷史時期，先遷韓華華文文學、再遷韓華華文文學與後遷韓華華文文學，都在以各自不同的形式體現著韓華在韓國社會受到的「排斥」。

一、羨慕與恐怖兩面性心理下的「排斥」

　　再遷韓華郝明義在其散文集《故事》中有這樣一段回憶：

> 中國人居住在韓國，雙方由於千絲萬縷的過去，有著十分微妙的情愫。小時候走在街上，韓國小孩會叫我們「大國奴，滾回你們自己國家！」中國人講起韓國人，則喜歡稱之為「高麗棒子」。「大國奴」在「高麗棒子」的國度裡，可以選擇的行業寥寥無幾。最普遍的，是開一個以賣炸醬麵為主的飯館。韓國人愛吃炸醬麵，炸醬麵相當於中國人的代名詞。[1]

　　「大國奴」並非韓國人稱呼韓華的原意，而是韓華的誤譯。本來的韓國詞彙是「대국놈」、「대국놈」又繼而變為「때놈」、「대놈」、「띄놈」。這裡「놈」的漢語意思是「者」，原本不帶有貶義色彩，[2]「대국놈」的漢語意思是「大國者」。

　　韓華之所以譯成「大國奴」，大概是由於韓語的「놈」與漢語的「奴」字發音接近，再加上韓華在韓國社會感受到的歧視與排斥情緒所致。「高麗棒子」一詞應該在清朝時期就已出現，

---

[1]　郝明義，《故事》，臺北：大塊文化出版股份有限公司，2004.3，p. 110。
[2]　現在在韓語中也帶有輕視之意。

「棒子」一詞可能是對韓語「방자」的誤傳。韓語「방자」對應的漢語原本是「房子」或「幫子」,指朝鮮王朝時地方官府的聽差或僕人,也指代高麗時中國使臣所住驛館裡的聽差或僕人,後被誤傳為「棒子」,「高麗棒子」一詞也就含有了輕蔑之意。

這裡的「大國奴」與「高麗棒子」似乎極為經典地道出了,共同生活在一個國度裡的韓國人與韓華看待對方的態度,即兩種「情緒」間的相互作用,屬於兩個處於競爭關係的群體間出現的,相互排斥現象。也就是說,韓華在韓國所感受的排斥,是建立在相互性基礎上的。

早期的韓華,在清朝政府的庇護下,以「大國國民」的身分開始其移居的歷史。並在清朝政府的庇護下,較之其他地區的移居者,更快速更順利地擴張了在韓國的居住地面積,也更輕鬆地聚斂了財富。例舉當時韓華主要聚居地之一的仁川,1884年簽訂的《仁川華商租界章程》,將現韓國仁川市善鄰洞地區的五千坪土地,設為中國租界地,韓華在此租借地上大興土木,建造中國式建築,這裡也就成為日後仁川中國城的雛形。不僅如此,在之後的1887年和1889年又接連在釜山、元山等地區設立了中國租借地。當時以「大國國民」身分傲慢自居的早期韓華,是韓國人既羨慕又嫉妒的對象。

關於早期韓華在韓國移居歷史中曾經創下的「輝煌」,在先遷韓華的文學作品中也有所體現。比如,月尾樓主的〈仁川華僑今昔〉(1964)中就曾回憶過當時韓華的經濟活動是多麼活躍,經濟實力是多麼雄厚:

在仁川全盛時期,這裡的華僑曾握有全韓的經濟大權,來自煙臺、青島、上海、香港、川流不息的海輪,載來些洋

襪熱水瓶等輕工業製品，甚至連手工業生產的粉條，都要
仰賴中國大陸供給，當日的仁川善鄰洞中國街、雕欄玉
砌、笙歌京戲、置身其間，不知身之在異鄉，站在華僑商
會的高坡上，往下瞭望仁川海港，威海漁船桅旗飄風，中
國商輪，青天白日旗高懸，猶之於站在煙臺東卡子門上，
看擋浪壩海景。住在這裡的華僑，不要會韓國話，可以很
順利地到市場買到任何東西。[3]

　　通過作者的描述不難想像，早期移居韓國的華人，在清朝政
府的庇護下，輕易掌握韓國主要經濟命脈，繁盛一時的景象。同
時，從作者的語氣上也多少可以體會，不管早期先遷韓華是通過
何種途徑，迎來這段仁川華人的黃金時代，作者都為此結果感到
自豪，對黃金時代的再次到來充滿憧憬。

　　從當時的歷史背景上來看，韓半島地區與中國大陸地區時常
發生衝突，正處於艱難時期的朝鮮，加之日本帝國主義方面挑撥
離間等因素，對外國勢力更加懷有敵對心理。隨著這些具有「大
國國民」身分的移居者在人口上的增多，導致韓國人的就業機會
受到威脅。並且由於一些韓華富商在經濟上的獨占地位，使韓國
人經濟在發展上也受到制約。再加上，這些早期韓華可以自由往
返於韓國與故鄉之間。在韓國人看來，他們隨時都有在韓國聚斂
財富後，就回到故鄉的可能性。因此，韓國人看待韓華就帶有了
更複雜的情緒，是同時具有羨慕、嫉妒、恐怖、反感等幾種情感
的複合體。換句話說，此時的韓華在韓國的移居生活中，與其說
感受到來自韓國社會的排斥，不如說是由於韓國人羨慕與恐怖的

3　月尾樓主，〈仁川華僑今昔〉，《韓華春秋》第5期，首爾：韓華春秋編輯委員
　　會，1964.10，p. 13。

雙重心理，而對韓華產生的「疏遠」。

1992年韓國與中華人民共和國建交後，隨著兩國間交流的增多，以留學或投資等方式來韓的中國大陸人口逐漸增多。其中，又從短期變為長期移居的後遷韓華人口，也隨之增多。韓國政府通過實施各種政策，放寬移居條件，促進華人的在韓投資與移居。2010年2月還實行了外國人房地產投資移民制度，促使大批中國人通過在濟州島購買房地產的方式，獲取在韓國的永住權，成為又一新型的後遷韓華。

韓國政府的一系列積極促進華人投資和移居的政策，雖然發揮了一定的積極作用，但同時也產生了一些負面影響。比如，在韓國人看待（後遷）韓華的態度上，就引起了負面效應。由於在韓國政府的促進政策下，短時間內突然出現的大批華人移居者，造成了一些韓國人的恐怖心理。實際上，在2010年外國人房地產投資移民制度實施以前，韓國人對韓華的反感情緒就始終處於潛伏狀態。一旦有事件發生，就會以顯性狀態出現。根據韓國學者申玄俊的論述，2008年4月的「中國人聖火傳遞暴力示威事件」發生之後，一些韓國網站紛紛發出要求趕走韓華的言論。2013年還有網站發出「華僑歧視是謊言，他們反而是特權層」的主張。申玄俊就這些現象，聯想到2013年上映的電影《闇黑新世界》的結局：主人公背叛了利用自己的韓國員警，最終選擇了雖然是偽裝員警，但信任自己的老闆。認為這些正體現了中國崛起之後，混合著中國熱與中國恐怖兩種感情的，韓國人的兩面性情緒。[4]

4　申玄俊，〈中國崛起以後韓國華僑與多文化主義——殘餘的中國人還是新生的跨文化主體？〉〔韓〕，《韓中人文學研究》Vol.49，首爾：韓中人文學會，2015，pp. 287-289。

後遷韓華作者曾在其小說中表示：「在異國他鄉的華文創作，是一種追求事業成功的方式，同時也是一種追求安全感的方式。」[5]「不安」似乎是貫穿跨國移居者整個異域移居歷史的詞彙，產生跨國移居者不安情緒的因素有很多，包括語言、文化、生活習慣、社會秩序、就業環境等多種因素，這些都是需要移居者去積極適應的方面。除此以外，當地居民對待移居者的態度，也不能排除是造成移居者不安情緒的一個因素，且是移居者憑藉主觀努力，也並不容易解決的問題。

另外，後遷韓華在移居形式上，主要包括留學移居、投資移居、商業移居、結婚移居等形式，屬於完全自主性的移居行為。後遷韓華大部分具有較高學歷，移居前也已經具備了一定的經濟基礎，擁有可以自由往返的故鄉。做為跨國移居者的後遷韓華，具有往返韓國與中國大陸兩地的雙重居住特徵，因此在韓國人看來，後遷韓華所具有的「移動性」較其「在地性」就顯得更加明顯。也就是說，韓國人認為後遷韓華隨時有返回故鄉的可能，因而無法足夠信任他們的「在地性」。

不管是在韓國人看待韓華的，具有羨慕和恐怖這種兩面性的情緒上，還是韓華所具有的移動性特徵上，早期韓華與後遷韓華都具有相似性。因此，在筆者看來，早期韓華與後遷韓華，在移居地韓國所感受到的「排斥」也應該具有相似性，屬於產生在韓國人羨慕與恐怖心理下的「排斥」形態，這一點在後遷韓華華文文學中，也被體現出來。

後遷韓華長篇小說《蒲公英：文麒留韓記》（2017）中就描寫了主人公文麒，他身處韓中兩國學生這個大集體之中，卻總感

5　參考李文，〈自序〉，《蒲公英：文麒留韓記》，北京：人民日報出版社，2017.1，p. 1。

到靈魂游離在集體之外。為了改善自己與韓國學生之間的關係，主人公文麒並非沒有努力過。為了與韓國同學搞好關係，文麒甚至會「自我欺騙似的」去配合，但是經過半年多的努力，他發現和這般心地純潔的韓國學生還是相處出了距離感。文麒感到這種距離，來自於韓國同學善良中透出的提防，也包括對文麒經濟狀況的憐憫。[6]

　　小說的作者李文，同樣做為後遷韓華，採取了全知全能的敘述角度，將自己的親身體會，藉小說中另一個人物關智淵之口說出：「國外就這樣，再怎麼樣，至少是初來乍到的你，都只是一個隨時會消失的，不明底細的外國人。用你，也只是一次性手套而已，何況你還是最便宜的那款。」[7]並且，作者所塑造的關智淵這一人物形象，也似乎「看破紅塵」般的，嚴格執行自己的交友原則：關智淵交往的女友是韓國人，但從一開始，他就沒有期待過會有什麼未來。只是互相學習、搭檔，避免陰陽失調，他以後計畫去日本讀博士。[8]

　　後遷韓華的小說再一次體現出，後遷韓華做為新型的跨國移居者所具有的特徵：不僅他們的移居行為本身具有較強的自主性，始終保持往返韓中兩地這種雙重居住形式的自由性；並且在忠實於移居地生活的同時，也不放棄選擇更利於自己生活的其他移居地的移動性。

---

[6]　參考李文，《蒲公英：文麒留韓記》，北京：人民日報出版社，2017年1月，p. 38。
[7]　李文，《蒲公英：文麒留韓記》，北京：人民日報出版社，2017年1月，p. 39。
[8]　李文，《蒲公英：文麒留韓記》，北京：人民日報出版社，2017年1月，p. 17。

二、文化想像意義上的「排斥」

　　韓華真正感到來自韓國社會的排斥，應該是在韓國進入近代化促進期之後。此時的先遷韓華大多以苦力身分出現，在韓國社會成為「野蠻」與「無知」的象徵。在韓國近代化熱潮中發行的《獨立新聞》、《每日新聞》等報紙，以及《血的淚》、《秋月色》、《巢鶴嶺》等新小說中，都將韓華描寫成吸飲朝鮮人血液的水蛭，露骨地體現出韓國人對中國的反感情緒。[9]除了小說以外，韓國人也使用其他藝術形式，來表現對中國的反感情緒。而先遷韓華，就在韓國人這種關於中國以及韓華的文化想像中，感到了「排斥」。筆者將韓華所感受的這種排斥類型，稱為文化想像意義上的「排斥」。

　　韓華所感受到的這種文化想像意義上的「排斥」，通過先遷韓華的文學作品體現出來。比如，先遷韓華的兩篇影評作品：一篇是譚闊於1964年10月發表在韓華雜誌上的〈歪曲史實的《北京五十五日》〉，一篇是嚴石於1965年1月發表在韓華雜誌上的〈影迷顧影〉。

　　這兩篇影評都與1964年中秋節期間，在韓國上映的一部名為《北京五十五日》（55 Days at Peking）的美國電影有關。據〈歪曲史實的《北京五十五日》〉的作者介紹，這部由英文小說改編，再搬上銀幕的影片，在當時被評為最受影迷歡迎的影片。又因為內容涉及義和團和八國聯軍的史事，也引起了韓華影迷的爭睹現象。但是韓國影迷與韓華影迷，各自的觀後感受卻大不相

9　參考崔承現，《華僑的歷史生存的歷史》〔韓〕，仁川：火藥庫，2006，pp. 251-254。

同。也許在韓國影迷的眼中，這實在是一部豪華巨片；但是在韓華看來，這根本不是什麼歷史巨著，完全是一部發生在中國的「西部大活劇」[10]。影片中，天壇成為慈禧太后主政之所，後面站立的彪形大漢，純粹是阿拉伯式的鬥力武士，讓人恍惚有置身阿拉伯宮廷之感。作者發現這部電影的內容，並沒有根據歷史，而是完全憑藉西方對中國的想像，虛構而成。只要有天壇、有小腳、有鴉片鬼就是清朝。至於西太后是在天壇，還是在乾清宮理政，這並不是西方人所欲深究的事情。更令作者費解的是，影片的顧問，居然是旅居西班牙的中國人黃馬賽，負責佈景及片頭美術設計的，也是譽滿國際的華人。

　　這部影片令當時觀看過的作者異常憤懣，影片中許多故意侮辱中國人的場面，在一個遷移國外居住的華人看來難以理解，作者在文章中表明：「現今世界是以促進國際瞭解為潮流的，這種侮辱某一國人的影片，是使人難以接受的，是非常憤懣而感遺憾的事。」但是即使憤懣，作者仍然很無奈，因為他深知：「空口辯談是無益的，最好的方法是，中國人拿出力量來，拍製一部真正符合史實的《北京五十五日》影片，才是有意義的事。但是環視中國影界及政府宣傳機關，又令人灰心喪氣。誰有魄力做這件事，想來令人心酸，使人欲語還休」！[11]〈影迷顧影〉的作者嚴石，也模仿好萊塢電影滑稽打趣的手法，在其文章中這樣「詮釋」著西方對中國的想像：

　　　　好萊塢的電影從打紅蕃打起很起勁的打，直打到《日正當

[10] 指好萊塢以美國西部大開發時期為背景製作的牛仔電影。
[11] 譚閬，〈歪曲史實的《北京五十五日》〉，《韓華春秋》第5期，首爾：韓華春秋編輯委員會，1964.10，p. 25。

中》才打夠了……好萊塢的編劇家，為了填補科學拓展的七十公分的銀幕空白，而又自感其年青的歷史不夠「面積」，打回頭向東看，看見了「馬哥勃羅」當年為仕之地──土地夠面積，歷史半萬年，夠搞一陣子的啦。於是乎，朋友們都比我詳細，咱們的天壇竟被「隆重」地搬上銀幕，叫卻斯頓騎士頓，領著一隊人馬在「北京」胡鬧了「五十五日」。[12]

看到此處，筆者不禁聯想到薩伊德所著《東方主義》緒論中的一段描寫：一位法國記者，1975-1976年黎巴嫩內戰期間，訪問貝魯特（Beirut）時，面對市區滿目瘡痍的景象，曾不無感傷地寫道：「它讓我想起了……夏多布里昂和內瓦爾筆下的東方。」而薩伊德對這位記者的看法非常肯定，說：「他的印象無疑是正確的，特別是對一個歐洲人來說。因為東方幾乎是被歐洲人憑空創造出來的地方。」[13]這就是薩伊德所提出的「東方主義」理論，他所要批判的是，東方僅是人為建構起來的，是被想像的被「東方化」（Orientalized）了的產物。比如，阿拉伯人被想像成騎在駱駝背上，是無力與易敗的游牧民族。在影視作品中，阿拉伯人要麼與好色，要麼與殘忍和不誠實聯繫在一起。要麼因為過度縱欲而頹廢，要麼善於玩弄陰謀詭計，有著施虐狂的本性，邪惡而低賤。[14]

當然，薩伊德的「東方主義」是一個極為複雜龐大的理論體系。筆者在這裡無意套用薩伊德的「東方主義」，來分析先遷

---

12 嚴石，〈影迷顧影〉，《韓華春秋》第8期，首爾：韓華春秋編輯委員會，1965.1，p. 22。

13 愛德華・W. 薩伊德，王宇根譯，《東方學》，北京：三聯書店，2007，p. 1。

14 參考愛德華・W. 薩伊德，王宇根譯，《東方學》，北京：三聯書店，2007，pp. 365-367。

韓華的這篇影評。但是從這篇影評中，筆者確實看到了西方對中國的想像，以及通過想像的虛構，和西方的「再中國化」。也就是說，西方電影導演所拍攝的，有關清朝時期的電影，並不符合真正的中國歷史，而是建立在西方對中國的想像，為迎合西方人的喜好，而虛構的產物。而筆者在這裡更想強調的是：本來是西方的導演，為迎合西方人的口味，而拍攝的有關清朝時期的電影，在韓國上映時，也同樣大受韓國影迷歡迎這一點上。不僅如此，韓國導演也效仿西方導演，同樣憑藉韓國人對中國的想像，建構出一個虛構的中國，隨後韓國影迷這種喜好，得到了更大的滿足。在這裡中國就成為被韓國想像，被韓國「中國化」了的產物。比如，韓國導演所拍攝的《清日戰爭與女傑閔妃》，「西太后」的登場，似乎就成為「中國歷史腐朽」的代名詞；李藝春飾演清朝使臣，朱善泰飾演袁世凱等，通過動員全部丑角來飾演清朝使臣，來預示「中國政治的無能」。影評〈影迷顧影〉的作者還指出，韓國影視業發揮中國想像，建構「想像的中國」，並非肇自《清日戰爭與女傑閔妃》，在此之前早已存在像《鴉片戰爭》中讓林則徐死於虎門大火中；《安市城》中楊薰扮飾的唐太宗，被一箭射瞎了眼睛，在「安市城」下，上表演了一場捉放唐太宗的滑稽鬧劇。中國人的面孔，在銀幕上成了被取笑的對象。[15]

　　羅伯特・揚說：「東方學家與東方人之間的差異是，前者書寫後者，而後者則被前者書寫。對後者來說，其假定的角色是被動接受；對前者而言，則是觀察、研究等的權力。二者之間的關係本質上是一種權力關係。」[16]借用羅伯特・揚的理論，我們是

---

[15] 以上內容參考嚴石，〈影迷顧影〉，《韓華春秋》第8期，首爾：韓華春秋編輯委員會，1965.1，p. 22。

[16] 羅伯特・J.C. 揚，容新芳譯，《後殖民主義與世界格局》，南京：譯林出版社，2013，p. 396。

否可以這樣理解：韓國電影導演，憑藉韓國人對中國的想像，來建構一個「想像的中國」；中國，則被動接受著，韓國導演以及韓國人的想像。當然，我們也不能否認，或許中國採用同樣的方式建構了「想像的韓國」。這裡更重要的問題是，韓國人對中國的想像，影響著韓國人，看待（先遷）韓華的態度與情緒，進一步使先遷韓華，也成為了韓國人想像的對象。韓國學者張守賢在論文中說：「回憶起小時候，說到華僑總會使我聯想到神祕、危險、充滿戒備心的人。」[17]小孩子並不可能憑空發揮如此想像，他是在受到周圍長輩們的言行與觀念的影響。也就是說，韓國人對韓華的想像，已經形成某種社會氛圍。

「掌櫃」、「王書房」本來只是一個普普通通的名稱，但是如果在韓國提到「掌櫃」，提到「王書房」，人們就會自然而然地聯想到韓華。「掌櫃」原本是中國古代對於店主的稱謂，這種習俗被韓華帶到韓國，在韓國以店主身分做生意的韓華被店員稱為「掌櫃」。隨著韓華經濟的衰落，中餐館成了韓華的主要營生，由於中餐館的「掌櫃」稱呼不絕於耳，韓國人聽起來在發音上類似韓語「짱께」，「짱께」[掌櫃]隨之成為帶有輕蔑之意的韓華代名詞。「王書房」一詞來自「綢緞商王書房」，在韓國本是指代做綢緞商生意的，王姓華人女婿，但是後來「王書房」這一稱謂，也被蒙上了一層濃重的貶義色彩，成為只認金錢，貪婪吝嗇的代名詞，被用在對韓華的稱呼上。

中餐館確實與韓華有著歷史淵遠的關係。早期韓華，為了給清朝政府派遣到朝鮮的軍人，提供飲食上的方便而開設。清軍撤走後，韓華中餐館的主要顧客，就是那些通過朝清貿易，獲得可

---

[17] 張守賢，〈韓華，那排斥的歷史〉〔韓〕，《當代批評》，首爾：思想樹出版社，2000，p. 245。

觀利潤的韓華富商。韓華經濟繁榮時期，韓華經營的中餐館不僅
對韓華，對韓國人來說也屬於高級餐館。先遷韓華，也因此獲得
了豐厚經濟利潤。1930年代韓華經濟開始走向衰落，再加上1960
年代韓國政府對先遷韓華在政策上的壓制，使先遷韓華可以從事
的職業非常有限。結果，具有一定知識和資本的先遷韓華再遷他
地，仍然留在韓國的韓華，幾乎只能靠經營中餐館為生。近來，
後遷韓華也開始為滿足那些從中國大陸移居韓國的華人，以及韓
國人對中餐的需求，繼續在韓國經營中餐館。

　　先遷韓華陳傳治，在其評論中總結了韓華經營中餐館由盛到
衰的過程：當年韓華為了躲避家鄉的災難，隻身來到韓國打拚就是
靠著那有名的三把刀──剃刀、剪刀、菜刀。在韓華經濟鼎盛時
期，中餐館曾一時是高層貴客光臨的場所，炸醬麵也隨之成為身分
地位的象徵。隨著歲月的流逝，佈置精緻幽雅的西餐廳、韓餐廳等
多如雨後春筍，可是韓華經濟卻日漸衰落。韓華經營的餐館設備和
剛開店時並沒有什麼改變，日久失修漸漸蒼老、陳舊。韓華餐館被
視為低級塞肚皮之處，而西餐、韓食則被視為等而上之。[18]也有先
遷韓華打趣道：「在六二五[韓國戰爭]以前，以及再早，華食黃金
時代，吃『清』料理物美價廉，吃中華高等料理，三生有幸，身價
高，非常展揚；凡在掛紅彩墨底金字招牌中走出來的客人，不管
吃的是大滷，醬麵，總是非常展揚地一邊剔牙，慢慢離去。那種
風光如今一去不復返矣。哪個老兄今天還敢在中國館子門口剔
牙，教女朋友撞上多難為情，莫非這小子落魄江湖吃醬麵啦？怎
麼敢嫁！」[19]韓華中餐館今非昔比的景象，被暴露得一覽無遺。

18　參考陳傳治，〈當前旅韓華僑的處境〉，《韓中文化》，首爾：韓中文化協會，
　　1974.11，p. 25。
19　夏蟲，〈仲夏囈語〉，《韓中文化》，首爾：韓中文化協會，1983.8，p. 37。

先遷韓華在作品中表示，「炸醬麵」始終是韓國社會關注的對象。比如：當中國餐館的炸醬麵，由三十元漲至四十元時，立刻引起部分新聞記者的關注，紛紛加以報導。本是由於肉類漲價，而不得不調整炸醬麵價格的事實，被一些報紙說成利潤數倍，稱之為暴利。甚至有的報紙還開列了一碗麵的生產成本，導致一碗四十元的炸醬麵，又成為保健當局調查的對象。以至於漲價還不到三天，大邱街面上，就有三十餘家韓華開的餐館，受到停止營業處分，處分理由均為違反衛生法。不過在韓華將價格還原以後，「停業風波」就再未發生過了。[20]韓華不禁埋怨：「拿著三十塊錢，只能到南大門的地攤上，吃一客魚刺白飯，或到陽洞路邊的實費食堂排隊，吃一碗苦力飯，若想到倭食[日食]洋餐館去，此數只夠給小費之用。中國飲食店，怎樣能在此種廉價的生意下繼續下來呢？」[21]

一位先遷韓華乾脆自嘲式的以「王書房」自居，寫作了一篇〈王書房的苦惱〉，呼訴了韓華經營中餐館的苦衷：韓華經營的中餐館裡，經常有「不方便時招呼王書房掛帳」的現象，但是在這簡單的「掛帳」兩個字裡面，卻有很大的學問。顧客吃完了一擺手，踢桌跑堂的一躬到地，連聲的「안녕가시요」[請慢走]，到了月底王書房就要夾著帳單各地收帳了。特別是一度發生糧荒的時候，那些薪水階級，每天中午都到中餐館來吃三十元的炸醬麵，真是座無虛席。可是由於多半的顧客要求賒帳付帳，做了一場好買賣，結果帳本上反而出現了赤字。這不禁令「王書房」感慨道：「同樣是一碗麵，用機器壓出來，在『미리齊』〔鯷魚〕

---

20 參考熊仁，〈炸醬麵值價幾何〉，《韓華春秋》第12期，首爾：韓華春秋編輯委員會，1965.5，p. 9；王小二，〈四月的大邱〉，《韓華春秋》第13期，首爾：韓華春秋編輯委員會，1965.6，p. 26。

21 熊仁，〈炸醬麵值價幾何〉，《韓華春秋》第12期，首爾：韓華春秋編輯委員會，1965.5，p. 10。

湯裡一泡，撒上兩粒蔥花賣出去，就成了『提倡粉食』，叫做『粉食提倡中心』，每碗賣二十元，稅金特優。而一碗滿滿的中國麵，用手一條條的拉出來，有菜有肉，有海味，每碗三十五元，而且還要賒帳，就成了暴利，就成了不正當得利？」[22]

　　從以上先遷韓華的敘述中，明顯可以體會到他們對「炸醬麵太受韓國社會關注」的不滿。但是從另外的角度來看，這也說明炸醬麵的價格，已經達到了左右韓國物價的程度。「炸醬麵」，已經成為韓國人飲食文化的一部分。因此，不僅韓華，在移居韓國的過程中，形成了文化上的混種現象；韓國人，也同樣通過韓華，受到了中國文化的影響。

　　在韓國，「王書房」與「掌櫃」，已經成為先遷韓華的代名詞，韓國人已經習慣於將「王書房」與「掌櫃」所代表的韓華，想像成落後、無知、低能的，只知蓄錢不懂花錢的，守財奴形象，是與「我們」韓國人相區別的，非韓國人的「他者」。韓國學者張守賢的論述，正可做為有力的佐證。他在論文中這樣寫道：「華僑的歷史可以說是異邦人生活史。他們對於我們來說是異邦人，我們也同樣希望他們，永遠以異邦人的身分存在下去。提出繁瑣的歸化條件，使他們難以取得韓國國籍，也是出於這樣的理由。韓國政府對於華僑教育和文化，沒有選擇同化政策，也不是出於對他們的尊重，而是由於無法接受『他們』成為『我們』的偏狹思想。以血統主義為根本的排他性國民觀念，使我們很難想像華僑成為我們的一部分。」[23]正如鄧尼斯‧赫依（Denys Hay）所說的歐洲觀（the idea of Europe），是一種將

---

[22] 張鐵板，〈王書房的苦惱〉，《韓華春秋》第13期，首爾：韓華春秋編輯委員會，1965.6，p. 16。

[23] 張守賢，〈韓華，那排斥的歷史〉〔韓〕，《當代批評》，首爾：思想樹出版社，2000，pp. 245-258。

「我們」歐洲人與「那些」非歐洲人區分開來的集體觀念[24]，韓國社會也在利用這種排他的集體意識，將「我們」韓國人與「那些」非韓國人區分開來。因此，先遷韓華，在韓國人有關韓華的想像中感受到「排斥」。

再遷美國韓華，也在回憶韓國生活的文章中，深表感慨。認為早期移居韓國的華人，數十年的努力，事與願違，付諸東流。留下來的韓華，仍然抱殘守缺，操持舊業，一直沒有出現過發跡的大企業，也沒有能參與政界的名流聞人，不知何時才能出人頭地？前途茫茫，不知所向。造成韓國人以為中國人只會做炸醬麵，不瞭解先遷韓華內心的苦衷。先遷韓華若是走在韓國的鄉間地方，被韓國孩子看到，就會被稱呼「炸醬麵大叔，安寧含笑呦〔您好〕？」雖然是一句善意的招呼，也會使韓華聽起來不太悅耳，啼笑皆非。[25]

炸醬麵，不過是維持先遷韓華經濟來源的途徑，在這裡卻被賦予了一種身分的象徵。不知從何時起，炸醬麵在韓國已然成為先遷韓華的代名詞。對於韓華來說，不管是韓國人還是中國人，把炸醬麵與自己連結在一起的時候，「都好像在刺痛他們的傷心處」[26]。再遷美國韓華崔仁茂，在他的文章中說：「韓國是民主國家，但它帶給我們太多的心理傷痛，法令嚴苛華僑發展是次要問題，很多人最承受不了是社會的歧視，我們從童年到長大，耳邊幾乎沒停過『刷拉』[27]與『大國奴』的刺耳虐諷。」[28]另一位

---

[24] 愛德華‧W. 薩伊德，王宇根譯，《東方學》，北京：三聯書店，2007，pp. 365-367。

[25] 這段敘述參考焉晉琦，〈回顧旅韓華僑和韓國民族的恩怨〉，《美國齊魯韓華雜誌》32期，Laguan Woods, Califonia：美國齊魯韓誼協會，2012.2，p. 82。

[26] 參考崔仁茂編著，《韓華在浴火中重生》，南埃爾蒙特：捌玖印刷公司，2003.1，p. 109。

[27] 韓語說成「쏼라쏼라」，指漢語，是韓國人模仿的漢語發音。

[28] 崔仁茂，〈剛上山 又下山〉，《北美齊魯韓華通訊》第10期，Laguan Woods,

再遷美國韓華也說：「我們不但曾受到經濟打壓歧視，也受到精神誣衊歧視，『中國奴』、『大國奴』、『張果老』[29]、『炸醬麵』曾不絕於耳，直到我們移民來美國才消停。」[30]

崔仁茂還在他編著的《韓華在浴火中重生》中，對韓國與美國的移居生活作過比較，根據他的比較可以瞭解到：韓華移居韓國，為了適應當韓國人喜歡吃辣的習慣，每道菜都加辣椒，創造了適合韓國人口味的「韓式中菜」。韓華再遷美國後，為了適應美國人口味偏甜的習慣，每道菜都加些糖，開創出適合美國人口味的「美式中菜」。在美國，婦孺皆知的中餐是「雞炒麵」；在韓國，家喻戶曉的中餐是「炸醬麵」。敘述到這裡，都是一些順應常理，毫無非議的事實。但問題是，「雞炒麵」在美國人心目中，只是單純的中餐聯想名詞；而「炸醬麵」在韓國人心目中，卻是百味雜陳，另有弦外之音。其中隱藏著，中國人的落後、無知、低能。[31]

再遷華人崔仁茂在這裡對於美國中餐與韓國中餐，各自具有意義上的比較，耐人尋味。也就是說：韓國中餐，特別是其中最為韓國人熟悉的炸醬麵，在韓國所具有的特殊意義，就使得表現這方面內容的韓華文學，具有了不同於其他地區華人文學的特殊意義。

Califonia：美國齊魯聯誼協會，2004.5，p. 60。

[29] 韓語說成「쩽꿀라」，大概是從漢語「掌櫃的」的發音而來，帶有輕視之意。

[30] 一剪梅，〈冀望韓國政府多一點「施惠」少一點「互惠」〉，《美國齊魯韓華雜誌》第26期，Laguan Woods, Califonia：美國齊魯聯誼協會，2010.5，p. 8。

[31] 參考崔仁茂編著，《韓華在浴火中重生》，南埃爾蒙特：捌玖印刷公司，2003.1，p. 110。

三、生存意義上的「排斥」

　　韓華在韓國的移居生活中所感受的「排斥」，在類型上，還包括來自實際生活中的排斥，筆者將韓華所感受到的這種排斥類型，稱為生存意義上的「排斥」。韓華同樣通過華文創作的形式，將自己在充滿排斥的社會環境下，移居生活的艱難與困惑表露無遺。

　　先遷韓華移居韓國的生活已逾百年，但擺在眼前的現實是：韓華青年仍然很難在韓國社會找到一席之地，即使是從臺灣高等學府學成歸來的青年人，即使學到滿腹經綸，即使內心充滿抱負，到頭來能做的仍然只是繼承父輩家業。比如，開中餐館解決生計，每天機械式地開張、打烊、迎客、送客，重複著同樣的工作，談不上未來與希望。先遷韓華柳耀廣寫作的華文詩中，就生動真實地展現了上述場景：

> 你聽那惹人心血的聲調
>
> 你看那揮著脖子的操作
>
> 泣血的殘聲
>
> 為著飢餓的肚皮
>
> ……
>
> 嚴冬冰水裡的掙扎
>
> 酷夏火爐旁的烘烤
>
> ……
>
> 我又深深地哭了
>
> 父親正在彎著駝下來的腰

미안합니다〔非常抱歉〕

또 오세요〔歡迎再來〕

而我 這一刻

又那麼輕易的放走了十三個 미안합니다〔非常抱歉〕

……

那走失的路子

隨著走失的歲月

……[32]

　　這是在韓國出生在韓國長大的第二代華人，正值二十歲的
熱血青年，親身體會到的真實生活。詩中的「미안합니다」是
韓語，漢語是「對不起」、「抱歉」之意。詩中的父子倆，是
在向光顧的韓國客人道歉，因為這些顧客在吃完五十塊韓幣一
碗的炸醬麵之後，不住地抱怨「맛이 없어 해，버져서 해」〔味
道不好，麵也沒有嚼勁〕。這是韓國人嘲諷韓華，韓語說得不自
然的一種方式。[33]作者通過直接引用到詩中的方式，既體現出韓
國人對韓華的輕視，同時也可以說明，即使韓華的韓語說得不夠
熟練，也仍然能聽出韓國人的弦外之音。更進一步說，作者在證
明，像作者這樣的韓華，與韓國人具有同樣水準的韓語表達能
力，以及韓國文化素養。不管是嚴冬冰水還是酷夏的火爐，都不
能阻擋韓華餐館廚房裡發出的泣血殘聲。即使如此辛苦的工作，
由於稅吏的壓榨和保健所的威脅，辛勤勞動，也只能換來飽嘗饑
餓的痛苦和淒涼的生活。

---

[32] 柳耀廣，〈中國人〉，首爾：中國大使館中山堂詩畫展，1969.10.10-12，詩歌創
作時間：1968.10.26。

[33] 正確的韓語表達應該是：「맛 없네요. 피졌어요」。

即使作者望著父親，彎著駝下來的腰，向無理取鬧的客人道歉：「미안합니다，또오세요」〔非常抱歉，歡迎再來〕，卻無奈地發現此刻的自己，能做的只有深深地哭著，也「那麼輕易的說了미안합니다〔非常抱歉〕」。而時間並不會因為某個人的悲哀，或某個群體的悲哀而停止。日曆仍然在無情地翻過一頁又一頁，而作者卻感到隨著歲月的流逝，自己只會更加迷失人生的方向。

如果說上述〈中國人〉這首詩，再現了一家中國餐館華人父子的生活場景，那麼柳耀廣的另一首〈沒有風的夜〉，則再現了作者所生活的韓華社會的一個斷面。「沒有風的夜，也沒有星，巷子裡窒息地停電，工廠業已休業，蜘蛛更網密地網越了夜。」只此一句描寫，就形象地描畫出一片蕭條淒涼到，令人壓抑窒息的景象。「廉價的奶子哺乳著廉價的兒子」，體現著華人的自卑；茶坊的生意蕭條到無人光顧，似乎在這裡什麼都會變成「三流」；只有送餐的摩托車，在忙碌著打破了這死一般的沉寂，而這「死巷的游龍50C.C.的小車」，卻是他們維持生計的重要手段。施展才華的欲望，被壓抑到只剩下失落與迷茫，迷茫的人不由得大聲詢問：哪裡才是可以容身的故鄉？無奈之下，就把那個「溫柔鄉」暫且當成「故鄉」，以求得短暫的安慰。老人們目睹著「從旅館私奔的男與女，又纜進了麻痺溝」，連連歎息：「往年這時天上有風，風下的風化也不像今夕」。在這個「錢都失效」的年代，有誰可以喚醒那個「午睡尚未醒的員警？」[34]

---

[34] 參考柳耀廣，〈沒有風的夜〉，《韓華》，首爾：韓中文化協會，1990.7，pp. 48-49，詩歌創作時間：1970.7.27。有關這一論述的更詳細內容請參考梁楠，〈離散語境下韓國華人的身分認同〉，《中國現代文學》Vol.67，首爾：韓國中國現代文學學會，2013，pp. 170-171。

作者擔心由於精神寄託的欠缺，和精神生活的匱乏，而造成韓華社會的不良風化。作者期待著韓國政府的管理，而不是限制；期盼著韓國社會的關心，而不是漠視。但是實際情況是怎樣的呢？先遷韓華記者一凡，也在一篇報導中針對韓華「不正當的娛樂風氣」問題作出過批評：「談起正當的娛樂，在這個僑社裡才是一些有認之人士感到傷心的事，青年人也是無奈的。然而，韓國治安人員的特例（把華僑例外──員警和刑警人員就是對我們的這方面之『不正』網開一面）才使我們這個僑社對娛樂有所『不正』──欠缺正當娛樂。」[35]可見作者的擔憂，也是不無根據的。在當時的作者眼裡，韓華在韓國生活的這幾十年，不過是「從同化期的怪物，到七十年代的贅物」。韓華社會之外的韓國社會，飛馳著「洪水似的汽車」；而韓華社會，卻只剩「與日漸加增的赤字」。目睹這一切的作者，受傷的心早已空虛，就「像那軌道，再也復合不起」。[36]

　　首爾是作者生活的地方，也是他再熟悉不過的地方。「明洞、館前街、막걸리巷〔米酒巷〕、地下道、聖母病院的瑪麗洲、美都波〔百貨公司〕」，他已經不知道走過多少圈。在這些地方他看到的是，「男人與女人」。卻又似乎不是「男人與女人」，而是「社長與貴婦人」，是「花花公子與梨大〔梨花女子大學〕的招牌」。在這些本應平等，卻被劃分出階級或等級的男男女女中，作者找不到自己的容身之所。他不知道該「身將何處？」可他也逃不掉，就像一隻「走不出這漩渦的羔羊」。[37]

[35] 一凡，〈中友會郊外夏遊〉，《韓華》，首爾：韓中文化協會，1990.7，p. 28。
[36] 以上引文出自柳耀廣，〈電車〉，首爾：中國大使館中山堂詩畫展，1969.10.10-12，詩歌創作時間：1968.11。
[37] 以上引文出自柳耀廣，〈明洞的羔羊〉，首爾：中國大使館中山堂詩畫展，1969.10.10-12，詩歌創作時間：1969.3。

做為剛滿二十幾歲的熱血青年，本該滿懷憧憬、滿懷抱負。但是先遷韓華柳耀廣所感受的青年時代是：「年輕人的心懷要以文字描寫，那是虛偽的謊言；年輕人的苦悶要以肉體來洩露，那是逃避夢想」，「死亡」與「逃避」都「不是永恆的解脫」。他們「是歷史的羔羊，這一代的，沒有戰爭，也沒有著和平」。[38]充滿夢想，卻不得不為生活所迫，而行將放棄；充滿抱負，卻為了家人生計，不得不埋沒在小小餐館裡受盡歧視、冷眼與打擊。作者最佩服的是「孤雁」的勇氣，因為在逆洞中，孤雁敢站起來，敢面對現實，發出反抗的聲音，控訴對一個年代的苦悶與處境的不滿。但是當作者看到疲困、絕望的大雁時，卻似乎在大雁漸漸放下的羽翼中，看到了自己的影子。[39]於是，作者在日記中無奈的寫道：

> 出路，這是一個最現實的年代。學不能通而其用，十六年的教育，帶來的只是沒落的飯館，與一些社會的冷眼。這一代，這樣的，一點，點渡了下來。誰知他會停在哪？他會發展到哪？[40]

作者柳耀廣，也效仿「孤雁」。鼓起勇氣，為始終因循在苦悶裡而走不出的先遷韓華，上一代與這一代的悲劇，寫下一首詩，發生一個世代的〈心聲〉：

> 築著高高城壁的人呀！
> 為什麼你縛奪了我們的

韓國華人華文文學論：多變的身分、多重的認同

124

---

[38] 以上引文出自柳耀廣，〈年輕人〉，首屆：中國大使館中山堂詩畫展，1969.10.10-12，詩歌創作時間：1969.9。
[39] 參考柳耀廣日記，寫於1969.1.18。
[40] 柳耀廣日記，寫於1969.1.18。

空氣與食糧

只讓我們，消化著

你們的排泄

……

為什麼在我們爬的時候

你就跑了

在我們走的時候

你卻飛了

……

不要忘了

你們也是來自子宮

……

讓我們都在人的樂園裡起舞[41]

　　這首詩很具代表性的，表達了先遷韓華，因為受到韓國社
會的排斥，感到自己與韓國社會之間，隔著一座高高的無法逾越
的城壁。而這座城壁，不僅阻隔著溝通與融合，並且阻斷著被圍
困在城壁中的，華人社會的發展。孤島般，孤立在圍城中的韓
華，永遠追不上圍城外面世界的發展速度。當圍城外面的人已經
跑了的時候，他們還在爬；而當他們才開始走的時候，圍城外面
的人卻已經飛了。就像被隔離的韓華，只能在時空逐漸狹窄的圍
城中，等待呼吸的窒息。這種透不過氣來的生活，使圍城中的華
人，渴望飛翔，飛出這令人窒息的空間，平等地在「人的樂園」
裡享受平等的生活。

---

[41] 以上引文出自柳耀廣，〈心聲〉，首爾：中國大使館中山堂詩畫展，1969.10.10-
　　12，詩歌創作時間：1969.9。

先遷韓華林樹蘭，是一位西洋畫畫家，也喜歡寫詩。他畢生追求在寫詩、繪畫、圍棋弄墨中，領略人生快樂。同時也為對藝術的固執與執著，孤苦一生。本以為藝術是無國界的，但最終他的藝術結晶，也未得到韓國社會的承認，只留下無盡的歎息。他為自己喜好的都是些「冷門子」，是「逆潮流而行」感到不幸；他為自己近五十多年的生命，始終「在戰焰彌漫中成長」感到不幸；他為像自己這樣「為了藝術而藝術的人，非得蓋棺論價」感到不幸，就像「19世紀後期印象派代表畫家梵谷」，或是他「寄居的大韓民國的李仲燮先生和朴壽根畫伯」。[42]然而，他覺得最為不幸的是，韓國社會對他這個「外人」的排斥。在一次東亞美術祭上，他由於「外人」的身分，而被拒之門外，這使他體會到了人生中從未有過的沉痛。本以為藝術應該是不分國別和人種的，但是在韓國他的藝術作品，卻被打上了「外人」的烙印。為此他「狂怒」，他「發作」：「我痛恨，我失望！你們，為什麼把我看成了異邦人？你們該知道異邦人的痛苦嗎？」不過他這般歇斯底里的嚎叫，只換來「奇異的譏笑聲」。[43]

　　先遷韓華的身分，在韓國都得不到承認。第二代以及之後的先遷韓華，幾乎都在韓國出生，在韓國成長，卻從未屬於過這個社會。而實際上，他們的身分在中國大陸、在臺灣也得不到承認，他們似乎只能歸屬於「韓國華人」。來自韓國社會的排斥，總是在提醒著他們「異邦人」的身分，「他者」的角色。他們將

[42] 這裡的引文出自林樹蘭，〈短談〉，《韓華》，首爾：韓中文化協會，1990.7，p. 49。

[43] 這裡的引文出自林樹蘭，〈異邦人的悲哀〉，《韓華》，首爾：韓中文化協會，1990.8，p. 38。有關林樹蘭的論述更詳細內容請參考梁楠，〈離散語境下韓國華人的身分認同〉，《中國現代文學》Vol.67，首爾：韓國中國現代文學學會，2013，pp. 171-172。

過著客居生活的自己，比喻成荒漠上的淘金者，夢想總「在烈日的鞭笞下號啕」，腳下總像「帶著問號的腳鐐，叮噹，叮噹！迴響」。[44]身分的不確定，似乎使前方的路也變得迷茫，眼前的「路，瘦到遙遠」。[45]也許是生活的艱辛，使他們覺得生活像一片苦海，就連金色的夕陽照耀下的海面，都呈現出「鐵灰」般的顏色，海底埋藏了「多姿多彩的回憶」，但也埋藏了「愴痛的殘渣」。因此，這片鐵灰色的大海，不知破碎了多少尋夢人「綺麗的夢」。只有秋夜的北斗星座，永遠指示著地下這群「迷途的羔羊」。[46]

---

[44] 張嵐，〈市聲〉，《韓華春秋》第9期，首爾：韓華春秋編輯委員會，1965.2，p. 32。

[45] 戈風，〈寒夜行〉，《韓華春秋》第9期，首爾：韓華春秋編輯委員會，1965.2，p. 32。

[46] 孫荻，〈默憶〉，《韓華春秋》第7期，首爾：韓華春秋編輯委員會，1964.12，p. 32。

第七章

韓國華人華文文學中
「鄉愁」的意義

不管是出於什麼原因，選擇離鄉背井移居他地。這種行為的本身也許就意味著，迎接自己的將是一種期許與不安互相膠乳融合的生存狀態。與故鄉的生活相比，異地生活的諸多不便，也是理所當然的事情。只是當移居者相對來說較為成功地適應了移居地的生活，在一定程度上實現了在地化，那麼這些移居者所感受的期許，也許會稍稍大於不安。那麼接下來，移居者將會繼續自己的在地化實踐。相反，當移居者在適應移居地生活的過程中，感到困難重重、處處碰壁，他們的不安感就會勝過期許。隨著時間的流逝，這種不安感還會越演越烈，以至於引發移居者對於故鄉的思念。接下來的問題是，如果移居者所思念的故鄉，實際上已經是一個回不去了的地方；他們出生並成長在移居地，這個被稱為「第二故鄉」的地方；他們對故鄉沒有親身體驗的記憶。那麼這些移居者的「鄉愁」，會是怎樣一種狀態？當這些移居者再遷他地的時候，他們的「鄉愁」，又是怎樣一種狀態？

這裡將通過三種不同類型的「鄉愁」，來分析韓華華文文學中所體現的，韓華在不同時期所呈現的各不相同的「鄉愁」特徵。

一、寄託於故鄉的「鄉愁」

先遷韓華的評論〈仁川華僑今昔〉（1964）中，記錄了一位年逾七旬的先遷韓華老翁，即，第一代先遷韓華在看到當時韓華社會蕭條景象後，發出的感慨：「中國人在高麗的黃金時代已過去了，想當年仁川中國街每到舊曆年，熱鬧的情況和老家有什麼不同呢？唉！那種日子，哪天會再來呢？」[1]

---

[1] 月尾樓主，〈仁川華僑今昔〉，《韓華春秋》第5期，首爾：韓華春秋編輯委員會，1964.10，p. 13。

七旬韓華老翁的這段感慨，給我們提供了重要的啟示：這裡的「黃金時代」指的應該是19世紀末期至20世紀30年代以前，韓華經濟上出現的繁榮，韓華社會生活上的富足時期。所謂樂不思蜀，在韓華所謂的黃金時代裡，他們可以隨心所欲的生活，甚至在不懂韓語的情況下，也不會感到生活的不便。因此，也就意識不到諳習韓語，熟悉韓國文化的必要性，以至於覺得移居韓國，與在「老家」生活沒什麼兩樣。

　　從這些內容上可以看出，早期韓華，至少是處於或經歷過「黃金時代」的韓華，他們在身分認同上，更接近「中國人」的認同。並且，早期韓華可以自由返回故鄉，再加上韓國的生活與「老家」沒什麼兩樣，所以此時的韓華應該不具有明顯的「鄉愁」意識。即使有「鄉愁」，他們的鄉愁也會寄託在移居前的故鄉。

　　如果說先遷韓華的移居，大多是為躲避戰亂或災難之苦，帶有一定的被動因素。那麼後遷韓華的移居行為，更帶有主動性。因而後遷韓華的移居，大多出自更高的精神追求，對中國以外世界的好奇，對成功海歸人士的憧憬，對自己也可能成為其中一員的幻想。因此，在他們的生活中有著更多的新奇與憧憬。

　　但是隨著時間的流逝，當這種新奇感消失殆盡之後，後遷韓華同樣感到莫大的孤獨與寂寞，尤其是在萬籟俱寂的夜晚。這個時候他們會想念故鄉，想念故鄉帶給自己的那份安全感。

　　就像後遷韓華李文的小說《蒲公英：文麒留韓記》中所描寫的那樣：每當感到生活在異國的孤獨，主人公文麒就想再次踏上西安的土地。親口跟家人和朋友講述，自己異國他鄉的這些見聞和感受；想再去找回，哪怕是獨自一人散步在鐘樓大街附近的那種浪漫；想再好好吃一頓，為秦始皇統一天下立下過汗馬功勞

的羊肉泡饃。作者筆下的文麒,從小到大都沒有怎麼出過遠門。第一次離家,便隻身來到了儘管地理上不算太遙遠,但心理上絕對陌生的韓國。異國的鄉愁也是更加深刻的,因為除了家人和朋友,這裡也沒有了長城和熊貓。作者借主人公文麒之口感慨道:「海外是新奇、差異和獨木橋。現在,沒有新奇,別的,也只能確定成為老人以後,不會忘記這塊儘管始終都不屬於自己,但卻留下過汗水的地方。」[2]

由此可見,後遷韓華的「鄉愁」,仍然寄託在自己的故鄉。因為後遷韓華移居韓國的時間還不是很長,並且在移居過程中,也積極採取韓中兩地的雙重居住策略,可以自由往返故鄉的緣故。

這種具有較強自主性的新型跨國移居形式,使後遷韓華的移居生活,明顯少了悲觀與壓抑,增添了許多樂觀與自信。這一點可以從作者李文在小說中所設定的,主人公文麒化解孤獨的方式上略見一斑。比如,後遷韓華可以理性地將克制個人需求和欲望這件事,上升到理論的高度,告誡自己:「根據馬斯洛的需求層次理論,人只有首先滿足第一及第二層次的需求,即生理需要和安全需要,才有精力和能力去考慮更高層次的情感歸屬、尊重的需求。現在只想,也只能先去解決自己的基本生存問題。」[3]後遷韓華,可以以一個跨國移居者的姿態,將自己目前所感受的迷茫與衝動,理解為那是在任何時代、任何國家、任何制度下,都是大同小異的。像作者筆下的文麒一樣,從村上春樹的《挪威的森林》裡,讀出年輕人的憧憬與希望。

---

[2] 參考李文,《蒲公英:文麒留韓記》,北京:人民日報出版社,2017.1,p. 111-224。

[3] 參考李文,《蒲公英:文麒留韓記》,北京:人民日報出版社,2017.1,p. 60。

二、建立在在地化之上的「鄉愁」

　　1930年代以後，先遷韓華在韓國經歷了日據時代，來自日本殖民當局的排擠與壓制，甚至遭受了由於日本人的挑唆，而引發的「萬寶山排華事件」。這些歷史事件，都使先遷韓華在經濟上遭受了重創。1940年代中後期，隨著第二次世界大戰的終結，先遷韓華的經濟剛剛得到一些恢復，又遭遇韓國戰爭的影響，經濟更是每況愈下。大韓民國政府成立後，韓國的經濟得到了恢復與發展。遺憾的是，韓華經濟卻沒有得到必要的扶持。進入1960年代，先遷韓華經濟更是出現一片蕭條頹廢景象。

　　此時，當第二、三代先遷韓華，走訪坐落於仁川市善鄰洞的中國街，見到矗立其間的，多座年久失修的清式建築時，他們便會感慨從中華樓油彩斑駁的畫棟與雕梁中窺見的，韓華昔日的繁華與熱鬧；感慨中華樓對面，如今散居著多戶韓華的那些歷盡滄桑的舊式建築。誰又能想到，那曾是「執清韓貿易之牛耳的華商『同順泰』的發祥地呢？」先遷韓華，為曾經賑濟過朝鮮高宗宮中內用，甚且周轉過朝鮮國庫短絀的「同順泰」[4]感到自豪；同時也為韓華眼前的現實，在殘喘中的掙扎，泥濘中的跋涉生活感到淒涼。

　　一些接受高等教育的，第二、三代先遷韓華感到不解的是：擺在先遷韓華眼前的，已經是一個千瘡百孔，日暮途窮，終日為溫飽而掙扎的社會。但即使如此，仍然有一些先遷韓華，固守著粉飾太平，因循苟且，不求進取的封閉思想。為了喚醒這些保守

---

[4]　引文出自僑民，〈韓國華僑今昔〉，《韓中文化》，首爾：韓中文化協會，1974.6，pp. 19-20。以上敘述也參考此文。

頑固、思想腐朽的韓華，睜開雙眼細心觀察，客觀面對現實。於是選擇通過文字的方式，將一個真實的韓華社會，展現在所有韓華面前。一位先遷韓華作者，在作品中這樣描寫中國街的淒涼：「往日的怡臺東舊址，現在成了種冬瓜眉豆的菜圃，天盛東及春機棧的門口，蒿草成樹，老狗躺在街中心睡覺，漏房人家在馬路上曬棉被」[5]，這些場景使經過此地的作者不覺淒然淚下。

> 白衣民族
>
> 染上了冷淡的殖民主的色彩
>
> 藩屬，殖民地，兄弟，友朋……
>
> 隨著歷史的變遷
>
> 註定了早已離去
>
> 袁世凱也已不在
>
> 炎黃的子孫
>
> 飢餓與淩視
>
> 中華的弘魂何處尋回？[6]

　　第二代先遷韓華柳耀廣寫於1960年代末期的這首詩歌，可以從一個側面體現出先遷韓華在韓處境的變化。先遷韓華與韓國人在實際生活中，也像兄弟親友般和睦相處。先遷韓華眼中的韓國人，是純潔無邪的白衣民族。隨著歷史的變遷，清朝政府這樣的堅強後盾已成為歷史，早期韓華的輝煌也一去不返。1930年代來自日本殖民者的壓制，再到1950年代韓國戰爭的迫害，都使先

---

[5] 月尾樓主，〈仁川華僑今昔〉，《韓華春秋》第5期，首爾：韓華春秋編輯委員會，1964.10，p. 13。

[6] 柳耀廣，〈鄉愁〉，首爾：中國大使館中山堂詩畫展，1969.10.10-12，詩歌創作時間：1969.4.16。

遷韓華在經濟以及生活上受到嚴重影響。但是這一時期的先遷韓華，始終與韓國人一起站在受害者的立場上。自20世紀後半葉，韓國政府對先遷韓華實施的一系列限制政策，在經歷了永住權制度缺失、國籍變更限制、經濟制度壓制、教育自律政策等一系列困境之後，先遷韓華在韓國開始感到一種排斥的社會氛圍。

也許只有先遷韓華還記得，坐落在仁川北山，美國麥克阿瑟元帥銅像右前方的獸魂塔。因為那裡原是為紀念清朝末年袁世凱大將奉命來韓，協助韓人整備軍伍的功德，埋藏他初次來韓時所乘船上使用桅杆的地方。當一位韓華發現那桅杆不見了，起初他心中默默期待的是，韓國人在山上怕風吹雨打容易毀壞，而移植到了博物館。結果事情的真相是韓國人光復後，把這點小小的紀念品也拆除了。先遷韓華作者心裡非常清楚，這一件小事瑣碎到不會影響任何人，但他仍然不免在發出「不薄古人愛今人」的幽思下，想起這件事，並順手記在遊記中，藉此「發古人之幽思」。[7]也許在別人看來，這是一件不值一提的小事。但即使是這樣的小事，也足以使敏感的移居者，產生莫大的失望。因為這樣一件小事，就足以引起先遷韓華，對客鄉生活產生不安與危機感。

尤其是在看到經濟日益發展的韓國社會，只有先遷韓華仍然在其中掙扎的淒涼時，更加感到隔在自己與韓國社會之間的那座城牆，高到無法逾越。強烈的排外感，又使他們隨時都會觸景生情，思念家鄉：

> 客歲易逝，十數年來已不見故鄉底村影。棄鄉人客途倦旅，偏偏又逢家鄉事。最難忘一個月圓的節日，看到一

---

[7]　參考高登河，〈談遊記〉，《韓中文化》，首爾：韓中文化協會，1977.7，p. 42。

幫子同鄉客在臺北街頭扮演的那齣街頭戲。那是一種在家
鄉叫著跑「旱船」的遊藝……這種家鄉遊藝，如今幾近廉
價地叫賣在異鄉的街頭，怎使同鄉人看得下去。我擠出人
牆，無法留戀這些微的故鄉音容。[8]

　　一句「棄鄉人客」，不知道出了作者多少辛酸與無奈。捨棄
家鄉甚至親人來到陌生的他國，為了融入這個新的環境，而奮鬥
打拚了十數年，卻仍舊擺脫不了異鄉人客的身分。

　　但是在這段引文裡，不免令人詫異。為何當作者看到家鄉的
遊藝，被同鄉客叫賣在異鄉街頭時，竟不敢以這再熟悉不過的，
充滿故鄉風情的音調，慰藉思念家鄉的愁苦；更不願走上前去，
與那些充滿家鄉氣息的同鄉人寒暄？為何作者此時做出的選擇卻
是擠出人牆，匆匆逃避？或許是因為眼前的情景，使作者聯想到
那歐洲古老的路上，駕著大篷車流浪的「吉普賽人」，到了這個
世紀又被披上「波希米亞」的袍衣，漸漸定息在「塞納」河畔。
作者也不願知道「東方的路上，又添了多少流浪的新客，正邁步
在陌生的路上，歌著不熟練的曲調，肩著沉重的鄉愁，流浪流
浪。」[9]在異國他鄉偶遇的同鄉人和親切的家鄉小調，絲毫不能
帶給這個因為渴望更好的生活，充滿希望移居異地，卻始終改變
不了異鄉人身分的離散者，任何慰藉與安慰。充滿鄉情的家鄉遊
藝在異鄉的廉價叫賣，反而讓他感到十分的不舒服。只能讓他毫
無留戀地，趕快逃離這微些的故鄉之音。他不想因此聯想到更多
的「吉普賽」，更多的流浪，以及流浪的沉重與淒涼。

8　齊魯，〈客在他鄉〉，《韓華春秋》第1期，首爾：韓華春秋編輯委員會，1964.6，
　　p. 26。
9　齊魯，〈客在他鄉〉，《韓華春秋》第1期，首爾：韓華春秋編輯委員會，1964.6，
　　p. 26。

然而，筆者同時認為，作者故意逃避在異鄉偶遇的鄉音，不僅是因為這些同鄉人低廉賤賣家鄉遊藝的行為，增添了他做為離散者的痛苦。還在於先遷韓華自身身分認同的變化。早期的先遷韓華，因為擁有清朝政府的大力支持，在韓華經濟上較為輕易地取得了繁榮發展，對於自己的身分與地位有著很強的自豪感。再加上那個時期，大部分韓華把家人留在中國，即使家人也隨之移居韓國，他們也可以自由地往返韓中兩地。因此可以說早期的韓華，仍然保持著中國人的身分認同。隨著大韓民國政府的成立，故鄉就成了一個在法律上回不去的地方。對於那些出生在韓國，從未踏過中國土地的第二、三代先遷韓華來說，更加對自己的身分產生疑惑。他們始終生活在韓國，習慣了韓國的風俗習慣，但卻從未被韓國人接受過；他們從父輩那裡得知，自己的祖籍在中國大陸，自己的身分是中國人。但實際上，他們卻連祖籍所在地是個什麼樣子都不知道。他們不得不開始追問「自己究竟是誰？」因為祖籍的關係，被打上中國人的烙印。但是長期的韓國移居生活，不能返回故鄉的限制，來自中華民國的思想教育等因素，已經使他們形成了一種，與中國大陸的中國人不同的身分認同。也就是說，故鄉的回不去，已經不僅是法律意義上的回不去，更是身分認同意義上的回不去。

　　史書美認為「中國人的離散」這一觀念，掩飾了現今的殖民狀態，比如從中國來的移民群，在新加坡和馬來西亞等地組成多數人口，或數量可觀的少數人口。這些地方，在特定意義上可被視為定居殖民地。這些定居殖民地，可約略地和英國人定居殖民北美、澳洲與紐西蘭等殖民地相比擬。另外，離散做為一種價值觀，隱含對祖國的忠誠與嚮往，在離散者與祖國之間，形成一種約束性的必然關係。此離散框架同時也延續「海外華僑」的範

疇。這些海外華人被認為，應該和中國性在狹義定義下相互召喚，中國性因而成為可量化的概念，成為一個人是否夠中國的準則。「離散中國人」被理解為，中華民族在世界範圍內的播散。做為一個普遍化範疇，它以一個統一的民族、文化、語言、發源地或祖國為基礎。這一稱謂假定這些人渴望回到做為祖國的中國，而且它們的最終目的也是服務中國。因此史書美主張離散是有時效性的，會過期的，不能在三百年後仍聲稱為離散者，每個人都應該被賦予成為當地人的機會。[10]

史書美在這裡對於華人定居殖民的強調，不免流露出其為究明華語語系文學與英語語系文學、法語語系文學、西語語系文學等等文學體系具有共性的目的。因為畢竟這些語系，都帶有強烈的殖民和後殖民辯證色彩，都反映了19世界以來帝國主義和資本主義力量，占據某一海外地區後，所形成的語言霸權及後果。[11]因此，定居殖民的提出，多少帶有其牽強的一面。但是史書美對於以下問題的提問，仍然值得思考：「印尼土生華人和馬來西亞混血的『峇峇（Babas）』們，即那些已經形成獨特混血文化的『海峽華人』；那些有中國祖先可以追溯，或種族或民族不同的混血人群，諸如在暹羅（泰國）的華人後代，柬埔寨和印度的混血兒，祕魯的Injerto和China cholos，千里達拉島和模里西斯的克里奧爾人，菲律賓的麥士蒂索人，繼續將其納入『離散中國人』範疇究竟是否還有意義？這樣做到底是誰的企圖？」[12]這些

---

[10] 參考史書美，《反離散——華語語系研究論》，臺北：聯經出版社，2017.6，pp. 15-31。

[11] 王德威，〈中文寫作的越界與回歸——談華語語系文學〉，《上海文學》，上海：上海市作家協會，2006，p. 91。

[12] 參考史書美，《反離散——華語語系研究論》，臺北：聯經出版社，2017，pp. 33-34。

提問，對於我們思考如何看待華人華文文學中所體現的離散特徵；思考是否華人華文文學作品中，在申訴受到移居社會排斥與疏遠的事實，就代表著華人對中國大陸故土的無限依戀，對「落葉歸根」無限渴望的問題上，具有一定的參考價值。

　　從一些創作於1960年代的隨筆中，可以看到第二、三代先遷韓華對中國大陸的想像：「北平，這個曾被譽為『文化之都』的古城，現在不僅已喪失了足以自豪的文化，同時也喪失了從前那種令人依戀的氣氛……儘管那些巍峨的宮殿和園林，依然雄峙如故；儘管毛澤東的宣傳，極盡委婉動聽；但是只要看一眼人民的生活與工作，即使最不敏感的人，也可以覺察到這種可悲的變化。」[13]另一篇寫於1960年代的隨筆中也有類似的內容：「今夕在祖國大陸一輪慘白的月亮，淒涼地沉浸在一片汪洋之中，真是流淚眼看流淚眼，斷腸人對斷腸人，能夠享受團圓之樂的，萬中難有一個，今夕，大陸的同胞，或嘗不到月餅滋味，但他們會先想到月餅的故事，更由月餅的故事想到他們一線希望。」[14]1960年代韓國與中華人民共和國尚未建立邦交，此時的先遷韓華是很難回到中國大陸。這些文章很可能是作者，從一些有關中國大陸的道聽途中闡發的聯想。作者對中國大陸的想像，又明顯受到了當時韓國社會輿論以及中華民國思想教育的影響。下面是當時中華民國政府，利用假期時間組織夏令營，對先遷韓華學生進行的民主思想教育一週授課安排，從課程安排上不難看出先遷韓華所受中華民國思想教育的一斑：

---

[13] 枕客，〈宣統皇帝溥儀〉，《韓華春秋》第8期，首爾：韓華春秋編輯委員會，1965.1，p. 25。

[14] 周宵，〈仲秋夜語〉，《韓華春秋》第16期，首爾：韓華春秋編輯委員會，1965.9，p. 23。

功課是民族主義四小時，民權主義四小時，民生主義四小
時，領袖言行二小時，中華民國建國史二小時，國際現勢
一小時，匪情二小時，我國海軍二小時，我國空軍二小
時，我國陸軍二小時，我們的信心一小時，大使館之任務
一小時，音樂二小時，此外他們除利用早起晚上的時間，
爬山散步。[15]

　　在韓國的社會輿論下，在中華民國的思想教育下，先遷韓華
想像中的中國大陸是落後的、愚昧的，是與先遷韓華相區別的存
在。即使先遷韓華社會經濟已趨蕭條，但是在他們看來，與中國
大陸相比，韓華社會的生活是「富足而知禮節」的。他們已經不
自覺地，在心中劃分開了先進與落後的等級。即使先遷韓華處在
「身在他鄉為異客，國破家亡剩此身，遺民淚盡胡塵裡，南望王
師又一年」的處境下，他們仍然會哀歎「那些深陷水深火熱的大
陸災胞」：「一樣明月照著天堂地獄，一樣明月照著離散團圓，
一樣明月有人滿懷詩興，寫他鼓腹而歌，一樣明月有人愁腸百結
潸然淚下。」[16]
　　在第二、三代先遷韓華作者的筆下，中國大陸是失去自由
的牢籠鐵幕，而生活在中國大陸的人就像「緊關在廄欄裡的消瘦
的馬」，當它望見一群無韁的野馬在田野間飛馳，傷心的哭了，
因為「它並不擔心自己的命運，而是擔心它的同伴，不小心會關
進鐵幕！」在他們眼裡失去自由的人會迅速老朽，就像一朵被折
斷的花迅速枯萎，或是一簇被伐下的樹葉迅速枯衰。於是他們

[15] 公孫維，〈三民主義宏揚僑社〉，《韓華春秋》第15期，首爾：韓華春秋編輯委
員會，1965.8，p.17。
[16] 周宵，〈仲秋夜語〉，《韓華春秋》第16期，首爾：韓華春秋編輯委員會，1965.9，
p. 23。

夢見，」大陸上的兄弟姐妹們，老的可怕」。他們想像著歷史上有一個無底的墳墓，裡面不知埋葬了多少「與自由為仇的枯骨！」[17]

先遷韓華對中國大陸的這種想像，在某種意義上就意味著一種「喪失」。即，他們的祖籍所在地，他們的故鄉，對於先遷韓華來說，已是一個名存實亡的存在。先遷韓華在排斥的痛苦中掙扎，掙扎的痛苦又使他們更加思念故鄉，但是他們此時所思所想的故鄉，其實已經不再是那個，當初第一代韓華出於無奈或為了追求更好生活而暫時離開的中國大陸。不管是在法律上還是心理上，中國大陸都成為一個再也回不去的地方，他們的鄉愁隨之成了無法消解的淒涼。他們企圖去尋找，一個可以慰藉鄉愁的地方，可是找回的卻是一個遙不可及的迷茫。他們感到「像是失落了什麼？抑是在尋找什麼？」，最終他們發現自己：「失落的是孤獨，尋找的是同情，而找到的只有痛苦」；[18]他們發現自己：「在時間與空間的狂流裡，被貶低遺忘於這荒島孤溟」；[19]他們發現：「這憂悶，這感傷，無從排遣。這寂寞，這煩惱，無所舒暢。」他們斟滿期望地想知道「故國山川，京都面目將何？」但是他們的熱情，他們的信心，他們長長的等待，換回的只有「二十五年的記憶層層，二十五年前的黑髮變白」。[20]

1990年代以前，在韓國出生從未去過中國大陸的第二、三代韓華，沒有機會親眼見過中國大陸的真實景象。他們有關中國大

---

[17] 以上引文出自湖崗，〈自由的寓言〉，《韓中文化》，首爾：韓中文化協會，1974.7，p. 30。

[18] 北斗，〈寄語〉，《韓華春秋》第14期，首爾：韓華春秋編輯委員會，1965.7，p. 32。

[19] 洛藍，〈聖誕感懷〉，《韓華春秋》第7期，首爾：韓華春秋編輯委員會，1964.12，p. 32。

[20] 周玉蕙，〈期待〉，《韓中文化》，首爾：韓中文化協會，1975.3，p. 29。

陸的瞭解，來自「父親總會在除夕的晚上，永不厭倦地講著他的家鄉，他的親友，他的故事。」[21]其實，他們根本無法明白，父親口中的世界所發生的事情究竟如何。進入1990年代，韓國與中華人民共和國建交在即，先遷韓華可以真實地踏上中國大陸這片土地，親眼兌現這個從父輩那裡聽來的，或在照片和影視上見過的，曾被自己想像過一次又一次的「故鄉」。他們試圖將那些片斷的記憶，和那些分段的悲劇相連接：

> 今天到天壇公園觀覽……記得兒時在《北京五十五天》這部電影上看到天壇，在臺灣臺北的植物園也有他的縮影。如今站在這歷史的建物下，別是一番滋味。[22]

> 到了煙臺駐北京辦事處，將房間訂好，即搭車到天安門廣場。是電視上常常看到的。[23]

> 我們來不及休息，就想往街頭跑跑，吃了早飯，就開始了上海之遊，先渡過了蘇州河口的外白渡橋，看到黃浦江的外灘，那灰灰地西式石造樓房，在照片，在影視上，看過無數次，如今我在他的門口一一路過。南京路的擁擠，霞飛路的破舊，這些小說書上的地名，我在念著，我在逛著……[24]

---

21 初安民，〈自序〉，《愁心先醉》，臺中：晨星出版社，1985。

22 輝光，〈暴風雨降臨前的北京城〉，《韓華》，首爾：韓中文化協會，1990.6，p. 28。

23 張泰河，〈回鄉探親——期待和失望〉，《韓華》，首爾：韓中文化協會，1991.2，p. 30。

24 賀山，〈大陸紀行〉，《韓華》，首爾：韓中文化協會，1990.7，p. 18。

從第二、三代先遷韓華的文學作品中可以看出，故鄉對於大多第二代及其後的先遷韓華來說，是觀看西方拍攝的有關中國歷史題材的電影中，出現的一個個猶如「天壇」場景的斷面；而這部電影中所展現的中國，卻已經是被西方想像的，重新被西方構建的「中國」；他們所認知的「天安門」，也是通過韓國錄製並播放的電視節目。但是我們很難保證，這裡的「天安門」不是已經被韓國想像過的，並重新建構的形象。所以當這個被父輩描述過無數次，在照片影視上見過無數次的「故鄉」真實地出現在眼前時，當他們生平第一次踏上那個夜思日想的籍貫所在地，中國山東土地的時候，代替欣喜的卻是莫名的陌生和疑惑。

　　在中國大陸旅行的日子裡，他們反而時常想起韓國。比如，來到中國東北的交通要地長春，他們會想起剛好韓國播放的《末代皇帝》連續劇，此時也演到溥儀成為偽皇帝的時期；看到長春城鎮上同時穿梭著驢馬車、腳踏車、汽車的混雜景象，再看到走在鋪裝率很低的道路上的男女老少時，又會聯想到這是二、三十年前韓國的情形，不由覺得中國的落後；晚間到朝鮮族餐館吃著狗肉冷麵，聽著美妙的《落雨的永東橋》[韓國流行歌曲]時，他們又會遺憾沒有真露燒酒〔韓國燒酒的一種〕，不然完全像似在首爾近郊的那個小鎮用餐了；路見賣蛇者，就會敏感於他的嘴上沒有一絲笑容，繼而惋惜白白丟掉的蛇膽及蛇血，想著這些若是拿到首爾，也會賺上一筆國難財。[25]

　　對於第二、三代先遷韓華來說，「故鄉」歸根究柢只是一個通過間接得來的資訊，建構的虛幻形象。即使實實在在地踩踏在她的身上，實實在在地觸摸到她的肌膚，也並不能感覺到她的

---

[25]　參考賀山，〈大陸紀行〉，《韓華》，首爾：韓中文化協會，1990.7，p. 18。

真實。而那個生於斯長於斯的第二故鄉韓國，對於先遷韓華來說才是真實存在的。即使當他們離開韓國，選擇再遷他地，韓國仍然是始終跟隨他們的「鄉愁」。吃著韓國的飯菜，喝著韓國的燒酒，聽著韓國的歌，看著韓國電視長大的先遷韓華，即使身處中國大陸之中，也總有游離其外之感，他們只是遊客，是來觀光和遊玩的過客，旅途的盡頭仍然是他們要繼續生存下去的韓國，因為他們的家人和朋友在韓國，他們的工作和事業在韓國，他們的真實生活在韓國，他們此刻人生的落腳點在韓國，他們失去了可以回去的故鄉，而適應此刻的落腳點——韓國的生活，才是更為重要的。

　　一位第二代先遷韓華作者通過文學的形式，道出了自己也或許是先遷韓華群體的決心：「在外流浪的人，比別人經歷過更多的風險，也就比別人更懂得人生，更比別人多許多抵抗風雨欺凌的力量。一個能在孤獨寂寞中克服環境完成使命的人即是偉人。人生像是在海上航行的一葉孤舟，獲得成功的人，都是靠自己的力量。與其希望別人來幫助自己，不如放下這未必可能達成的希望，試著拿出自己的力量來渡過難關。自助者天助，上蒼也喜歡照顧勇敢的人，所以只要不退縮、不逃避，儘管人海風濤險惡，但我們多半能夠化險為夷。勇敢的生活，勇敢的面對苦難，把一切苦難當作我們這一生不能逃脫的考驗，通過了這些考驗，我們就可達到彼岸。不管有沒有人來援助我們，我們自己總得打定主意，憑自己的力量，支撐任何危險的局面。」[26]

　　從上述引文可以看出，第二、三代先遷韓華，不再奢求別人的幫助，依靠自己的力量抵抗風雨的欺凌，支撐任何危險的局

---

[26] 望鄉，〈堅強不是蠻橫，獨立不是孤獨〉，《韓中文化》，首爾：韓中文化協會，1984.4，p. 28。

面，最終達到勝利的彼岸。筆者認為，這段表述正體現出第二、三代先遷韓華在身分認同上的變化。也就是說，第二、三代先遷韓華不再固執於來自祖籍的，做為「中國人」的身分認同。承認自己是流浪人，就是在承認以中國人的身分在韓國生活的這種錯置，並在此承認的基礎上，形成一種新型的混種性身分認同。這裡的混種性認同，指的是他們的身分認同，處於一種既是而非的狀態。即，既是中國人，但又不同於中國大陸的中國人；既不屬於韓國人，又具有韓國人的某些特徵。具有韓國與中國兩種文化兩種身分，相互交融相互混雜存的特徵。第二、三代先遷韓華所形成的這種混種性身分認同，從某種意義上可以看作是其對自身錯置命運的解構。因此，即使第二、三代先遷韓華因為受到來自移居社會的排斥與疏遠，而懷有濃重的「鄉愁」，那「鄉愁」也已經不再完全寄予那個不管曾經在法律上，還是在身分認同上，都回不去了的祖籍所在地。而是建立在在地化之上的，或者說已經在地化了的「鄉愁」。「落地歸根」的渴望，也已經在在地化的實踐中，轉化為對「落地生根」的期許。

再遷美國韓華的文學作品中，純粹描寫再遷美國韓華在美國生活的作品並不多，大部分都是回憶曾經在韓移居生活的內容。並通過這些回憶，表達再遷美國韓華濃濃的韓國之思。由於主要從事文學創作的再遷美國韓華，就是再遷之前的先遷韓華第二、三代，因此即使現在生活在美國，他們的許多童年和青年時的回憶，都是有關韓國的。

比如，再遷美國韓華李作堂通過散文的形式，表達了對韓戰期間韓華師生同甘共苦歲月的懷念，他在〈憶「下端」僑中〉中，引用韓華教師趙世恕所撰寫的詩文，充滿深情地記述著，1950年代韓華師生並肩度過的三年「軍人帳篷」生活。記錄了那

段，充滿歡笑和淚水生活的點點滴滴。[27]再遷美國韓華崔樓一鶯，始終忘不了避難釜山時，好心的釜山韓華一家不顧自己家裡生活的艱辛，對自己無微不至的照顧。她用充滿溫情的語言，將這段記憶記錄在〈那一代的事〉中。[28]再遷美國韓華焉晉琦的〈千言萬語說不盡第二故鄉韓國情〉（2010）中，因為陰錯陽差與漢城華僑小學的百年校慶失之交臂，作者發自內心地感到惋惜。也為韓華社會建築依舊在，人物已全非，而無盡感傷。同時為離開韓國三十年後，居然還有韓華青年認出龍鍾老態駝背佝僂的自己，而喜出望外。只因他那口已然改變不了的，韓華的特殊鄉音。[29]

從這些再遷美國韓華的文學作品中可以看出，他們在韓國出生，在韓國成長，即使曾經的韓國移居生活，不僅只有美好的回憶，但是在那些日子裡，他們仍然感到了生活中的溫情。再遷之前，他們在那裡埋下了從童年到青年的記憶；同時也在那裡埋下了再遷後的「鄉愁」。再遷美國韓華在隨筆中體現了對「根」的詮釋，認為雖然移居韓國的那個年代過去了，他們這一輩人都已年逾古稀，經歷了憂患，偶然也按捺不住或中或西的影響在意識中。但是兒時的故事，兒時的夢想，即使再遷往任何地方都刻刻難忘，因為那些是讓自己生命豐美的前塵往事，那是身藏的老根，忘了澆水也不乾枯。[30]在此意義上，也許再遷韓華正是在與先遷韓華「落地生根」的期許一起，追溯韓華自己的「根」。

---

[27] 李作堂，〈憶「下端」僑中〉，《韓華世界》第1期，Walnut Creek, Califonia：韓華基金會，2007.10，p. 41。

[28] 崔樓一鶯，〈那一代的事〉，《韓華世界》第3期，Walnut Creek, Califonia：韓華基金會，2011.10，p. 55。

[29] 焉晉琦，〈千言萬語說不盡第二故鄉韓國情〉，《美國齊魯韓華雜誌》第25期，Laguan Woods, Califonia：美國齊魯聯誼協會，2010.1，pp. 13-14。

[30] 參考崔樓一鶯，〈小公洞往事〉，《韓華世界》第2期，Walnut Creek, Califonia：韓華基金會，2009.10，p. 19。

三、建立在想像或再創意義上的「鄉愁」

　　從再遷臺灣韓華的文學作品中不難看出，他們也曾經恍惚覺得，父親口中的那個與自己「臍帶相連、肉體相疊」的地方，是真正可以用她最寬闊的胸懷，焚燒自己「冰冷的軀體」，使自己重獲新生，擁有一個有尊嚴的，真正被接受的身分。但擺在眼前的現實卻是，那只是「地理課本上的，不曾不敢不會不肯，踏不出也踏不近的」[31]地方。父親口中的「故鄉」，對於父親來說也許是個真實的存在，或者更確切地說，是曾經真實存在過的地方。但是對於自己，卻並非如此。那裡只是祖籍的所在，不是可以成為歸屬的故鄉。

　　再遷臺灣韓華在其文學作品中表示，韓國社會對先遷韓華的排斥氛圍，是他們痛下決心，毅然做出離開生活了幾十年的移居地韓國，遷往另外一個移居地，開始另一個充滿未知生活選擇的原因之一。再遷臺灣韓華在作品中還表示，他們失去了那個做為祖籍所在地的「故鄉」，也不曾真正屬於過移居地韓國，他們的生活就像「候鳥移動的軌道，是一種往返兩地底泥濘」，「兩邊」都是握不住的「濃濃的茫茫」。他們需要一個可以寄託情感的地方，渴望被一個大海般寬廣的胸懷接納，渴望無處可去的鄉愁，找到最終的歸屬。就像再遷臺灣韓華詩人初安民，渴望「流星從滑落的瞬間起」，就「迸裂著沒有鄉愁底流浪」。[32]

　　而促使第二、三代先遷韓華再遷他地的原因，又不只是在韓國社會受到的排斥。不管是再遷臺灣韓華散文作家郝明義，還是

---

[31] 初安民，〈海焚〉，《愁心先醉》，臺中：晨星出版社，1985，pp. 175-177。

[32] 初安民，〈浪子‧鄉愁〉，《愁心先醉》，臺中：晨星出版社，1985，p. 87。

再遷臺灣韓華詩人初安民，都曾表示他們之所以選擇再遷臺灣，是因為對中國文化根深柢固的認同，覺得臺灣是中國文化保留得最完整的地方。但是從再遷臺灣韓華的文學作品，特別是初安民的詩歌中可以看出，再遷臺灣韓華的移居生活，並不像他們期待的那般樂觀。初安民創作於1980年代的很多詩歌中，都流露出難於融入臺灣社會的無奈。他總感到自己與臺灣社會之間，就像被人落下斷然的一刀，「切割成無可縫補底裂隙，越來越顯得遙遠起來」。詩人追問這是誰的錯誤？可是「沒有一個敢拍胸脯勇敢的站出來，他們全部躲在屬於自己的角落裡，塗改事實，暗箭傷人，把一切變成越來越難追的全部」。[33]不管初安民如何努力與外界交流，如何像馬達一樣不停轉地，掙扎著融入社會。他的一切努力，都被不能選擇的，固定不變的籍貫，無情地割斷。在臺灣人眼裡，他始終還是個外省人。他感到自己就像一隻來自北國，撲向飆烈火焰的蛾，「不留餘地不求退路，傾盡生命所有底力氣」[34]，奔向南方最後一盞燈火，也是自己最後的希望。但是滿腔的熱情依然融化不了現實的冷酷，他懷著飛蛾撲火般的熱情奔向臺灣，結果卻「被生活烈焰燒烤成，骨瘦如柴的身影，如此淒迷，如此無依」。[35]

　　初安民起初覺得，臺灣畢竟是自己被命運安排了國籍的地方，模糊地期待著投奔臺灣也許會成為另一種形式的「回歸」。但結果卻發現，那並不是一種「回歸」，而是再一次的「移居」行為。不管他如何努力不去接近在臺灣生活的韓華圈[36]，盡量隱

33　初安民，〈難追〉，《愁心先醉》，臺中：晨星出版社，1985，pp. 74-75。

34　初安民，〈撲火〉，《愁心先醉》，臺中：晨星出版社，1985，p. 41。

35　初安民，〈無題〉，《愁心先醉》，臺中：晨星出版社，1985，p. 90。

36　王恩美在2013年12月接受筆者採訪中說：「在臺灣生活的第一代韓國華人互相還有些聯繫，但是第二代以後的韓國華人基本上沒有什麼來往。華僑協會也只是形

藏自己的韓華身分；不管他如何努力去忘掉那些白色的記憶，如何甩掉那個如影相隨的韓華身分，在別人眼裡他始終還是在臺灣生活的韓華。初安民本以為與韓國的記憶隔斷，真心熱愛這個命運安排給自己的「祖國」，就可以從此告別吉普賽式的流浪，一顆流星終可以「生根」。但是現實卻讓他嘗到了重蹈覆轍的滋味。結果他只是渴望生根的「流星」，依然在流浪。現實讓他清醒地認識到，護照上的臺灣，只是一個沒有身分號碼的，形式上的證件，根本不能拿來證身明分。

再遷臺灣韓華因為接受教育，相較在韓國可以選擇更多社會待遇較好的職業。儘管如此，也很難認為他們完全被臺灣社會所同化。韓國華人雖然與臺灣人外貌相同，同樣使用漢語。但是因為他們祖籍的關係，中國大陸山東的方言與飲食結構，韓國式的語調，不同於臺灣人的生活習慣等，總被臺灣人問到是不是「韓國人」，或是屬於「哪類中國人」的問題。因為這種與主流臺灣人差別化的提問，往往為自己已經淪落邊緣而感到絕望。[37]這些在韓國被韓國人稱為臺灣人的群體，真正來到臺灣卻又變回了韓國人，或與主流臺灣人相區別的外省人，只有他們的邊緣地位永遠不曾改變。

初安民並沒有過多的苛求和奢望，只為人類最基本的生存渴望，只想為了生存，「向遼闊宇宙租借一寸空間」[38]，去「安定被妥協的生活」[39]，但是生活卻是「排山倒海而來地煎熬」[40]。

式，沒有什麼活動。」

[37] 參考李昶昊，〈韓國華僑的『歸還』移住與新的適應〉〔韓〕，《韓國文化人類學》Vol.45，首爾：韓國文化人類學會，2012，p. 169。

[38] 初安民，〈冷冷的活著〉，《愁心先醉》，臺中：晨星出版社，1985，p. 80。

[39] 初安民，〈無題〉，《愁心先醉》，臺中：晨星出版社，1985，p. 90。

[40] 初安民，〈加糖〉，《愁心先醉》，臺中：晨星出版社，1985，p. 85。

生存的無奈，使作者久已徘徊在眼眶裡的兩行滾燙的淚落下，落在「那久被生活浸蝕過的臉，負荷這心靈煎熬的告白」[41]。初安民覺得抽菸喝酒以及沉思，是思索人類一些難題痛苦的後遺症。[42]於是他拚命三郎式的飲酒，可是不管是酒後的狂笑還是痛哭，都掩飾不住他掩藏在狂傲底下的脆弱。他痛徹心肺地體會到，有些結果是靠努力靠奮鬥換不回來的，比如被承認這回事。不管自己如何努力，始終都擺脫不了那個「無人眷顧，無人垂愛」[43]，一無所有，不被承認的命運。「永遠都是異質底，任何一種溶劑都化不開，破碎滿地卻溶不成一絲一毫」[44]的存在。

融入臺灣社會的艱難，使初安民感到就連日曆都顯得那麼殘忍，因為它「自己沒有生命但卻收拾別人生命，把歲月壓扁，然後飄一下一來，像古刑場進行斬首的勾當。」[45]他不知道自己的未來究竟應該駛向何方，「往北，是漫漫無止境的茫茫；往南，已無軌道鋪排。永遠駛不近終點般被驅迫著，而遙懸的欲念落實，卻是望津止渴的奔馳。」[46]這裡的北，也許是指臺灣的北部，也可能是臺灣以北的，他曾經生活過的韓國，或更北邊的命運登記冊上標注著籍貫的地方。這裡的南，也許是臺灣的南部，也許是更南端的什麼地方。初安民只想知道哪裡才是他的終點？哪裡才真正屬於一顆流星的歸宿？初安民靜靜回首自己走過的二十八年歲月，彷彿只是一場九十分鐘的電影，高潮過後只剩散場的茫然。「未曾目睹國破家亡的動亂，卻有家國地疼痛，未曾經

[41] 初安民，〈無題〉，《愁心先醉》，臺中：晨星出版社，1985，pp. 88-89。
[42] 初安民，〈加糖〉，《愁心先醉》，臺中：晨星出版社，1985，p. 85。
[43] 初安民，〈失業者的告白〉，《愁心先醉》，臺中：晨星出版社，1985，pp. 130-132。
[44] 初安民，〈撲火〉，《愁心先醉》，臺中：晨星出版社，1985，p. 41。
[45] 初安民，〈日曆〉，《愁心先醉》，臺中：晨星出版社，1985，p. 101。
[46] 初安民，〈終站的夜思〉，《愁心先醉》，臺中：晨星出版社，1985，pp. 96-97。

歷顛沛流離的日子，卻有漂泊地歲月，未曾走過錦繡壯闊的江山，卻有鄉愁地身世，固定不移地籍貫裡，到處登記著流浪的住址。」[47]移居韓國，他始終沒有為自己這顆流星生下根，再遷臺灣也沒有成為「生根」的流星，卻成為那顆永遠渴望生根的「流星」，沉浸在永恆的哀痛裡：

> 我們是生了根的流星
> 我們悲哀是不能滑落的連根拔起
> 於是
> 於是流星在哭泣
> 一如哭我的醉夢
> 夢時在何方
> 醒後在何處
> 我們一概打探不出
> 探不出的如一件懸案
> 恆懸在我們永恆的哀痛裡[48]

再遷臺灣韓華，由於在韓國感受到的排斥選擇離開，又由於對中國文化根深蒂固的認同而選擇再遷臺灣。但是當他們在臺灣的在地化意願受到挫折的時候，就產生了幽怨的「鄉愁」。此時可以寄託「鄉愁」的地方，已經不是父親口中的那個「故鄉」，而是寄予著自身對中國文化的追求，對中國文化的認同，一個被

[47] 初安民，〈霜深楚水寒〉，《愁心先醉》，臺中：晨星出版社，1985，p. 92。
[48] 初安民，〈冷冷的活著〉，《愁心先醉》，臺中：晨星出版社，1985，p. 80。以上有關初安民詩歌的論述是在梁楠，〈生根的流星：論韓華詩人初安民《愁心先醉》中的跨國認同〉，《中國現代文學》No.80，首爾：韓國中國現代文學學會，2017，pp. 119-122基礎上修改後的內容。

想像的，被創造的，理想化的「故鄉」。再遷臺灣韓華的「鄉愁」，是建立在想像與創造之上的「鄉愁」。

第八章

韓國華人華文文學中
出現的「混種性」

混種性概念，已經成為全球化時代文化研究最重要的關鍵字。文化已經跨越單一同質的國民文化界限，文化間的跨界與混種，做為文化溝通與交流的強烈力量登上舞臺，宣告文化歸屬於特定國民文化的時代，逐漸走向終結。[1]混種性最初是生物學術語，在字典上被解釋為騾、雜種狗等通過異種間的交配產生的生物。而現在混種性概念，在人文學領域已經被廣泛認知，在文化研究領域也廣泛流行。

在文化接觸的過程中形成文化混種是非常普遍的現象，這一點在韓華華文文學研究上，也是不容忽視的一點。考察出發地中國大陸的文化、移居地韓國的文化、法定國籍所在地臺灣的文化，在韓華華文文學中如何彼此交錯穿插，如何相互碰撞交流；韓華文化上的混種，又使韓華的身分認同發生了怎樣的變化，就成為非常重要的課題。

一、韓國華人華文文學中出現的口頭語上的混種

先遷韓華在其創作於1990年代的遊記中說，當他們來到中國大陸時，不管是「飯後淹沒在王府井的人群裡」，還是踏上「中國最大商業都市上海」，不管在「南方還是北方」，都會覺得自己是個「道道地地的中國人」，但是「除了語言」。[2]語言似乎是一道無法逾越的障壁，先遷韓華那特殊的腔調，即使回到故鄉自信滿滿地搬出家鄉話，也會被故鄉人詢問：「你從韓國回來的？」再遷韓華也通過文學的形式，對此發出感歎：「韓華額頭

1　金容圭，《混種文化論》〔韓〕，首爾：昭明出版社，2013，p. 281。
2　賀山，〈大陸紀行〉，《韓華》，首爾：韓中文化協會，1990.5，p. 22。

上好像有個刺青，五湖四海無所遁形。即使再遷他地離開韓國幾十年，即使變得龍鍾老態，駝背佝僂，也依然「鄉音[韓華的特殊鄉音]不改」。[3]

再遷美國韓華賈鳳鳴，在他的文章〈閒話韓國華僑的普通話〉中將這種與眾不同的「韓華漢語」定義為：以煙臺為中心的牟平和福山話為基礎，屬入以文登榮成話為極其重要的組成部分，不但文詞語句交互使用，腔調口音也混雜難分，同時也加入許許多多的韓國話及其口音。他還闡述了這種「韓華漢語」的產生過程：「韓華僑社由於國共內戰後，與故鄉隔絕四十多年，原旅韓經商務農務工的僑胞有家歸不得，後來渡海避難者也加入這個僑社。在近半個世紀中，這些人互通婚姻，當然也包括中韓聯姻、合夥共謀營生，互相影響著生活方式，講著口音不同的語言，久而久之自然形成韓華僑社的『普通話』，絕非政治的頒定和提倡，也非有組織的議決，而是自然自體漸漸形成的大家聽得懂，說得出，可嫻熟運用的一種語言。」賈鳳鳴還風趣地說，因為「韓華普通話有這麼一點『混血』的特殊性，韓華不管走到天涯海角只要開口講話，立即被人辨認出『你是韓國華僑』的身分。」[4]

之所以會產生這種「韓華漢語」，很可能是因為大韓民國政府成立後，僅有近百分之二十的先遷韓華留在南韓。先遷韓華在人口上的銳減，就等於是在韓國說漢語人口的減少，先遷韓華在

3　賈鳳鳴，〈閒話韓國華僑的普通話〉，《美國齊魯韓華雜誌》第30期，Laguan Woods, Califonia：美國齊魯聯誼協會，2011.7，p. 10；馬晉琦，〈千言萬語說不盡第二故鄉韓國情〉，《美國齊魯韓華雜誌》第25期，Laguan Woods, Califonia：美國齊魯聯誼協會，2010.1，p. 13。

4　參考賈鳳鳴，〈閒話韓國華僑的普通話〉，《美國齊魯韓華雜誌》第30期，Laguan Woods, Califonia：美國齊魯聯誼協會 2011.7，p. 10。

第八章　韓國華人華文文學中出現的「混種性」

155

韓國說漢語機會的減少。再加上先遷韓華由於生活環境的原因，在很多交涉事宜上時常要與韓國人接觸，這就使先遷韓華越來越感到學習韓語的必要性。對於那些學齡前的先遷韓華兒童來說，他們平時都與韓國兒童一起玩耍，以至於很多先遷韓華兒童不會說漢語，韓語反而講得很熟練，甚至出現了在韓華家裡互相使用韓語溝通的現象。[5]另一方面，先遷韓華在移居韓國之前，沒有受到多少普及標準漢語的影響。因為，中國大陸於1955年確定現代標準漢語名稱由國語改稱普通話，開始正式推廣。而自1910-20年代開始至1955年是推行國語的時期。也就是說，從移居時間上來看，先遷韓華在移居前應該沒有多少可以接觸普通話的機會，移居後也大多接受臺灣式的國語教育，受到普及漢語普通話的機會應該不是很多。再加上，方言的變化具有延續性和穩固性，它不會隨著官話的改變而急劇地改變，[6]因此先遷韓華的山東方言，在國語、韓語等語言的影響下，就形成了上述這種口頭語上的混種現象。

史書美也曾以先遷韓華為例，試圖證明她所強調的散佈到世界各地華人的語言混種性問題，她認為：

> 住在南韓的漢人使用的是一種混合山東話與韓語的語言，甚至同一個句子裡同時出現兩種語言語義、語辭或文法混雜的現象。儘管當地人推行標準漢語教育——早期由臺灣政府支助，而當中華人民共和國與南韓恢復邦交後則轉由中國政府支助——但這種語言交雜的現象在第二代或第三

5　參考秦裕光，《旅韓六十年見聞錄——韓國華僑史話》，臺北：中華民國韓國研究學會，1983，pp. 140-141。

6　殷梅，〈從山東方言俗語看齊魯文化〉，《青島科技大學學報（社會科學版）》第27卷第3期，青島：青島科技大學，2011，p. 55。

代的南韓山東人當中確實特別明顯。就像別的地方一樣，標準漢語在南韓只做為書面語言；當說話的時候，山東話裡不會聽到標準漢語。在南韓的山東話和在中國山東省的山東話也不盡相同，在山東省有許多地方語言都自稱山東話。[7]

先遷韓華的語言混種現象大概可以總結為以下幾點特徵[8]：

第一，先遷韓華的語言混種現象主要出現在口頭語中，即山東話與韓語的混種，同一個句子裡同時出現兩種語言語義、語辭或文法混雜的現象。比如[9]：

①거의 父母親이 韓國쪽이나 아니면 爸爸，媽媽가 韓國人이고.

[幾乎父母都是韓國人或者爸爸、媽媽一方是韓國人。]

②清萍가 做了잖아.

[清萍做了。]

③第二天，第三天가 有意思了거든.

[第二天、第三天很有意思。]

---

[7] 史書美，楊華慶譯，蔡建鑫校，《視覺與認同——跨太平洋華語語系表述‧呈現》，臺北：聯經出版社，2013，pp. 55-56。

[8] 很多韓國學者也就先遷韓華的語言混種問題做過研究，綜合史書美以及韓國學者的研究情況，可以總結出這裡所述的幾點特徵。

[9] 例句參考朴守賢，《韓語－漢語雙重語言使用研究——以韓國華僑語言為中心》〔韓〕，嶺南大學碩士學位論文，2010，p. 58. 例句下方的漢語解釋由筆者標注。

先遷韓華說話的時候，山東話裡不會聽到標準漢語，也就是中國官方定義的標準語言（國語／普通話），因為「移民之前／時」是非常重要的指標，中國內外的地方語言從此會出現不同的發展。韓華使用的山東話也與中國山東省的山東話不盡相同，韓華方言與他們的母胎方言山東地區方言，無疑有著密切的關係。但是隨著時代的更替，母胎方言的特徵漸漸消失，韓華方言出現相互同化的現象。在發音上破壞聲調、弱化捲舌音與兒化音。（史書美，2013；嚴翼相，1999；朴守賢，2010）再遷美國韓華焉晉琦在其文章中的敘述，可以佐證先遷韓華的這一語言混種特徵，他說：「韓華子弟出現了語言上的改變，成了中韓語混雜的雙拼盤，中語文法裡的動詞，被動詞，形容詞，再穿插幾句韓國話中的感歎詞和語尾音，把意義弄得前後倒置，聽起來既不山東，又不韓國，倒很像第三國語言，演變成韓華獨創一格的地區方言。」[10]

第二，先遷韓華隨著情況、場所或者對話對象的不同，會出現多種語言代碼轉換（code-switching）現象。比如：先遷韓華跟韓國人對話時使用韓語代碼，跟中國人對話時使用漢語代碼，而先遷韓華之間對話時使用先遷韓華語言代碼。這種先遷韓華語言，也不是在任何時候都被使用，只被關係親密的華人之間使用。

正如再遷美國韓華賈鳳鳴所說：「各鄉的人在各家庭中所使用的語言，率皆以本鄉的原音土話為主，但進入學校和僑社集會等場合，都會自動切換成流行的普通話。近年來，僑社青少年群體中也多以韓話交流，中文漸成只布學校課堂中授課聽講。」[11]

---

[10] 焉晉琦，〈回顧旅韓華僑和韓國民族的恩怨〉，《美國齊魯韓華雜誌》第32期，Laguan Woods, Califonia：美國齊魯聯誼協會，2012.2，p. 82。

[11] 參考賈鳳鳴，〈閒話韓國華僑的普通話〉，《美國齊魯韓華雜誌》第30期，Laguan Woods, Califonia：美國齊魯聯誼協會 2011.7，p. 10。

先遷韓華的韓中雙語使用，並非隨意性的語言活動，而是發生在相關語言語法框架內的行為，體現著雙語使用者的語言使用能力。賈鳳鳴所說的「韓華普通話」其實就是一種混種化的先遷韓華語言，是一種通過韓語和漢語高度巧妙的結合，同時具有韓語和漢語兩種語言特徵的獨立性語言類型，體現了人類語言的創意性，一部分先遷韓華甚至認為這種先遷韓華語言就是自己的母語。（朴守賢，2010）

第三，先遷韓華在與非親密關係的華人之間，或需要使用敬語的正式場合時使用漢語，標準漢語則只被做為書面語言使用。（朴守賢，2010；史書美，2013）

二、韓國華人華文文學中出現的書面語上的混種

先遷韓華華文文學和再遷韓華華文文學中出現的書面語混種現象，不像口頭語的混種現象那樣嚴重，幾乎沒有出現過中國山東方言與韓語兩種語言的語辭或文法混雜現象。書面語的混種現象，主要出現在漢語和韓語兩種語言的語辭互譯性混雜使用上。

所謂漢語和韓語兩種語言的語辭互譯性混雜使用，如表3所示，是指先遷韓華或再遷韓華在進行華文創作的過程中，即使存在與韓語詞彙相對應的漢語詞彙，仍然有意或無意地使用直接由韓語詞彙音譯過來的詞彙。此時的漢語，僅做為這個音譯詞彙的標注符號存在。這種由韓語音譯後產生的詞彙，雖然使用漢語標注，但它與標準漢語的表達方式之間存在差異，具有自創性特徵。在再創過程中，同時又賦予這一音譯詞彙一種文化上的混種性。因此有些自創性音譯詞彙，只有先遷韓華或再遷韓華之間言傳意會，沒有體驗過韓國文化的人，很難理解其中的內涵。

表3　先遷韓華與再遷韓華文學作品中出現的韓漢雙語語辭互譯現象
　　　一覽表

出現年代	作品中使用的詞彙	韓語詞彙	漢語詞彙
1960年代	試練	시련	考驗
	逮冒	데모	示威
1970-80年代	廢業／閉業	폐업	停業
	料食業	요식업	飲食業／餐飲業
	告訴	고소하다	訴訟
	構內食堂	구내식당	單位食堂
	狗智	거지	乞丐
1990年代	看板	간판	廣告牌
	禮式場	예식장	禮堂
	沐浴湯	목욕탕	澡堂
	暴風注意報	폭풍주의보	暴風警報
	相對方	상대방	對方
	終著站	종착역	終點站
	放送	방송	廣播
	下日	다음날	第二天
	覺書	각서	擔保
1990&2010年代	建物	건물	建築物
2000年代以後	桌球	탁구	乒乓球
	登校	등교	上學
	金木吃	김치	韓國泡菜
	馬格里	막걸리	韓國米酒

　　之所以會在先遷韓華與再遷韓華的華文創作中出現這種書面
語的混種現象，大概也是因為先遷韓華在移居韓國之前，沒有受
到多少普及普通話的影響。先遷或再遷韓華在華文創作中，有意
或無意識地放棄使用與韓語詞彙相對應的標準漢語詞彙，而是選
擇使用帶有自創性的，由韓語詞彙音譯過來的漢語表達。正如史
書美所說：「翻譯並非甲等於乙的等式，翻譯顯示不了確定性與

複雜性，有待在特定歷史時空中解讀。」[12]探究韓華華文文學中出現這種書面語混種現象的原因，可以為整個華人華文文學語言混種現象的研究，提供一定的參考價值。

1960年代主要出現了兩個先遷韓華通過直接音譯韓語而自創的詞彙：「試練」和「逮冒」。

> 我們生活在友邦韓國，友邦的一切情事，都直接間接的影響我們的生活，生存。我們無法不寄以最大的關心。從三年前五一六軍事革命後，由朴正熙、金鐘泌為核心的革命團體，現經過三年來的試練，已由革命團體蛻變成功為強有力的政黨——民主共和黨這一今日的執權黨。[13]

> 韓國華僑子弟們一批一批的回國深造，一批一批地學成歸來，在這種華僑經濟日益不景氣的情況下，除了教學實在沒有第二條出路，於是大家就拼命的往僑教圈中鑽。師資再也不「缺貨」了，使得老師整日「戰戰兢兢」，成了董事會的應聲蟲；而學校也成了董事會的附屬品，不再是超然而清高的百年樹人的場所，也是使得僑教形成一片混亂。於是乎，在學校的學生「逮冒」老師，「逮冒」學校，甚至「逮冒」大使館。[14]

[12] 史書美，楊華慶譯，蔡建鑫校，《視覺與認同——跨太平洋華語語系表述・呈現》，臺北：聯經出版社，2013，p. 18。
[13] 編輯，〈給讀者的報告〉，《韓華春秋》第18期，首爾：韓華春秋編輯委員會，1965.12，p. 1。
[14] 向日葵，〈論當前韓華僑教〉，《韓華春秋》第14期，首爾：韓華春秋編輯委員會，1965.7，pp. 23-24。

這兩個詞彙是非常帶有時代特徵的，它們在一定程度上反映出先遷韓華在1960年代所經歷的歷史事件，以及當時的心理特徵。首先，就「試練」這一音譯詞彙來說，就像引文中作者敘述的那樣，移居地韓國的一切事情，都與移居者先遷韓華有著直接或間接的關係。先遷韓華與韓國人一起經歷著韓國的歷史，發生在韓國的重大歷史事件，不僅會引起韓國人對未來的不安，移居者韓華也同樣如此。當他們將這種情緒，轉移到紙上的時候，也許在內心上不自覺地感到，漢語詞彙「考驗」，不足以體現韓國的這次重大歷史變革給先遷韓華帶來的，與韓國人同樣厚重的心理影響。只有通過音譯韓語詞彙「試練」[시련]，才能被充分表達出來。

　　其次，「逮冒」是對韓語詞彙「데모」的音譯。這一音譯詞彙，出現在1960年代先遷韓華的文學作品中。一方面是在批判先遷韓華教育體制上存在的問題，同時也是在強調韓華教育體制亟待革新的迫切性。到了1990年代，還出現了直接使用韓語詞彙的現象，比如在1990年代發行的先遷韓華華文雜誌中曾出現過一篇題為〈臺灣也有데모〉的評論文章。文中載有臺灣人舉行示威遊行的照片，照片下作者標注：「看！這張圖片像不像在韓國？」[15]先遷韓華在照片上看到臺灣人示威的情景就會聯想到韓國，也許是因為，他們在韓國親眼目睹了韓國人頻繁的示威遊行場景。並且親身感受到，正是這一次又一次的「逮冒」運動，推進了韓國社會民主化的進程，推動了韓國社會的前進與發展。這對於頌揚孫文三民主義的先遷韓華來說，正好不謀而合。當一些思想先進的先遷韓華知識青年，發現先遷韓華社會雖然表面上提倡民主，但骨子裡卻固守著封建保守思想，因此為了實現先遷韓

---

[15] 記者，〈臺灣也有데모〉，《韓華》，首爾：韓中文化協會，1990.6，p. 26。

華社會的民主化，他們也效仿韓國社會的逮冒運動，來喚醒先遷韓華的民主思想。

　　隨著先遷韓華移居韓國時間的增長，這種書面語的混種現象出現的數量也隨之曾多，在使用頻率上也更加頻繁。1970-80年代可以發現的韓漢雙語互譯詞彙包括：廢業／閉業、料食業、告訴、構內食堂、狗智等，這些詞彙大部分與先遷韓華的經濟有關。

> 我們若不粉飾太平因循苟且，肯睜開眼睛細心觀察這個僑社，就不難發現這是個千瘡百孔的僑社，日暮途窮的僑社……先以僑社經濟來說吧，我們是在日漸窮困為溫飽而掙扎中，如今華僑在各行各業都已無法與人競爭，原來的生意不是轉讓，就是廢業。大家雖然勉強固守著中華料食業，賴以為生，可是也在賦稅重，用人難各種困境下處於風雨飄搖的逆境中，能夠仍操舊業與人力抗的已屬鳳毛麟角。[16]

> 待進入1970年代，華僑幾個大餐館相繼閉業，而一般普通餐館也在減縮。[17]

> 1954年5月避難回漢城後，筆者曾在太平路的SEOUL新聞社經營構內食堂，位置在報社的入口處。[18]

[16] 編輯，〈僑社論壇〉，《韓中文化》，首爾：韓中文化協會，1974.7，p. 27。
[17] 秦裕光，《旅韓六十年見聞錄──韓國華僑史話》，臺北：中華民國韓國研究學會，1983，p. 88。
[18] 秦裕光，《旅韓六十年見聞錄──韓國華僑史話》，臺北：中華民國韓國研究學會，1983，p. 88。

去美國之人並不全部都好⋯⋯二十五年駕駛技術考三次沒
領到駕駛照明，那裡要飯的（狗智）多韓國三倍。[19]

　　1950年代的韓國戰爭，給先遷韓華的經濟造成了致命傷。即
使在1960年代韓國經濟恢復發展的時期，先遷韓華的經濟也仍然
沒有得到支持與保護，反而受到各種限制。因此，先遷韓華的經
濟從此一蹶不振。再到1970-80年代更是每況愈下，做為先遷韓
華主要生存手段的中華餐飲業，停業倒閉的現象相繼發生。在此
時期，先遷韓華親眼所見親耳所聞的「폐업」[停業]事件實在太
多。所以，他們自然而然地在作品中使用「폐업」[停業]的音譯
詞彙「廢業／閉業」，來表達在韓國發展華人經濟的艱難。韓語
音譯詞彙「構內食堂」的使用，大概是因為在韓國沒有「單位」
這一概念，再加上先遷韓華接觸普通話教育的機會又很少的原因
造成。韓語音譯詞彙「狗智」的使用，目的在於勸誡那些受再遷
風潮影響的先遷韓華，不要盲目羨慕再遷美國韓華，美國也並非
想像中那般的「天堂」。而「構內食堂」、「狗智」這些直接音
譯韓語詞彙的使用，也體現出在長期的移居生活中，先遷韓華對
韓國文化的熟悉與習慣。

　　1990年代這種將韓語直接音譯詞彙，混雜使用在華文寫作中
的現象出現得最多，詞彙主要包括：看板、建物、禮式場、沐浴
湯、暴風注意報、相對方、藝能、終著站、放送、下日、覺書、
試練等。與1970-80年代的情況相比，在詞彙的意義特徵上明顯
更加生活化。

19　秦裕光，《旅韓六十年見聞錄──韓國華僑史話》，臺北：中華民國韓國研究學
　　會，1983，p. 141。

就在無窮花禮式場不遠處的華人餐館燕來春，老闆張恩桐
更是忙著樓上樓下，前前後後，不亦樂乎地如同自己家裡
辦喜事。[20]

停電的電視映著停電的節目，沐浴湯的煙囪沒有一絲灰
塵，從旅館私奔的男與女，又鑽進了麻痺的溝，看到這風
景的小食母笑掉了牙。[21]

一家男女老幼一窩蜂學唱國語歌曲，寓娛樂於學習，藉以
學習中國語文，同時按時收聽新加坡及馬來西亞的電視國
語放送，輔助學習國語。[22]

因氣象臺發佈暴風注意報，所以船在碼頭整整延了一天，
二十七日下午開航，行至海中，船稍遇風浪左搖右晃……
二十八日晨，船至威海近海。市內的建物及遠山清晰可
見，想起家鄉和親人，思潮起伏。[23]

我們一進入北京首都機場，就可看到三星電子無償提供的
彩電，機場內拖拉行李的輪車，也是三星贈送的，從機場
快要進入北京市區時，又可以看到大韓航空的大型豎立看
板、北京亞運大會主會場的工人體育館，門口也樹立了雙
龍建設贊助大會的看板。[24]

[20] 小僑民，〈小地方辦大事〉，《韓華》，首爾：韓中文化協會，1990.6，p. 43。
[21] 柳耀廣，〈沒有風的夜〉，《韓華》，首爾：韓中文化協會，1990.7，p. 48。
[22] 苗嶺，〈新印旅行記〉，《韓華》，首爾：韓中文化協會，1990.10，p. 26。
[23] 張泰河，〈回鄉探親——期待和失望〉，《韓華》，首爾：韓中文化協會，1991.2，
p. 30。
[24] 丘陵，〈韓國要不要支援北京亞運〉，《韓華》，首爾：韓中文化協會，p. 24。

特別是禮式場、沐浴湯、放送、暴風注意報等詞彙，明顯帶有韓國社會生活習俗的特徵。從中國人舉辦婚禮的風俗習慣上看，城裡人大多喜歡在飯店酒店舉辦，農村人則喜歡在家裡舉辦。而韓國人喜歡在專門的예식장（禮式場）舉辦，這種文化在中國很少見到，再加上到了1990年代第二代或第三代先遷韓華大部分到了談婚論嫁的年紀，在韓國籌備婚禮就難免入鄉隨俗，選擇到韓國的예식장（禮式場）舉行婚禮。韓國的風俗已經深入韓華心裡，所以他們在華文寫作上也就不自覺地使用韓語「예식장」的直接音譯詞彙「禮式場」，來表達「禮堂」的意思。

　　「沐浴湯」這一音譯詞彙也同樣如此。雖然在中國也存在「澡堂文化」，但是中國的「澡堂文化」並沒有韓國「목욕탕」文化這麼大眾化、全民化。因此先遷韓華在華文寫作中使用韓語直接音譯詞彙「沐浴湯」，也是出於一種文化需要。「放送」、「暴風注意報」這些音譯詞彙也不例外。從時間上來看，第一代先遷韓華移居韓國時還不存在電視廣播文化，而第二代和第三代先遷韓華從出生開始，接觸的就是韓國的電視廣播文化，熟悉的也是韓國特色的「放送」，因此在一些電視廣播用語上，也更熟悉如「暴風注意報」這樣的韓國式表達方式。

　　2000年代以後，韓語直接音譯漢語詞彙的混雜使用現象，主要出現在再遷韓華華文文學作品中。

> 乒乓，乒乓乒乓，我不是桌球，我卻像桌球，被兩邊的拍子，打來打去，不知誰是贏家輸家。[25]

---

[25] 初安民，〈乒乓〉，《愁心先醉》，臺中：晨星出版社，1985，p. 129。

每次離家登校之前，總是先把佩在衣領上的一枚校徽，擦得烏黑發光，以吸引路人醒目注視，因為當時的首爾大學的確是譽冠全國，也是唯一的國立最高學府。[26]

韓華尤其有點不同於其他地區的華人，習以為常嗜吃辣的，餐桌上少不了一盤金木吃泡菜。[27]

馬格里酒可以止渴消暑，並有忍饑止餓功效。[28]

「建物」（建築物）、「桌球」（乒乓球）、「登校」（上學）這些音譯詞彙，是再遷韓華再遷之前就已經習慣了的表達方式。「金木吃」（韓國泡菜）、「馬格里」（韓國米酒）這種音譯詞彙的使用，既包涵了再遷韓華文化混種上的意義，也就是說，即使先遷韓華再遷他地，仍然改變不了在韓國養成的飲食習慣，韓國的泡菜和米酒仍然成為他們生活中不可或缺的一部分。同時這些音譯詞彙中也蘊涵著他們對韓國的鄉愁。

從表3中可以看出，這種韓漢互譯語辭混雜使用現象，隨著時間的增長而出現逐漸增加的趨勢。1990年代的韓華雜誌上出現的韓語與漢語語辭互譯混雜使用現象，比1960-70年代韓華雜誌中出現得更加頻繁。這是因為：第一，隨著移居者世代的更迭延續，移居者與出發地語言環境接觸的機會逐漸減少，與移居地語言環境

26 馮晉琦，〈大韓民國學生革命親歷記〉，《北美齊魯韓華通訊》第17期，Laguan Woods, Califonia：美國齊魯聯誼協會，2007.11，p. 27。
27 李作堂，〈淺談旅美韓華與華裔〉，《韓華世界》第1期，Walnut Creek, Califonia：韓華基金會，2007.10，p. 8。
28 老高麗，〈「馬格里」韓國米酒〉，《韓華世界》第1期，Walnut Creek, Califonia：韓華基金會，2007.10，p. 61。

的接觸機會逐漸增多。第二，隨著韓國與中國大陸或臺灣社會環境之間差異的增大，韓華就會直接接受那些在中國大陸或臺灣沒有，而在韓國產生或出現的事物與現象。即，那些通過中國大陸或臺灣的媒體或教科書學不到的，在韓國才使用的詞彙，只有通過意譯或者音譯使用的方式來表達。相對來說，後者更加便利。

另外值得關注的是，先遷韓華的這種書面語混種現象，不僅體現在上述的詞彙上，還體現在書面語的表達方式，甚至他們的思考方式上。比如，先遷韓華看到韓國人出殯的輓聯上面寫著：「敬弔空手來空手去」的悼詞，就會聯想到1960年代韓國的流行歌曲《下宿生》歌詞中出現的類似內容：「人生是流浪者之路，自何處來，往何處去；赤手來，赤手去。」並以此韓國式的思考方式，通過文學的形式，告誡韓華不要在子孫面前講：「拿了多少錢，捐了多少地」，應該告訴他們「你的祖先沒幹壞事」。[29]再遷美國韓華在中國煙臺看到路上腳踏車、電動車、摩托車爭先恐後，車輛或逆向行駛或侵入行人道，各行其是，亂成一團的景象時，會聯想到韓國的諺語：「為了早到十分鐘，竟比人家早走十年。」想起韓國過去也是如此，但經過宣導與嚴格管理，不僅「提高了國民素質」，也「增加了國家財政收入」的先進一面。[30]此時，再遷韓華啟動了韓國人的思考模式，這種思考模式又通過漢語的形式被表達出來。

不管先遷韓華是否被韓國社會承認，也不管先遷韓華是主動地或是被動地在接受著韓國文化，韓國文化都始終與先遷韓華

---

[29] 僑誼，〈僑社、僑民素描〉，《韓中文化》，首爾：韓中文化協會，1985.7，p. 28。

[30] 呂仁良，〈北京的八大胡同可謂不雅觀胡同〉，《北美齊魯韓華通訊》第17期，Laguan Woods, Califonia：美國齊魯聯誼協會，2007.11，p. 10；編輯，〈中國人的不拘小節〉，《北美齊魯韓華通訊》第17期，Laguan Woods, Califonia：美國齊魯聯誼協會，2007.11，p. 32。

為了維繫群體的凝聚力而堅守的中國文化，以及從臺灣灌輸而來的臺灣文化相互碰撞，穿插交切，形成了先遷韓華的文化混種形態。這種混種特徵，又以韓華華文文學創作的形式，從混雜使用自創性的韓語直接音譯詞彙的方式表現出來，並且也體現在他們的思考方式上。這種混種化了的語言，又隨著先遷韓華的再遷，被再遷韓華使用在再遷之地的文學創作中。

後遷韓華因為移居時間較短，在中國國內受漢語教育時間又長，所以語言性混種現象只出現在日常口語中，這種口頭語上的混種現象也只限於韓語詞彙的插入，尚未形成像先遷韓華那樣複雜的口頭語混種現象。就像後遷韓華作者李文，將個人的觀察與見解通過小說《蒲公英》所表現的那樣：「不知不覺來韓國近兩年了，近兩年的時光讓許多海外學子油然而生一種已然身為老華僑之感。言語間不時夾雜外語，因為他們在中國待了短暫的二十多年，而在國外已經度過了漫長的一年半。」[31]在後遷韓華華文文學中，尚未出現書面語上的混種現象。隨著後遷韓華移居時間的增長，後遷韓華對韓國這個移居地投入的情感越來越多，形成越來越強烈的在地化欲望，也許後遷韓華也會形成一種新的語言混種形態，使韓華華文文學繼續保持活力。

三、韓國華人華文文學中出現的文化上的混種

韓國文化、中國大陸文化、臺灣文化的相互交流與碰撞、相互交切與混雜，不僅使先遷韓華在語言上出現了混種現象，在文化以及身分認同上也出現了混種性特徵。

---

[31] 李文，《蒲公英：文麒留韓記》，北京：人民日報出版社，2017.1，p. 134。

從先遷韓華的作品中可以看到，早期移居韓國的華人，即使在韓國生活，也大部分保留著故鄉的一些固有風俗。比如，每到農曆年早期韓華便將天地神、財神、祖先一併在家中供奉。供奉的風俗也與韓國不同，按照故鄉的傳統供桌上不供牛肉，並且從農曆年一直休息到農曆十五的元宵節。隨著先遷韓華在韓國移居時間的增長，早期韓華所遵從的故鄉風俗，都因為受到韓國文化的影響而不得不隨之發生改變。因為韓國的農曆年只放假3天，為了適應韓國的生活方式，先遷韓華的農曆年也由以前的休息15天，縮短到6天，再到後來完全按照韓國的習俗休息3天。另外，先遷韓華的婚禮也已不如早期韓華辦得那般熱鬧。因為韓國光復後，社會急速變化，生活節奏也隨之加快，先遷韓華受韓國文化的影響，舉辦婚禮也多改用新式。[32]

韓國與中華人民共和國建立邦交之後，許多在韓國出生的第二、三代先遷韓華，生平第一次踏上中國大陸這片土地，並以文學的形式，記錄著當時的心境。在第二、三代先遷韓華的遊記中，他們不自覺地將「故宮與前門之間著名的天安門廣場」與韓國的「漢城宮殿」比較一番，隨後油然產生「中國人的驕傲」；同時也不忘聯想到曾經在「漢城冬天大雪紛飛時，爬道峰山或北漢山」時的情景是多麼壯觀。[33]充分接受了移居地文化洗禮的先遷韓華，踏上中國大陸這片土地上時，那些自稱生活不錯的中國大陸親戚，在他們眼裡只有在招待自己吃飯時才有酒有肉，親戚們自己吃飯時，就沒有什麼東西了。當這位先遷韓華看到那些

---

32 這段敘述參考秦裕光，《旅韓六十年見聞錄——韓國華僑史話》，臺北：中華民國韓國研究學會，1983，pp. 106-108。

33 輝光，〈暴風雨降臨前的北京城——一九八九年五月日記在北京〉，《韓華》，首爾：韓中文化協會，1990.5，p. 29；賀山，〈大陸紀行〉，《韓華》，首爾：韓中文化協會，1990.5，p. 21。

大陸親戚們，吃個肯德基就要花掉一個星期的工資時，就不再敢花錢了，因為他害怕看到親戚們那「不知在羨慕抑或忌妒的眼神」[34]。

作者所謂「羨慕抑或忌妒的眼神」，有些類似於過去韓國人看待韓華的態度。因此，韓國人對於韓華的排斥，不僅存在於韓國社會。即，外國人嫌惡症（移居者排斥現象）存在於世界各個地區，甚至漢族群體之間也可能存在。換句話說，這是由群體與群體之間的利害衝突所產生。

先遷韓華在自稱「身為中國人」的同時又以外來者自居，無意識中已經將自己與中國大陸人區分開來。也許他們是想從自己的經濟水準，與親戚家的消費情況的比較中構建差異，構建自己與中國大陸人之間的異質性，從差異中獲得處於優越地位的滿足。通過差異，再次確認自己曾經選擇移居韓國行為的正確性，慰藉那在移居生涯中似乎從未找到歸屬感的不安。斯圖爾特·霍爾所說：「離散經驗不是純粹的，必然通過認識異質性與多樣性，不是拒絕差異，而是通過差異用認同的概念去定義混種性。跨國移居者的認同是通過變化和差異，自身不斷的生產與再生產的過程。」[35]做為跨國移居者的先遷韓華，正是通過對自身的變化，以及自身與中國大陸人之間存在差異性的認識，構建不同於中國大陸人的，新的身分認同。

里昂·尤里斯《QB VⅡ》中敘述了一段美籍猶太人作家的故事：這位美籍猶太人作家，即使在父親多次勸告他不要忘記自

---

[34] 賀山，〈大陸紀行〉，《韓華》，首爾：韓中文化協會，1990.5，pp. 19-31；輝光，〈暴風雨降臨前的北京城——一九八九年五月日記在北京〉，《韓華》，首爾：韓中文化協會，1990.5，pp. 30-31。

[35] 轉引成姃慧，《去殖民時代的離散與混種：薩爾曼·拉什迪的〈午夜之子〉，〈羞恥〉，〈魔鬼詩篇〉》，梨花女子大學博士學位論文，2010，p. 13。

己民族的根之後，也不認同自己的身分，認為那是代代歷史的包袱，跟他無關。直到父親過世，他在猶太的傳統喪禮上，突然發現原來他身上烙印著祖先血統。先遷韓華會將這部分描寫在心裡塵封二十多年也不曾褪色。但是他們仍然會在承認自己身上烙印著祖先血統的同時，為「歲月號沉船事件」中每一位不幸遇難的韓國人哀痛不已[36]；也為韓半島劍拔弩張的緊張情勢而牽掛憂懼。即使他們很清楚，不管在臺灣待長待短，自己都只是個過客，但仍然因為臺北的十七級「蘇迪勒」颱風而坐立不安，整日目不轉睛的盯住電視氣象報導；同時也為中國天津濱海新區大爆炸事件而恐懼顫慄，為每一個人祈求平安，因為他們知道平安是人心最深的渴望與需求。[37]

　　一位先遷韓華曾在1960年代寫過一篇名為〈痰盂有感〉的雜文，文章大意是：作者新搬進首爾南山腳下的「榻榻米」[38]屋，為了預防到家來訪韓華親友的「國吐」（韓華諷刺中國人的隨地吐痰行為的說法）行為，做為「安全措施」，便從臺灣帶回來兩個搪瓷痰盂。但作者發現也許由於時代不同了，也許由於移居海外受外國人生活的影響，韓華沒有繼承這隨地吐痰的國粹。於是這扮相雖美，但畢竟是慣於藏垢納汙的痰盂，終被判定不配登大雅之堂。放在客廳的那個，便上演了一齣「自君別後」。而放在臥室那一個，無奈太太強烈反對，憑藉「裙帶關係」保住了位子，卻在以後的日子裡盡受「胯下之辱」。由此作者感慨這一對

---

[36] 「歲月號沉船事件」是指2014年4月16日，韓國的一艘載有476人的「歲月」號客輪，在韓國全羅南道珍島郡屏風島以北海域，意外進水並最終沉沒事件。先遷韓華衣建美為不幸遇難者寫作詩歌《黃絲帶》，以示哀悼之情。參考衣建美，〈衣建美文集〉，《韓華通訊》，首爾：漢城華僑協會，2014.6。

[37] 參考衣建美，〈後德載物〉，《韓華通訊》，首爾：漢城華僑協會，2014.4；衣建美，〈願你平安〉，《韓華通訊》，首爾：漢城華僑協會，2015.9。

[38] 是指一種日式房間，日據時代被引進韓國，現已消失。

出身相同，能力相同的痰盂，因為所處環境不同，最後結局便判若天壤。立足於客廳的，學以致用，如今雖告落伍，被割了脖子，也還落得半輩子乾淨。側身於臥室的，可就慘啦，不遠千里而來的大才，用非所學，復任人污辱，無法自拔，盡受一輩子骯髒氣，這以裙帶關係而得來的職務，往往不見得是「高就」，而在實際生活中，類似此情況的事還比比皆是。[39]

　　這篇文章的作者，本意在於嘲諷那些從臺灣學成歸韓的韓華子弟，依靠裙帶關係得到一官半職，但卻是用非所學，復任人污辱，無法自拔的社會現象。但是這篇文章卻引發筆者對跨國移居者「中國性」問題的思考。痰盂在過去本是一般中國家庭的必備之物，是中國人的一種生活習慣，一種中國文化，一種與韓國的「榻榻米」生活不相協調的文化。先遷韓華移居韓國後，隨著移居時間的增長，也就慢慢習慣了韓國的「榻榻米」生活。甚至在地化實踐，還使很多先遷韓華改掉了中國人身上的一些舊習。先遷韓華堅持興建華人學校，弘揚中國文化，以此增強先遷韓華社會的凝聚力，但同時他們也無法阻擋韓國文化對中國文化的衝撞，抗拒不了中國文化與韓國文化的相互揉雜與混合。他們在自覺地固守中國文化的過程中，也在不自覺地形成一種由於文化間的碰撞交流，交切穿插而產生的混種文化。也就是說，即使先遷韓華曾經是以中國文化為根基，但是隨著異地文化與中國文化的混種糅合。在這種情況下，如果再一味地強調其「中國性」，也許就像那只被移植到韓國的，臥室裡的痰盂一樣，即使曾經是千里之外來的大才，也永遠適應不了新的環境，結果得「受一輩子骯髒氣」了。說得更嚴重些，將「中國人」這一具體化的範疇，

[39] 黃務，〈痰盂有感〉，《韓華春秋》第10期，首爾：韓華春秋編輯委員會，1965.3，p. 22。

做為一個種族和民族的標籤。將「中國性」，看作一種衡量華人是否夠「中國」的工具，最終究竟是在為誰服務？其結果是否會使移居國將移居來的華人永遠看作是外國的，而不具備真正本土的資格？[40]

再遷臺灣韓華初安民以詩的形式，描述了再遷臺灣韓華在文化上的混種特徵。他將這種混種性比喻成「煮茶的水」[41]，即使再將茶與水分離曬乾，也仍然回不到原本的茶與水的樣子，仍然是一碗渾然浸染上茶香的茶水。再遷臺灣韓華，本以為來到臺灣便是回歸祖國，重新回到中華文化的懷抱。但是真正來到臺灣，生活其中，才發現自己就像那煮茶的水，已經浸染上了韓國文化風俗習慣，再也回不到原來的模樣。

再遷臺灣韓華郝明義，在其散文中也同樣強調過韓國文化對他的影響。他在散文中說：就像在很多韓國人眼裡中國人可以腰纏萬貫，卻衣著邋遢是一件不可理解的事情一樣。在很多韓華眼裡，韓國人身上也存在著一種「韓國習氣」——奢侈與虛榮。郝明義承認，韓國與中國在文化上存在著差異，他認為這是因為韓國人的消費習慣是，總喜歡把錢花在別人看得到的地方。在韓國，衣著往往就代表一個人的身分與階級。但同時郝明義更願意將這種「韓國習氣」理解為韓戰之後，韓國政府急於擺脫貧窮，想要透過支持一些大財團的崛起，來振興韓國經濟。結果也在無意中，通過這些新財富擁有者的暴發戶心態，進一步扭曲了社會的價值觀。他們的用心立意都沒有錯，只是用力過猛了一些。

郝明義非常肯定韓國戰爭之後，韓國為了追求社會發展而進行的一系列「霹靂手段」，以及韓國人所特有的對待生活的「激

---

[40] 參考史書美，《反離散——華語語系研究論》，臺北：聯經出版社，2017.6，p. 32。
[41] 初安民，〈心事十六行〉，《愁心先醉》，臺中：晨星出版社，1985，p. 62。

越之情」。他由韓國文化，聯想到臺灣文化。認為雖然開放是臺灣社會最好的一面，但是和韓國相比，臺灣文化差的，正是這股勇往直前的決心與自我期許的精神。臺灣，對於當初決定再遷此地的郝明義來說，既是個應許之地，但同時也有更大的可能成為一個破滅的虛幻。他始終認為，來臺灣是自己人生最美好的決定之一。但他更認為，可以隻身來到這個陌生之地的勇氣，正是來自在韓國成長期間所形成的這股「激越之情」：

> 釜山和臺北，之間不只隔著距離，還隔著大海；華僑社會和臺北的社會，之間不只存在著文化的不同，還有大小的懸殊。多一點理性的思考，穩當的想法，我就要留在原地，不必前來了。要飛躍那麼遙遠的距離，我只能像一根沖天炮似地猛然拔起。不是囂張到令人難以忍受，也許就沒有那麼大的動能讓我脫離那裡。[42]

　　初安民與郝明義都是再遷臺灣韓華，有著類似的移居經歷，並且存在著一個將臺灣做為再遷之地的共同理由——對中國文化根深柢固的認同。兩者都為了盡快適應再遷之地的生活，盡量使自己處於一種，對於曾經的移居地韓國的忘卻狀態。初安民曾一度嘗試與曾經的移居地韓國揮手告別，郝明義也曾經認為對於還不到五十歲的人來說，遠不是回顧過去的時候。但是結果卻發現，就像記憶的本質，是破壞，而不是保留[43]，有些東西並不是想忘掉就可以忘得掉的，想抹去就可以抹得掉的。比如與生俱來的籍貫，或是曾經的移居生活所留下的烙印。但是兩者所不同

---

[42] 郝明義，《故事》，臺北：大塊文化出版股份有限公司，2004.3，p. 187。
[43] 郝明義，《故事》，臺北：大塊文化出版股份有限公司，2004.3，p. 123。

的是，初安民覺得既然抹不掉，就被迫帶著這些烙印繼續扎根臺灣，同時為自己想像一個可以做為真正歸屬的中國——文化的中國。而郝明義則決定，樂觀接受來自曾經的居住地韓國的一切風俗習慣與文化的影響，特別是積極承認韓國文化中對自身起到積極影響的部分。郝明義在散文結尾部分說道：「四十之後，越來越覺得時間不是條往前的直線，而是個自我循環的圓圈。只是圓圈的本身在移動。你在前進，你回到過去；你回到過去，你又前進。」[44]他覺得只有承認並接受，而不是逃避過去，才是繼續前進的動力。

從再遷美國韓華的文學作品中可以看出，就連先遷韓華自己也感覺到，不僅在外貌上，先遷韓華與韓國人具有很多相似之處。幾十年的韓國移居生活，使先遷韓華在講究輩分禮節、性情偏於急躁、以及飲食習慣等生活習性上，都變得與韓國人十分接近。因此，就使得先遷韓華即使再遷他地，也仍然延續著在韓國養成的生活和飲食習性，習慣與韓國人聚居在一起。

比如，再遷美國韓華在文學作品中表示：由於那些來自三千里江山的生活習性，自覺與韓裔在外表和內裡都相差不多，分不出來：高大粗壯，豪邁熱情，重於倫理，輩分有序，講義氣，味兒不對勁就掀桌子比拳頭。再遷美國韓華無論男女老幼，由小到大，年年、餐餐都缺少不了韓國泡菜，韓國泡菜成為他們生活飲食中不能缺少的一道菜。再遷美國韓華，因為印有中國字樣的壁紙和中國式佈置的傢俱，將其確定為自己的未來居所。但是當他們搬進新家後，又像在韓國生活時那樣，為了維持那潔白整齊的廚房，而改變飲食習慣，放棄大鍋烹炒油炸，只做清淡的蒸煮。

44 郝明義，《故事》，臺北：大塊文化出版股份有限公司，2004.3，p. 192。

在美國看到《國際市場》這部韓國電影，也能使這些再遷韓華憶起曾經位於國際市場南面的，父親的雜貨店。在美國，韓國人聚居的地方，再遷韓華也喜歡插一腳，成為「互助互惠的生命共同體」。[45]

再遷美國韓華，不僅因為幾十年的韓國移居生活而受到了許多韓國文化的影響，並且在三十餘年的美國移居生活中，也同樣受到了美國文化的影響。這些影響都使再遷美國韓華在思考問題的方式上，除了具有韓國化傾向之外，也或多或少存在著美國化的傾向，這種思考問題方式上的混種化，又通過再遷美國韓華華文作品表現出來。

比如，再遷美國韓華在文學作品中就以「準洋人」的身分自居，體現出再遷美國韓華受到美國文化的影響。他們在作品中這樣說：「自覺來美國已有三十年，在生活習慣上因為與洋人耳濡目染的接觸，已七、八不離十稱得上是個準洋人，中國的風俗人情與西方大有不同之處，所以身為最先進國家的國民，在中國的一舉一動亦應該有先進的尺度與作風。」[46]

這種異地文化的影響，使再遷美國韓華在看待中國大陸的問題上，具有兩面性。他們在承認中國大陸改革開放三十多年，社會各個方面都出現了長足進步的同時，仍然表示有些中國大陸人處事的觀念與做法，使他們不能「消受」。比如，再遷美國韓

---

[45] 這段敘述參考李作堂，〈淺談旅美韓華與韓裔〉，《韓華世界》第1期，Walnut Creek, Califonia：韓華基金會，2007.10，p. 8；阿里郎，〈說韓國泡菜〉，《韓華世界》第1期，Walnut Creek, Califonia：韓華基金會，2007.10，p. 56；唯一，〈國際市場〉，《韓華文藝》，南加州韓華聯誼會網站http://www.hanhwa-la.org，2015.5.31；馬晉琦，〈回顧旅韓華僑和韓國民族的恩怨〉，《美國齊魯韓華雜誌》第32期，Laguan Woods, Califonia：美國齊魯韓華聯誼協會，2012.2，p. 82。

[46] 烏鴉，〈韓華節儉成性〉，《北美齊魯韓華通訊》第17期，Laguan Woods, Califonia：美國齊魯韓華聯誼協會，2007.11，p. 34。

華在作品中提到，坐人力車遊逛北京八大胡同，一路上看到牆上繫著尼龍繩曬衣服、被褥、甚至女人內衣褲，路邊丟棄垃圾，尼龍袋隨風起舞，這仍然停滯在18世紀文化中的殘牆斷瓦，破爛不堪，居民在裡面腐朽苟生的生活場景，頓時感到「慘不忍睹」。但是使再遷美國韓華更加不能忍受的是，由於這些現象會給「外國佬」造成負面影響，因而使自己這個「中國人」的顏面盡失。[47]

再遷美國韓華在作品中表示：他們懷念故鄉的美味，但不喜歡在中國大陸餐廳用餐，因為那些「地溝油、染色饅頭、瘦肉精、一滴香」等實在令他們覺得可怕。由於美國保險「不保美化門面」等項目，他們選擇到中國大陸開發區的公立醫院，感歎大陸公立醫院的醫療又快又好又便宜，同時也驚愕大陸醫務人員無一人戴手套。在美國看慣了醫生、護士換手套的頻率，簡直到了浪費的地步，而這「Made in China的手套」在中國醫院竟然看不到。很多再遷美國韓華，已在美國舊金山的齊魯墓地備好墓穴，因為他們覺得在基本的人權和文化水準上，中國大陸仍有進步的空間，在這一點上，先進的美國連逝去的人都會保障人權，不會逼遷墓地。[48]

中國大陸文化、韓國文化、再遷地區文化等幾種文化間的相互混雜相互碰撞，使再遷韓華的身分認同，具有了一種既是而非的混種性特徵。即，既是中國的、韓國的、再遷地區的；同時又不完全是中國的、韓國的、再遷地區的混種性身分認同。

---

[47] 參考司晨，〈大陸賓館 無理索賠〉，《美國齊魯韓華雜誌》第25期，Laguan Woods, Califonia：美國齊魯聯誼協會，2010.1，p. 25；呂仁良，〈「美國齊魯聯誼協會」煙臺成立分會〉，《北美齊魯韓華通訊》第17期，Laguan Woods, Califonia：美國齊魯聯誼協會，2007.11，p. 8。

[48] 以上引文均出自李作堂，〈返鄉雜記〉，《美國齊魯韓華雜誌》第31期，Laguan Woods, Califonia：美國齊魯聯誼協會，2011.10，p. 38。

後遷韓華華文文學中所體現的文化混種，主要是後遷韓華通過模仿的形式進行積極地在地化實踐，並在此過程中形成了文化上的混種。

　　後遷韓華作者李文，以自己在韓的親身經歷為基礎，在小說《蒲公英》中塑造了幾個在韓中國留學生的典型形象。從這幾個人物形象上，都可以看到文化混種的影子。比如，小說主人公文麒的高中同學董軒澤，來韓國四年，在初來乍到的文麒眼中，如今的他是一個講著一口流利韓語的，舉手投足間依然不失領軍人物模範的，「韓國式的中國人」。[49]這種「韓國式的中國人」形象，在韓國的大學校園裡幾乎無處不在。剛入學的主人公文麒，在宿舍樓正門前見到兩個陌生人，一高一矮，像是學生模樣的韓國人，但是通過交流才知道，他們也是兩個「韓國式的中國人」。文麒來到學校食堂，更是滿眼的「韓國式中國人」，身在其中的文麒，反而覺得自己變成了「與眾不同的外國人」。[50]

　　當文麒得知認識了一年有餘，說一口流暢韓語，講中文時都尚略帶韓文餘音的「韓國同學」，竟然是中國上海人，跟自己一樣是漢族，是留學生時，不禁為此大為震驚，深陷對這位同學的回憶之中，不能自拔。文麒這才真正認識到：氣質的悄然變化才是融入當地生活的最高境界，是自己借鑒學習的對象。文麒也遇到過一些「搞不清楚國籍的神祕人物」，但是因為那些人一般「不是朝鮮族就是華僑」，文麒覺得搞不清楚他們的國籍是件理所當然的事，但是眼前這位同學卻是純漢族血統，僅僅來韓國五年，令他佩服不已。[51]

49　李文，《蒲公英：文麒留韓記》，北京：人民日報出版社，2017.1，pp. 5-6。
50　李文，《蒲公英：文麒留韓記》，北京：人民日報出版社，2017.1，p. 10。
51　以上引文出自李文，《蒲公英：文麒留韓記》，北京：人民日報出版社，2017.1，p. 162。

通過小說主人公文麒的觀察，可以將在韓中國留學生的文化混種程度，分為三個等級：第一，是像文麒一樣，剛來韓國尚需在語學堂學習的留學生。從這些學生由內而外反映出的眼神、身姿、衣著、髮型等方面，都可以判斷他們全部來自中國的四面八方。第二，是像來韓國四年的，董軒澤這樣的「韓國式中國人」，這些中國留學生從外表看上去儼然像極了韓國人，但是談吐之間馬上暴露自己中國人的真實身分。第三，是像令文麒佩服不已的，來韓國五年的上海同學，不僅在外貌和語言上，甚至在神態氣質上都難以辨認真實身分，也就是文麒所謂的融入當地生活的最高境界。由此也可以看出在韓國生活時間的長短，模仿韓國人的程度等因素，都是左右後遷韓華文化混種程度的重要因素。

　　主人公文麒，已經為自己樹立了學習借鑒的目標。即，像那位連氣質都像韓國人的上海同學那樣，達到融入韓國社會的最高境界，這使他的在地化信念更加堅定。為了讓身上充滿中國因素，尚處於融入韓國社會第一階段的自己，上升為第二階段的「韓國式的中國人」，他首先從著裝上入手，用自己辛辛苦苦打工賺來的薪水買衣服。因為在穿著上像個當地人，就意味著「直觀地標誌著自己向留學最高境界的『假洋鬼子』方向，又邁進了一步」。[52]這裡所謂的「假洋鬼子」[53]，其實就是融入韓國社會的第三階段。不僅在語言和外貌上，在氣質上也要悄然變化成韓國人。文麒甚至為自己只要不怎麼說話，便常被誤認為是當地人，還能常為當地人指路而感到心滿意足，即使他看起來像一個「患有嚴重口吃的韓國人」。[54]為了繼續加快變成「假洋鬼子」

---

[52] 李文，《蒲公英：文麒留韓記》，北京：人民日報出版社，2017.1，p. 77。
[53] 盛行於19-20世紀初的一種現象，魯迅的《阿Q正傳》中也曾出現。這裡是作者的一種變相使用。
[54] 李文，《蒲公英：文麒留韓記》，北京：人民日報出版社，2017.1，p. 82。

的步伐，文麒選擇用打工的方式深入韓國人的生活。對於一個語言還不好的外國留學生來說，找工作絕非易事，但是文麒仍然從找工作的過程中收穫了經驗：「找工作會使自己臉皮越來越厚，而在厚厚的臉皮下邊，可以找到更為理性的答案，也可以使自己保持在心平氣和地狀態下與他人溝通。」因為文麒堅信，「人的財富絕大部分從社交中獲取，想做社交的王者，首先要善於與人溝通。」[55]

從中國國內大學畢業的時候，主人公文麒也幾乎和所有同學一樣，偶爾有人生不過如此之感慨。畢業來到異國他鄉之後才逐漸清醒地認識到，未來即使是可以預知的，自己親身去經歷的時候，永遠還是初體驗。當文麒初次體驗的韓國式教育機制，與他已經習慣了二十餘年的中國式教育體制發生衝突與碰撞的時候，他就會覺得這種初體驗可用一個「亂」字來概括。韓國的高等教育，學生的自主性很強，課是自由選擇，也可以輕易地休學、復學、退學，一切像是吃自助餐。這讓在中國國內，被輔導員領導習慣了的文麒感到有些無所適從。生活依著慣性向前邁進，文麒在這個混沌的世界裡繼續迂迴。適應是一個漫長的，一點一滴積累的過程。文麒慢慢適應了韓國式的教育體制，也適應了「官方方言是韓語，通用中文」的教育環境。這種習慣，有時甚至使文麒覺得自己日後如果回國，還能否很好地適應全中文的職場環境。[56]

主人公文麒在韓國的移居生活日復一日，年復一年。某一天當文麒望著頭頂這片湛藍的，令他身心無比舒暢的廣闊天空時，

---

[55] 參考李文，《蒲公英：文麒留韓記》，北京：人民日報出版社，2017.1，p. 90。

[56] 以上敘述參考李文，《蒲公英：文麒留韓記》，北京：人民日報出版社，2017.1，p. 90-159。

他發現自己已經禁不住地喜歡上了這裡。但是，到了假期，他又會只想買到最快發往中國西安的機票而不論價格。在家鄉享受著無限親情，文麒還是會偶爾莫名地想念韓國。回韓國之前，他又會採購各式各樣經濟實惠的中式作料，因為在這個有「五味五色」之稱的韓國，偶爾也需要做一些具備「國菜五品」的正宗中國菜，來滿足一下自己豐富敏感的中國味蕾。[57]

小說還通過主人公文麒的視線，將先遷韓華與後遷韓華的不同特徵作出了比較。文麒可以很清楚的辨認班裡三種類型的女生：「一是韓國人，二是出生於韓國的華僑，三是和他一樣，中國人的血統，又在中國出生、長大的『純中國人』。」[58]我們似乎也可以這樣理解文麒眼中的這三類女生，一類是「純韓國人」，一類是「純中國人」，一類是出生於韓國的華僑，也就是筆者所說的先遷韓華。這裡所謂的「純」，並非血統上的意義，而帶有文化上的內涵，特別是指從小到大，伴隨整個成長過程的生活環境的影響。

小說中這樣解釋「純中國」女孩的定義：「無論你來自中國的哪裡，無論你是什麼民族，只要是在光榮的革命烈士鮮血染紅的旗幟下成長起來的一代，張口就會是唐宋元明清、長城、故宮、長江、黃河、清華、北大、李小龍、章子怡、鄭淵潔、韓寒、郭敬明、周杰倫和娃娃頭冰淇淋。熟悉得讓你想起紅領巾、中高考、清貧但絲毫不乏浪漫的中國校園裡的中國式戀愛。」這些文化，卻是在韓國出生成長的先遷韓華未曾接觸也不甚瞭解的部分。這些「既是拿著上邊寫著有中國字樣身分證的韓國人，

---

[57] 參考李文，《蒲公英：文麒留韓記》，北京：人民日報出版社，2017.1，pp. 115-126。

[58] 李文，《蒲公英：文麒留韓記》，北京：人民日報出版社，2017.1，p. 34。

也是出生、成長在韓國的中國人」的先遷韓華女生：「性格中既有中國女孩的婉約爽朗，又有韓國女孩的溫柔賢淑。」[59]

　　這些特徵，又是後遷韓華女生所不具有的。從小生活環境的不同，使在韓國出生和成長的先遷韓華，與在中國土生土長的後遷韓華，具有完全不同的氣質。這也就意味著，先遷韓華與後遷韓華，各自經歷著不同的文化混種過程。

---

[59]　以上引文出自李文，《蒲公英：文麒留韓記》，北京：人民日報出版社，2017.1，p. 35。

第九章

韓國華人華文文學中
對「在地化」的發聲

在地化是指，通過在出發地和移居地社會、經濟、政治上的扎根，從而在特定場所展開或維持一系列的社會關係。在地化所強調的是，移居者要進行跨國實踐，就必須在特定場所扎根。[1]事實上，在橫跨東南亞、非洲和南美洲的後殖民民族國家中，當地講各種華語的人早就已經在地化，並成為當地本土的一部分了。印尼出生的土生華人（peranakans）與馬來西亞的混血峇峇（babas），都發展出獨自的文化混種性。在新加坡，甚至在其成為獨立國家之前，從中國移民的知識分子，已經把該地當作是自身文化的中心，他們為自己創造了南洋想像。從馬來西亞到臺灣的黃錦樹也認為，「馬華文學」既然是馬華社群在地創造的華文成果，必須誠實面對自身的多重身分和發聲位置，不必總是依附著中國五四新文學或現實主義的那個民族或國家譜系，必須面對與生俱來的駁雜性。也正因如此，有些華人學者認為無須永遠沉浸在「花果飄零」的情結裡，「落地生根」也同樣具有其重要性。明明知道「我們回不去了」，而仍然「無中生有」，塑造、拆卸、增益、變通、嘲仿他們對中國的想像和實踐。[2]

一、韓國華人華文文學對在地化重要性的暗示

早期移居韓國的華人，由於在身分以及社會地位上的優越感，也許還意識不到融入韓國社會的必要性，因此也就談不上在

---

[1] GIELIS, R., "A global sense of migrant places: towards a place perspective in the study of migrant transnationalism", *GLOBAL NETWORKS* Vol.9 No.2, 2009, pp. 280-284.

[2] 以上敘述參考史書美，楊華慶譯，蔡建鑫校，《視覺與認同——跨太平洋華語語系表述‧呈現》，臺北：聯經出版社，2013，p. 47；王德威，〈華語語系的人文視野與新加坡經驗：十個關鍵字〉，《華文文學》第122期，汕頭：汕頭大學，2014，pp. 11-14。

地化欲望。隨著一系列重大歷史事件的發生，以及先遷韓華在韓國社會地位和生存處境的變遷，先遷韓華逐漸意識到多與韓國人接觸，先遷韓華社會多與韓國社會交流的必要性和重要性。後遷韓華的跨國移居行為具有很強的自主性，並且具有明確的往返韓中兩地的雙重居住策略，這就使得後遷韓華在韓國的移居生活中，也會伴隨著積極的在地化實踐。先遷韓華華文文學與後遷韓華華文文學中所體現的文化混種特徵，就是他們積極進行在地化實踐的有力證明。先遷韓華與後遷韓華，也通過各自的文學形式和多樣的藝術手法暗示著在地化的重要性。

先遷韓華張嵐在1960年代創作了一部自傳體短篇小說《別有一番滋味在心頭》，從主人公鍾辰自述的一段人生經歷和所發事件的角度寫成。因為自傳體小說一般都是作者在親身經歷的真人真事的基礎上，運用小說的藝術手法，經過虛構、想像、加工而成，所以這部小說就具有了反映當時先遷韓華社會風貌的時代意義。另外，這部小說的重要意義還在於，不管是作者出於有意還是無意，小說都達到了這樣一種效果，即，採用排除法的方式，通過揭露那些所謂的先遷韓華「未來出路」的不確定性與不透明性，最終暗示先遷韓華想要改變現狀，真正找到突破口的方法就是在地化。

首先，作者揭示了先遷韓華把臺灣當作未來出路的不確定性。

小說的主人公鍾辰，在韓華學校讀到初中畢業，被父親送到臺灣讀高中。父親作出這一選擇的原因，一方面出於知識分子的敏感，意識到知識對於先遷韓華的重要性。另一方面，根據個人經驗他又覺得在先遷韓華社會，即使受到高等教育仍然難以找到出路，只有拼著命將子女送到臺灣，期盼子女有朝一日可以留在臺灣發展，或許可以有個更好的未來。當然，促使父親作出這一

選擇的另一重要原因，就是臺灣政府從1952年開始實施的，鼓勵韓華學生赴臺升學政策。鍾辰家庭經濟拮据，享受這一政策，可以減少鍾辰家裡的經濟負擔。

先遷韓華衣建美也在其隨筆中回憶道：「六十年前，我在臺灣板橋國立華僑實驗中學就讀普師科。我所以讀普師科，是因為我初中畢業那段日子，家裡的經濟情況不太好，只能無奈的選擇可以免費就讀的普師科。六十年後的今天，我對國民黨的栽培（也是國家的栽培）有一份虔誠的感恩。對於能與世界各地華人學子同聚一堂，研讀中華文化，更有著一份說不出的思念！」[3]由此可見，華人赴臺升學優惠政策的出臺，本身是件好事。在當時給先遷韓華，特別是經濟上有困難的韓華，創造了更多的學習機會。但問題是，這一政策的最終目的，並不在於培養華人學生，並為他們創造更多的在臺就業機會。[4]而是臺灣政府為與中國大陸抗衡，拉攏華人增強實力的舉措之一。一位再遷美國韓華在作品中回憶說：「自民國四十一年政府有了僑生政策，就千方百計與大陸在全球爭取僑生，那是國策。」[5]也就是說，臺灣政府實施的鼓勵華人赴臺升學政策，目的並非在於接受。

---

[3] 健而美，〈往事堪回首〉，《韓華文藝》，南加州韓華聯誼會網站http://www.hanhwa-la.org，2015.6.15。

[4] 「根據僑委會的僑教方針，我們很明顯的看出，他們歡迎海外僑生，返回升學，但其目的乃是希望這些接受了祖國文化薰陶的青年，能返回原僑居地，將所學所長，貢獻給當地的僑社。但是就歷年來看，返國升學的僑生越來越多，而想學成之後繼續留臺工作的僑生，也逐年成比例的增加。僑委會為避免留臺工作僑生太多，已明文規定，凡在臺就讀僑生，學成必須返回原僑居地工作。除不能返回原僑居地者可以留臺工作外，凡有特殊原因續留臺工作者，必須由僑委會認可。」從上述論述可以知道臺灣政府出臺此項政策的目的只在於「培養」，並不在於「接受」。參考司宛春，〈留臺僑生的出路〉，《韓華春秋》第3期，首爾：韓華春秋編輯委員會，1964.8，p. 17。

[5] 李作堂，〈難忘祖國德政與恩情〉，《韓華世界》第3期，Walnut Creek, Califonia：韓華基金會，2011.10，p. 57。

臺灣政府鼓勵先遷韓華赴臺升學，卻沒有從實質上為先遷韓華解決最重要的外匯問題。由於外匯不通，先遷韓華只能自行解決在臺留學的生活費。因此越來越多的留臺學生，做起往返臺韓兩地的生意，形成了一股不小的「生意潮」，上演了小說中臺灣基隆碼頭的一幕：「站在基隆的碼頭，曬著焦熱的太陽，等待著同學們的行李被檢查。實際所謂檢查的手續只不過是形式而已，因此在這種漏洞中，有很多同學大批的做買賣，這些人撈取大量的錢財。」[6]

　　臺灣政府對赴臺華人實施的「放寬」、「優待」政策，使各地華人赴臺升學，皆可保送進入臺灣一流水準的學校。當時就有一些先遷韓華為此而擔憂，紛紛評論：「目前華僑中學的水準與臺灣各高中相較，約在第二流及第三流水準，而在國內這種二、三流水準高中（如板橋中學、強恕中學、東方中學）畢業學生要想考入第一流大專（如臺大、師大、成大等）是非常不容易的。但是因為僑生優待政策，韓華學校畢業的學生，不經考試即可順利進入臺大、師大、成大等，跟不上課是很自然的事情。」[7]由於華人學生功課差，升學時卻可以得到很多優待，因而引起一些臺灣學生的不滿。他們認為是華人學生占去了臺灣國內學生招生名額，造成華人學生與臺灣學生之間的矛盾，以至後來問題越演越烈。

　　小說主人公鍾辰因為感情上的受挫一蹶不振，以致最後學科有兩門不及格。但是他還是占了僑生身分的便宜，僥倖取得了畢業資格。他也參加了聯考，但名落孫山是預料之中的事。他卻再

6　張嵐，〈自有一番滋味在心頭〉，《韓華春秋》第5期，首爾：韓華春秋編輯委員會，1964.10，p. 30。

7　參考官雯，〈漫談僑中招生考試〉，《韓華春秋》第3期，首爾：韓華春秋編輯委員會，1964.8，p. 3。

次占了僑生身分的光，進入了大學先修班。家境窮困所帶來的痛苦，以及沒有能力與臺灣學生公平競爭的不自信，最終將他壓抑至爆發，墜入了墮落的深淵：

> 入了先修班等於入了罪惡的陷阱，我學會了跳舞、聚賭。每天在毫無生氣的日子裡生活，讓墮落啃蝕得越來越消瘦。「念書」已經是一項奢侈的名詞了，憑良心講，我才不要變得那種假道學，沒有零用錢的時候，同學的衣服、相機、收音機甚至書本，可以暫時順手牽羊到當鋪裡去當掉，或者變賣，找個零錢有什麼不可以的？[8]

　　先遷韓華隻身來到臺灣，進入一個陌生的環境，一切都不習慣，心理上無法安定，當學業上發生困難，則更加消極，無法安心向學。此時一旦受到不良環境的影響，更易步入墮落。同時臺灣各大專學校由於學生過多，校方無法周全照顧每一位學生。一些華人學生無人監管，自由放縱，每日只圖玩樂，對課業漠不關心，成績日漸低落，就成了常有發生的事。[9] 當各地華人學生聚在一起，先遷韓華原本就因為韓華社會經濟落後，看到其他地區華人的富有闊綽，羨慕不已，從而產生自卑心理。臺灣政府對華人學生的一系列「放寬」政策，使很多先遷韓華把升學機會，看成發財良機，利用往返韓臺兩地機會販賣商品貨物賺取金錢。當他們發現，做這種生意比辛苦開餐館賣烏冬炸醬麵的父母，賺錢容易得多的時候，就越發不可收拾。最終導致把更多精力放在生

8　張嵐，〈自有一番滋味在心頭〉，《韓華春秋》第6期，首爾：韓華春秋編輯委員會，1964.11，pp. 30-31。

9　參考官雯，〈漫談僑中招生考試〉，《韓華春秋》第3期，首爾：韓華春秋編輯委員會，1964.8，p. 3。

意，而非學業上。更遺憾的是，由於金錢得來容易，賺取暴利之後，更不懂得好好珍惜，整日把金錢用在花天酒地，聚賭炫富上。

　　直到十年後的1970年代，這種現象也毫無改變。再遷臺灣韓華郝明義在他的散文集《故事》中，回憶第一次到臺灣讀大學時的情景，簡直可以說是鍾辰的翻版。郝明義1974年剛來臺灣的時候，也和鍾辰一樣，特別容易和同時期來自韓國的同學緊密聚合在一起。他後來覺得當時聚合的熱情，固然溫暖了大家，但是也燒傷了大家。經常聚在一起飲酒作樂的結果，不但讓大家的荷包同歸於盡，更嚴重的是課業也一起沉淪。大二的時候，他甚至收到一張滿江紅的成績單，差點被學校掃地出門。這一點，也和十年前鍾辰的狀況驚人的相似。大四下學期，郝明義更奇怪地進入了一個荒唐的世界，眼看自己一步步下陷，就像沉入一個沼澤，完全無能為力。所有的理想、期許都雲消煙散，前無去處，後無退路，只剩掙扎。但是越多的掙扎，又造成更深的陷落。走投無路的郝明義，和一位朋友借了一筆錢，打算回韓國跑一趟單幫來賺錢還債，結果血本無歸，債上加債。長達一個月的時間，郝明義流浪在首爾，輾轉借住於朋友家裡，還有一間廉價的旅舍，這些經歷似乎又是十年前鍾辰經歷的重演。小說可以有虛構的成分，但是郝明義的《故事》卻是對作者真實經歷的回顧，這也再次證明到臺灣升學的先遷韓華的經歷，甚至說具有普遍性的遭遇。

　　1960年代往返臺韓之間的韓國僑生，曾發生過很嚴重的攜帶海關禁止物品事件，當時被稱為「烏魚事件」。烏魚是韓國的名物，到了臺灣就扶搖直上，身價倍增，先遷韓華學生視烏魚為「最有希望的東西」，成批攜帶到臺灣變賣賺回「大把鈔票」。

他們之所以「攜帶」烏魚至臺變賣，是因為外匯不通，不得不將韓國土產變賣做一切生活費用。[10]起初兩地海關也知內情，出於同情視而不見。但由於問題越來越嚴重，「烏魚」就成了兩地稅關加強「隨身攜帶物品」管理的導火線，鍾辰最後的損失也是因此而起。很多先遷韓華對此事件的造成人也是受害者，抱有哀其不幸、怒其不爭的態度。哀的是在以中國人身分出生在韓國這一問題上，他們沒有任何選擇的權利，得不到韓國或臺灣任何一方真正意義上的關心和保護；怒的是基隆、臺北、釜山等地的旅館皆成了先遷韓華學生商客聚賭溫柔的好去處；他們哀歎望子成龍的可憐家長，不惜任何的犧牲與操勞，東借西拉湊到筆可觀的錢數，長途跋涉將子女送到臺灣接受難能可貴的教育，結果卻是送子女走上邪路；他們斥責那些走上歧途的子女從那由厚變薄再變無的鈔票上，一點也嗅不到炸醬麵和父兄的血汗味？斥責他們為了幾個銅臭，可以廉價出售國家民族的尊嚴，三萬多華人傳統的美德好評也無辜的烙染上斑斑污點。[11]

移居韓國的先遷韓華，不斷接受來自韓國與臺灣兩方面的思想與文化薰陶，不管是在法律上還是在心理上，都喪失了可以回去的故鄉，中國大陸僅成為他們的祖籍所在地。而法定的國籍所在地臺灣，對待先遷韓華又是一副漠視不聞的態度，並非真正的關心。先遷韓華確實在痛斥韓華學生的惡行，廉價出賣了國家民族的尊嚴，但是恐怕就連他們自己也越來越不清楚，自己所要維繫尊嚴的那個國家民族到底是哪裡？也許他們所要維繫的，就是那個沾染上濃厚炸醬麵味道的先遷韓華的尊嚴，擔心的也是那還

10　參考魯賓，〈也談烏魚小事〉，《韓華春秋》第2期，首爾：韓華春秋編輯委員會，1964.7，p. 12。

11　參考禹湯，〈都是魷魚惹的禍〉，《韓華春秋》第8期，首爾：韓華春秋編輯委員會，1965.1，pp. 15-16。

要繼續生活在韓國的，三萬先遷韓華的傳統美德與好評，被烙染上污點。

總之，現實無情粉碎了小說主人公鍾辰父親抱有的希望，即，希望鍾辰有機會在臺灣找到落腳機會的幻想。

其次，作者揭示了固守先遷韓華社會這座「孤島」的局限性。

小說通過主人公鍾辰的事蹟，體現出先遷韓華即使在臺灣高等學府學成後返回移居地韓國，也仍然難於在先遷韓華社會找到一席之地。鍾辰的家在釜山，剛從臺灣回來不久的鍾辰，本以為來到韓國經濟最發達，資訊最迅速的首都首爾，憑藉自己的學歷，可以在韓華社會找到一份滿意的工作。可是在見到中學時的好友宋強之後，他的希望被無情地潑了冷水。宋強沒有去臺灣學習，也就更加瞭解先遷韓華社會的就業現實，無數次的碰壁，使他早已放棄了在韓華社會求職的期待。作者通過宋強與鍾辰的對話，表達了同樣做為先遷韓華身分的自己，看待先遷韓華社會的矛盾心理：一方面不願放棄幻想韓華社會還會出現一位開明的老闆，肯拿出人道精神來培養下一代。另一方面在看破金錢至上的韓華社會現實後，又不得不承認自己的幻想，終將走向破滅的命運。因為擺在眼前的現實是：有了知識，仍然要到具有經濟實力的人那裡去做事，沒有錢，就沒有發表議論的權利。在這個社會裡，沒有人願意去聽一個沒錢人的「空話」。

現實中，像鍾辰這樣在臺灣的大學畢業後，在韓華社會找不到工作的先遷韓華還有很多。他們本打算學成後步入社會，為韓華社會服務。但現實是，社會中卻沒有自己的立足之地。他們通過文學的形式，來發洩自己的苦惱：「像目前僧多粥少，如此腐朽保守的韓華社會，一片不景氣，又有何理由不令人感歎，

不令人頹喪失望呢？」[12]這裡所說的「僧多粥少」是指，從當時韓華社會的現實情況來看，成為韓華學校的教員，幾乎是在臺灣的大學畢業後返回韓國的先遷韓華唯一的出路。但是韓華學校的數量畢竟有限，所需師資也很有限，再加上有些韓華學校寧願高薪聘請臺灣教師，因此學成返回韓國無處就業的先遷韓華不禁哀歎：「這是一件多麼可悲的事！我們的韓華社會雖不是一個國家，但也是一個個的團體，我們有權保障我們自己子弟的職業。我們自祖國畢業的韓華僑生有不少師範大學畢業的，而為何僑校竭力不聘用僑生教員？又如仁川僑中有不少的教員多是聘自臺灣的。」[13]

更可怕的是，先遷韓華青年的苦惱，已經傳染到了下一代孩子身上。為了生存鍾辰不得不在一個骯髒的大門，雜亂的院落，夾雜著黑暗和潮濕，夾雜著大人與孩子雜聲的先遷韓華居住區裡，找到一份家教為生。出於厭倦，鍾辰每天像木乃伊一般延續著這份工作。在工作中鍾辰又親眼目睹了下一代韓華少年的愁苦心境：

> 「老師，我怎麼這麼不喜歡念書？」
> 「不喜歡念書是少年人的通病，那麼你喜歡幹什麼？」
> 「我喜歡看電影。」
> 「你能看得懂韓國片子或者美國片子嗎？」
> 「我懂得它們的大意。」

---

[12] 尉遲，〈畢業僑生心酸話〉，《韓華春秋》第13期，首爾：韓華春秋編輯委員會，1965.6，p. 17。
[13] 禹湯，〈畢業失業知多少〉，《韓華春秋》第13期，首爾：韓華春秋編輯委員會，1965.6，p. 20。

「那你為什麼不多學點英語或者韓語，這樣看電影懂的不是更多嗎？」

「學英文要背生字、成語、課文，我的腦子不行啊，背了就忘。」

「那你還是沒有決心。」

「我不能有決心，我每天覺得真發愁，可是我也不知道愁的是什麼。」[14]

不喜歡念書是少年人的通病，這也許可以理解。但是一個生活在韓國的華人孩子，很可能他已經是這個家族中生活在韓國的第三代甚至更久，但卻不精通韓語，看韓國電影也只能懂得大意。從這一點可以看出至少到此時期，即小說登載的1960年代，大部分先遷韓華仍然沒有意識到學好韓語的必要性。也就是說，他們雖然出生在韓國，生長在韓國，但是他們卻並沒有融入韓國社會之中。他們未曾離開，也沒有想過離開先遷韓華這個社會圈，不管這個圈子裡的人口增減與否，也不管這個圈子裡的職業飽和與否，他們都沒有想過離開，而是終日在其中掙扎，哪怕是在痛苦中掙扎。

同樣做為韓華青年的作者，其實很瞭解這個上中學的孩子空虛的心情。但是他又無法為眼前這個小小年紀，就整天發愁的孩子做任何有幫助的解答。

再次，作者揭示了先遷韓華「再遷之夢」的不現實性。

每當想到那茫茫一片的前途，鍾辰都會失神街頭，他不知道自己要往哪裡去，也不知道從哪裡能得到答案。日復一日，精神

---

14 張嵐，〈自有一番滋味在心頭〉，《韓華春秋》第4期，首爾：韓華春秋編輯委員會，1964.9，p. 31。

上是無休止的疲倦，越來越想逃避，但卻不知道想要逃避的究竟是什麼。作者借鍾辰之口來抱怨這個韓華社會，簡直扼殺了年輕人任何有希望的出路。感慨、氣憤，一個話題再次的重複也得不出任何結論。因為他們覺得沒有力量改變自己的命運，一種莫名的空虛滲進思潮裡，像著了魔似的癱瘓在椅子中。恐怖，這就是先遷韓華年輕人的悲哀。[15]鍾辰每天唯一可以感到幸福的時光，就是在美國公報院圖書館的每個書架前，拼著每一本的書名，他並不一定就和它熟悉，他只是覺得這裡的氣氛令他舒暢。

> 白天我不再有所失落，雖然每天正午我轆轆的饑腸給我的痛苦令我心酸，我似乎能夠容忍的太多了，每天好像煞有其事似的，我夾著一本破舊的英漢字典，走進圖書館，我翻閱很多的書、報、雜誌，而我並不急欲學什麼英文；我只看圖片，因為圖片可以滿足我夢幻裡的一切，跳動在紙面上，令我陶醉，我常常流連往返。[16]

作者似乎在通過敘事者鍾辰之口，敘說著先遷韓華的美國移民夢。先遷韓華自1950年代開始，為了尋找更好的生活開始再移居臺灣、日本、美國等地。但是這些華人大部分都具有充分的移民資金，對於那些家境窮困的先遷韓華來說，只能堅守韓國辛苦奮鬥，美國是他們嚮往卻實現不了的再遷之夢。就像主人公鍾辰一樣在接連受到打擊，找不到生活希望之後，隱約覺得美國也許是他可以找到出路的地方，但是他沒有任何能力可以去往那個地

---

15 張嵐，〈自有一番滋味在心頭〉，《韓華春秋》第4期，首爾：韓華春秋編輯委員會，1964.9，p. 29。

16 張嵐，〈自有一番滋味在心頭〉，《韓華春秋》第5期，首爾：韓華春秋編輯委員會，1964.10，p. 29。

方，只能坐在韓國的美國公報院圖書館裡，看著美國的圖片，望梅止渴，陶醉其中，不能自拔。

最後，作者對先遷韓華在地化重要性的暗示。

先遷韓華已經「喪失」了可以回去的故鄉，同時被法定的國籍所在地臺灣委婉地「拒之門外」，再遷之夢也似乎只屬於那些具有充分經濟實力的先遷韓華。即使先遷韓華赴臺灣接受高等教育，但是這些努力也並未給他們的前途和出路帶來任何希望。擺在眼前的現實是，那些接受了高等教育的先遷韓華並非都有機會留在臺灣，其中的一大部分仍然要回到先遷韓華社會，找不到一處立足之地。殘酷的社會現實，使一些先遷韓華青年反思問題的癥結究竟所在何處？他們認為先遷韓華社會的落後，是因為上一代韓華的僵化頑固、故步自封；同時他們也在反思，對於以外國人身分生活在韓國的移居者來說，什麼才是最重要的。

我們不得不去關注，作者在小說中塑造的另外兩個先遷韓華青年人物形象：一個是與鍾辰有著模糊不清的戀愛關係的趙萍萍，另一個是趙萍萍的表哥。

由於家境相差懸殊，再加上趙萍萍讀的是韓國的高中，可以占此便宜被保送上臺大，這些都使鍾辰覺得趙萍萍高不可攀，成為他想愛卻不敢愛的對象。趙萍萍也明顯對鍾辰有好感，但是她最終還是選擇與「更有能力」的表哥定了婚。趙萍萍的表哥在小說最後的部分才登場，一登場就上演了一齣「英雄救美」，為被韓國海關扣留的趙萍萍和鍾辰解了圍，最終成為趙萍萍的未婚夫。作者對趙萍萍表哥的描寫僅此而已，但是鍾辰和趙萍萍解決不了的問題，趙萍萍的表哥卻輕而易舉的處理好，而他之所以能夠做到，是因為跟韓國海關的工作人員很熟。作者在此處的情節設置，也許是出於真實的生活經驗，但也許又是有意安排。通過

與韓國人的人際關係，辦成了鍾辰想都不敢想的事情，似乎就是作者想留給讀者的暗示。

　　始終留在韓國的先遷韓華青年宋強和黃秀民沒有找到出路，去臺灣留學的鍾辰也一樣找不到出路。先遷韓華社會的就業崗位已趨飽和，雖然韓華青年的學歷逐漸提高，但是他們卻不能學以致用，他們的能力沒有可以發揮的餘地。他們埋怨自己生活的社會，可是埋怨並不能解決任何問題。以中國人的身分生活在韓國社會，又要遵守韓華社會的秩序，這本身似乎就是一種錯置。這種錯置，使先遷韓華青年始終處在徬徨無措的狀態。再遷他地，對於家境貧寒的先遷韓華來說也是不能幻想之路。作者似乎在暗示：思想進步的先遷韓華青年，困在墨守成規，無求發展的先遷韓華社會始終不會有出路，到了應該反省的時候了。反省上一代先遷韓華對「學而從夷」的反對，將「學而從夷」誹之謂「正氣為之不伸，邪氣因而彌熾」，將「學而從夷」謗之謂「忘本」、「奴才」、「不愛國」[17]的思想是否正確，是否合時宜？也許可以改變先遷韓華社會現狀，使先遷韓華青年謀求出路的突破口，就是在地化。多為融入韓國社會而努力，多與韓國人交流和溝通才是先遷韓華的真正出路。

二、韓國華人華文文學對在地化的申述

　　除了韓華華文小說作者，通過小說的形式對在地化的重要性進行暗示以外，其他一些具有先進思想的韓華，同樣意識到在地化的重要性，並通過其他文學形式直接表達出來。

---

[17]　心芸，〈苦悶‧徬徨徬徨‧迷茫──「學士」何去何從？〉，《韓華春秋》第6期，首爾：韓華春秋編輯委員會，1964.11，p. 14。

首先，先遷韓華華文文學作品中體現出，至少從1960年代開始，先遷韓華就已經認識到做為移居者，應該多與韓國社會溝通與交流的重要性。

　　1964年6月14日，一位筆名為「N」的韓國人作者，在《全南每日新聞》上登載了一篇題為〈描寫光州〉的文章，主要是對先遷韓華的一些看法和評價，內容有褒有貶。這位韓國作者認為：「第二次世界大戰，中國人曾以戰勝國自傲，可是今天他們的民族，正如沒有祖國的「猶太」民族一樣，受到各國的賤視、虐待。他們在第二故鄉──韓國土地上，伸開一大拇指，就是『錢』，直至進入地獄為止，不肯吃喝，不喜端裝，『錢』字幾乎使眼球都變成血色了，他們不樂意結交街鄰與宗親，而韓國人財政富裕的話，可以做些消遣餘暇節目，他們只知勤儉節省，衣服穿髒了，不知燙洗，天生的外表的模樣，就是肯吃苦耐勞，沒有不勞而獲的習性。」[18]

　　一位先遷韓華在看到這篇文章後，雖然感覺內容上有很多對韓華誤解的地方，但是並沒有急於為自己辯護，而是悉心將此篇韓文文章譯成漢語，登載在華文雜誌上，以醒華人。希望先遷韓華因此文自覺深思，為先遷韓華社會的前途和發展，尋找更好的途徑。這位先遷韓華在翻譯文章的同時，也自我反省道：「如果韓華社會本身組織能夠健全，對外多做些文化宣傳，捨棄寥寥的錢財，舉辦些公益福利事業，創辦華僑俱樂部或康樂中心、座談會，旅行聯誼等等有益增進友邦人士相互瞭解的活動，未曾不可以減少友邦朋友對韓華的誤解。」[19]

[18] 原文題目是〈描寫光州〉，一位筆名為金玉的先遷韓國華人，以〈中國人的過去和今天〉為題，翻譯登載在《韓華春秋》第2期，首爾：韓華春秋編輯委員會，1964.7，p. 25，此處引用的是金玉所譯內容。

[19] 金玉，〈中國人的過去和今天〉，《韓華春秋》第2期，首爾：韓華春秋編輯委員

由此可見，至少從1960年代開始，先遷韓華已經意識到在地化的重要性和必要性。這種對在地化重要性的認識，也使他們開始反省有關在韓國發行的，韓華報刊未來改進方案的問題。先遷韓華在評論中提出：「目前所發行的華文報紙正刊充滿了反共抗俄以及國內[臺灣]政經新聞，並不能引起讀者的興趣。既然韓華居於韓國，食於韓國，韓國的政治經濟舉措，無不直接或間接與韓華有切身的關係。華文報刊做為與韓國社會交流與溝通的重要橋梁，報導臺灣的米如何豐收，則不如報導韓國米價使讀者來的關心。美議員傅爾博萊特發表的謬論，則不如韓國政府發表的政策來的重要。」[20]

　　同時，還有先遷韓華在韓華雜誌上發表評論說：「中韓兩國在地緣、文化、歷史上有著濃烈的相關性，風俗大同，習性相近，既無種族上的隔閡，又少膚色上歧視。」[21]「大韓民國是中國最親善的友邦，風土人情最為相近，遠眺黃海可解鄉思，近體人情如同胞澤相處，雖在物質上或有所失缺，但在精神上卻獲得了補償。」[22]這些言論既是在為先遷韓華繼續移居韓國，無需再遷他地的合理化正當化，同時也是對先遷韓華在地化的可行性與重要性的強調與呼籲。

　　直到1980年代，這種呼籲仍未停止。此時的先遷韓華，對多與韓國人交流與接觸的重要性的強調，在言語上更加直白。文章中說：「有的人說：『韓國是我的第一故鄉』，也有的說：『是

會，1964.7，p. 25。
[20] 參考管見生，〈韓華新聞刊物的管見〉，《韓華春秋》第1期，首爾：韓華春秋編輯委員會，1964.6，p. 2。
[21] 心芸，〈苦悶・徬徨・迷茫——「學士」何去何從？〉，《韓華春秋》第6期，首爾：韓華春秋編輯委員會，1964.11，p. 14。
[22] 僑民，〈韓國華僑今昔〉，《韓中文化》，首爾：韓中文化協會，1974.6，pp. 19-20。

第二故鄉』。旅居韓國四、五十年（或更久），甚至出生在韓國的我們，這兩句話都講得通。我有幾位學長，韓國大學畢業，經營中華餐館，事業發達，究其原因，主要是靠韓國朋友（有法官、檢察官及稅吏等）。忠勸各位，多交些韓國朋友，打進韓國社會。」[23]

其次，先遷韓華華文文學作品中體現出，至少從1960年代開始，先遷韓華就已經認識到做為移居者諳習韓語的重要性。

從1950年代開始興起赴臺灣升學熱潮，甚至後來達到巔峰。即使如此，仍然有少數深謀遠慮的先遷韓華，在考慮到未來出路問題後，把子女送進韓國的大學。這些先遷韓華發表評論：他們清楚將來要想在異國求生存謀發展，必須要精通當地的語言文字，言語上無隔閡，在謀生的道路上才能駕輕就熟少遇困難。而事實也證明，當年被暗譏訕笑為「學而從夷」的「奴才」、「不愛國」者，現在事業上平步青雲、扶搖直上，周旋於權貴之間，熱衷謀福於韓華社會。[24]

從先遷韓華創作於1960年代的華文評論上看，此時期的先遷韓華已經認識到韓華社會存在的現實問題，他們在文章中批判：大部分想在韓國從事調理師[廚師]行業的華人，因為不識韓文，在參加韓國調理師韓文筆試考試時，十有八九考不及格。以往只要有精湛的手藝，就可以進入大廚行列。但現在不管手藝如何好，如果不能通過韓國當局的調理師考試，手藝也將無用武之地。想在韓國從事漢醫業工作的華人，也同樣如此，必須通過韓國社會保健部的漢醫師國家考試。很多先遷韓華不能考取的原

[23] 僑誼，〈僑社、僑民素描〉，《韓中文化》，首爾：韓中文化協會，1985.7，p. 28。

[24] 心芸，〈苦悶‧徬徨‧迷茫──「學士」何去何從？〉，《韓華春秋》第6期，首爾：韓華春秋編輯委員會，1964.11，p. 14。

因，並不是專業素質低，而是因為不諳韓文之故。因此，先遷韓華在文章中呼籲韓華學校應該提倡韓文教育，先遷韓華應該提高韓國法律認識，多與居住國合作，把居住國看成自己的國家來愛護，才是移居海外華人的最上之策。否則諱疾忌醫，故步自封，一再拖延搪塞，終有一天這些頭痛問題一發不可收拾。[25]

先遷韓華針對韓華學校應加強韓語教育問題的呼籲，從1960年代一直延續到1990年代，強調的內容更加具體也更加廣泛。比如，先遷韓華記者寫於1990年代的一篇評論中，就詳細介紹了當時漢城華僑中學校長孫樹義，就未來韓華學校教育革新問題的看法，文章指出：

> 韓國華僑教育，不同於國內及國外其他地區，教科書的採用，不能全部沿襲使用國內課本。近年來客觀環境的演變，本校自去年伊始，高中畢業生升韓國大學的人數已超過回國升學的人數。我們的教育內容，為了適應應運而生的客觀環境，部分應有增補及改編，如史地、公民，應加編韓國史地及法律，至於外僑有關的法律也應使學生瞭解，我們華僑下一代，才能適存於韓國。[26]

從先遷韓華的這篇評論中可以看出，到了1990年代，先遷韓華的在地化意識已經非常明確，在地化欲望也非常強烈。他們清醒地認識到，完全沿襲臺灣教科書，已經不能適應先遷韓華在韓生活的現況。如果想使下一代先遷韓華能夠更好的適存於韓國

[25] 參考孫維，〈我們當前的急務〉，《韓華春秋》第6期，首爾：韓華春秋編輯委員會，1964.11，pp. 3-4。

[26] 記者，〈尊師重道 我們做了多少？〉，《韓華》，首爾：韓中文化協會，1990.8，p. 8。

社會，也就是說，如果想使下一代先遷韓華實現更加徹底的在地化，韓華教育就必須應時而變。

最後，先遷韓華華文文學作品中還體現出，先遷韓華對於自身應該被韓國社會接受的申辯。

先遷韓華的在地化，並沒有只停留在意識和思想上，他們同時在申辯先遷韓華應該被韓國社會接受的理由。根據先遷韓華華文文學作品的內容，可以將這些理由歸納為以下幾點：第一，先遷韓華中的很多人，是1938年從中國大陸逃亡而來，有些類似於抗戰時流亡中國的韓國志士，雖然先遷韓華來韓後，為了餬口各有生業，但大部分人的移居目的並不是經商，而是一種政治避難。第二，很大一部分先遷韓華在韓國已經居住了三代以上，第二、三代華人在此地根生土長，可以說已成韓國的一部分，與那些來去自由的外國商人不能同日而語。第三，先遷韓華除教育稅外，與韓國人一樣繳納一切高額的稅金，並在韓國需要時，做財力的自動捐獻。第四，雖然不服兵役，但是由於先遷韓華已把移居地韓國看成自己的國家，韓國戰爭時期曾有很多先遷韓華青年，與韓國人一起參加過韓國戰爭。[27]

先遷韓華所申訴的上述幾點理由，使筆者聯想到北美華人通過文學的形式，對美國華人應該被美國社會所接受問題的呼籲，其中呼聲最響的應屬美國華裔作家湯亭亭。比如，湯亭亭在她的《中國佬》中，就將故事、記憶、傳說、想像與家族史雜揉在一起。通過描寫美國華裔父輩們在美國的經歷，如：與美國人共同參與第二次世界大戰，建造的鐵路，將美國的南方與北方、東部與西部連接起來，從而取得了「建設美國的先輩」這一合法地

---

[27] 在參考孫維，〈我們當前的急務〉，《韓華春秋》第6期，首爾：韓華春秋編輯委員會，1964.11，p.2的基礎上作出的整理。

位，也因此應該獲得稱為美國人的權力。[28]

　　我們似乎可以這樣理解先遷韓華所要強調的內容：第一，1938年以後移居韓國的先遷韓華，已經不同於早期那些以經商為目的來韓的清朝商人。在出於政治流亡的目的上，更類似於那些逃亡中國的韓國人士。希望韓國政府，在考慮如何對待這些以政治流亡目的移居韓國的先遷韓華時，將先遷韓華與那些流亡到中國的在外韓人，放在同等的位置上。還可以進一步理解為，在全球大移動的環境下，先遷韓華做為跨國移居者群體的一個組成部分，應該被放在整個世界跨國移居者群體中去看待。另外，先遷韓華的身分認同具有混種性，變動性，不能簡單地用「中國人」、「中國性」去框定先遷韓華的身分。也就是說，在研究跨國移居者的身分認同問題上，有必要將政治認同、文化認同、身分認同區分開來。

　　第二，先遷韓華強調自己在納稅、捐獻等義務上與韓國人並無差別，實際上就是在強調先遷韓華已經將自己看作韓國的一部分，並且將韓國看作自己居住和賴以生存的國家。繼而呼籲韓國人，不要過於關注先遷韓華做為跨國移居者的移動性，還應該關注做為跨國移居者所具有的在地性。先遷韓華與韓國人一起參與了韓國戰爭，他們是韓國歷史的參與者，也是共同經歷者，從某種意義上說，先遷韓華已經成為韓國歷史的一部分。

　　先遷韓華正是通過上述理由，來訴求韓國政府應該區別對待先遷韓華與那些自由來去的外國商人遊客，真正接受和承認先遷韓華是韓國社會的一個組成部分，而非「他者」。先遷韓華將此訴求，通過各種不同的文學體裁，委婉地表現出來。

---

[28] 參考劉增美，《族裔性與文學性之間——美國華裔文學批評研究》，南京師範大學博士學位論文，2011，p. 30。

先遷韓華劉金鏞曾以中華民國旅韓華人的身分，參加過大韓民國獨立復國運動，他的英勇事蹟被載入大韓民國國史冊，先遷韓華都為此精神振奮，視其為全體先遷韓華的光榮，並通過華文文學的形式，記錄了這段先遷韓華與韓國人共同書寫的韓國歷史。另一位先遷韓華，以一個讀書人起碼的責任，將在他腦海中蘊藏了十三年的故事躍然紙上，將韓華搜索隊副隊長姜惠霖，1951年英勇陣亡的事蹟改編成小說《外人部隊》，不讓這個英勇的故事，隨著烈士忠骨永埋地下，而向更多人傳揚。在編撰《旅韓六十年見聞錄——韓國華僑史話》時，先遷韓華秦裕光，也不忘把先遷韓華做為韓國近百年社會變遷的見證人，將先遷韓華所歷盡的韓國近代重要變革，歷史事件記錄下來。即使先遷韓華再遷美國，也仍然不忘在韓國生活期間的點滴回憶，創作華文散文〈憶韓戰六十周年〉、〈憶韓戰「代客」歲月〉[29]，來回憶在韓國親眼所見，親身經歷的一場驚心動魄的戰火。

　　先遷韓華熟悉韓國歷史，每每遊覽韓國各地名勝，都因為熟知典故而更為各地美景迷醉，不禁賦詩〈落花岩〉、〈於密陽〉、〈遊雪嶽山〉、〈遊赤裳山安國寺〉、〈觀公州百濟文化祭有感〉，來抒發對韓國美景的痴迷，對韓國大好河山的熱愛之情。[30]長期生活在韓國的先遷韓華，就連不十分為人熟悉的忠南禮山「香泉寺」，也會產生偏愛之心。因為那是陪伴作者長大之

---

[29] 高文俊，〈憶「韓戰六十周年」——韓華、韓華滿天下〉，《美國齊魯韓華雜誌》第32期，Laguan Woods, Califonia：美國齊魯聯誼協會，2012.2，p. 32；盧錦，〈憶韓戰「代客」歲月〉，《美國齊魯韓華雜誌》第32期，Laguan Woods, Califonia：美國齊魯聯誼協會，2012.2，p. 21。在盧錦的記憶中，代客（Duck譯音）韓戰翻譯官生涯，給他留下印象最深刻，他想在有生之年，記錄下那段光輝歲月。

[30] 這些詩是韓國華人作者張世鏞，字禹聲所作，並於1974-1978年登載在華文雜誌《韓中文化》上。

處，是曾經為童年時期的作者消解心中煩憂的最佳遊處。[31]

後遷韓華李文的長篇小說《蒲公英》，講述的是中國留學生到韓國留學的故事，先遷韓華張嵐的短篇小說〈自有一番滋味在心頭〉，講述的是先遷韓華到臺灣留學的故事。這兩部小說在創作時間上相差幾十年，在創作背景上也並非發生在相同的地點，人物身分也互不相同，因此很難將兩部小說加以比較。但即使如此，不管是從作者的敘述風格還是故事情節的展開上，較之先遷韓華，後遷韓華都體現出一種更加積極樂觀的精神。如果說在地化是先遷韓華在歧視、排斥、困苦、封閉的痛苦生活的掙扎中獲得的領悟，那麼後遷韓華則是從移居韓國開始，就關注與韓國人的交流，為追求更快速更徹底地的實現在地化而不懈努力。

後遷韓華具有往返韓中兩地的雙重居住特徵，不管是以何種形式移居韓國，他們即使處在向後遷韓華轉型前的階段，也已經做好了積極融入韓國社會的決心。從落地那一刻起，就開始為實現在地化而努力。小說《蒲公英》中的另一個典型人物關智淵，就曾經以過來人，有經驗者的姿態，忠告過初來乍到的文麒：「雖然我們是外國人，和從小生長在這裡的韓國人未必有那麼多的共同語言，但還是要跟韓國人玩，哪怕硬著頭皮，因為這裡是韓國。無論在哪裡，我們的一切行為，都是圍繞著生存這個主旋律發生的。」[32]

主人公文麒將留學前輩的忠告銘記在心，並且也是按照留學前輩的話去做的，盡量多與韓國人接觸，盡量多與韓國人建立友好關係。文麒曾在一家水果店打工，老闆對他很照顧，後來辭職不幹，老闆也時常叫他一起出來喝酒，同時還介紹在水果店打

---

[31] 陳傳治，〈香泉寺〉，《韓中文化》，首爾：韓中文化協會，1975.1，p. 29。
[32] 李文，《蒲公英：文麒留韓記》，北京：人民日報出版社，2017.1，p. 16。

工的另一些朋友給他認識。這些打工的朋友，也都是附近的留學生，這樣便形成了一張關係網。當水果店老闆乾脆俐落地向文麒借一百萬韓元，說一週後歸還的時候，文麒毫不猶豫，爽快迅速地打了兩百萬給水果店老闆。不過事情的結局並不像想像的那麼圓滿，由於老闆過期未還，讓文麒意外地遇到了一場「金融危機」，幸虧有另外一名中國留學生鄭衛鴻的幫忙，才讓他勉強度過難關。

雖然這次不大不小的風波，讓文麒懂得了患難見真情的真理，讓他懂得了什麼是可以借錢的生死弟兄關係，什麼是像自己和那個老闆這樣的「馬克思和恩格斯的關係」；雖然在文麒積極地在地化實踐過程中，這一次當地人的表現讓他失望，但是文麒還是會以一種跨國移居者的獨特方式，來安慰自己：反觀自照，自己的根，也的確不在這裡，可以跑得了和尚，跑得了廟。所以即使當自己選擇主動相信當地人的時候，當地人也還是難以完全將自己做為一個長期的關係來經營。自己是一顆飄蕩在太極旗下的，蒲公英的種子，看似自由自在，其實卻也身不由己。文麒將這次事件，只看作是做為跨國移居者的自己，在地化實踐中的一個過程，一次無法避免的經歷。

主人公文麒很明確地認識到，語言是決定他是否可以與韓國人交流，融入韓國社會的關鍵因素。所以即使已經在中國國內大學畢業的他，仍然像高三學生一般，以對得住自己家人的方式拼命努力學習韓語，他希望有朝一日自己成為韓語狂人，然後名正言順地，坐進韓國某知名會社的職員辦公室，成為大韓民國萬千無名社員的一分子。

人民幣的一漲一落，直接影響一個生活在韓國的，中國留學生手中外幣票子的厚度和硬度。人民幣不斷升值的同時，韓元

又開始貶值，這一升一貶，讓人民幣兌換韓幣的匯率創下一個個驚人的新高。這對於一個在韓中國留學生來說，本來是件值得高興的事情。但是此時的文麒，卻因為身處韓國，受了韓國人的教育，將來還有可能正式融入韓國的經濟生活，所以也隨著韓國經濟的不景氣，而多少產生了危機意識。他真心希望韓國可以挺過這次的匯率動盪，因為自己在這片土地上正播撒著越來越多的青春年華，而也正是韓國，成就了現在的這麼一個會講韓語，獨立生活，生存能力顯著加強的自己，這裡的水土風物，人情世故，像一絲絲細密的根莖，在自己的心裡越扎越深。

當孔慶東教授[33]批判韓國的言論受到網路批判，被反了的時候，文麒也會喊一聲：「反得好。」因為他覺得韓國也有很多英雄，他們在很多方面做得非常好。韓國年輕人內心純淨，笑容裡沒有雜質，韓國的陽光真的燦爛。當文麒利用假期返回故鄉的時候，他也會想念韓國，因為那也是在想念身處韓國的，年輕的，喜歡追逐夢想的自己。他很清楚不是想念就要怎麼樣，想念就是想念。在追夢的過程中取得了一些成績，即，當他的小說選題通過，和中國的出版社簽了合同時，他仍然會希望憑藉擁有一部著作的加分，可以在韓國謀到一個教授中國文化的職位，留在韓國。[34]

---

[33] 北京大學的孔慶東教授在韓國結束一年的訪問學者生活回國後，曾經發表過批判韓國的言論。

[34] 以上敘述參考李文，《蒲公英：文麒留韓記》，北京：人民日報出版社，2017.1，p. 163-249。

結論

華人華文文學中的
韓國華人華文文學

韓國學界不僅在針對韓國華人的稱謂上，甚至在針對整個世界範圍內華人的稱謂上，都仍然習慣使用「華僑」，而非「華人」。實際上，全世界範圍內的華人，已經形成一個龐大的跨國移居者群體。在這種情況下，韓國學界有必要突破既存概念的框圍，重新思考和認識華人，尤其是做為其中一個組成部分的韓國華人的問題。而在此之前，做為跨國移居者群體一部分的華人，以及華人群體一個組成部分的韓國華人的稱謂，就成為首要明確的問題。

　　首先，從「華人」與「華僑」這兩個表述本身來看，都不是從一開始就具有指代居住海外中國人（海外漢族）的意義，而從具有這一意義的時間上來看，不僅在出現時間上「華僑」要晚於「華人」，而且在使用時間上「華僑」也要短於「華人」，甚至自1955年的萬隆會議之後，已經出現「華人」取代「華僑」，重新恢復「華人」時代的景象。其次，從研究學者對「華人」與「華僑」這兩個表述的看法上來看，很多學者認為「華僑」從被賦予指代海外中國國民意義開始，就帶有強烈的政治色彩，這一稱謂本身就存在著中國偏向的政治屬性。「華僑」這一表述象徵著中國政府開始關注海外居住華人在政治、經濟方面的利用價值，是在利用他們在異地遭受種族歧視與其他形式的歧視，讓海外華僑們能永遠效忠中國。

　　其次，在「華人」與「華僑」這兩個表述的選擇上，我們更應該從如何看待中國，如何看待中國人的問題上去思考。中國已經不是一個一統的概念，所謂想像的中國共同體也不是一統的共同體，我們有必要從文化共同體的角度，而非一個政治實體來思考。選擇使用「華人」這一表述，來指代長期生活在中國以外地區的漢族以及被漢族同化，或在文化上與漢族文化具有一體性的

人，也是站在華人的立場，強調他們雖然與中國或漢族具有一定的關聯性，但是從根本上說幾乎或完全不具有回到傳統的漢族共同體的可能性。[1]

本書所論述的韓國華人（韓華），是指長期生活在韓國地區的漢族，以及被漢族同化或在文化上具有一體性的人。韓國華人使用華文創作的文學作品，就是韓國華人華文文學（韓華華文文學）。再鑒於1992年以前移居韓國的華人，與1992年以後移居韓國的華人在性質上的不同，進一步以1992年為分界，將韓華劃分為先遷韓華和後遷韓華。另外，將先遷韓華中由韓國再遷往其他國家的群體，稱為再遷韓華。先遷韓華、再遷韓華、後遷韓華使用華文創作的文學，分別稱為先遷韓華華文文學、再遷韓華華文文學、後遷韓華華文文學，屬於韓華華文文學的組成部分。

由於目前研究條件上的限制，1945年以前的先遷韓華華文文學，和1945年以後的先遷北韓華人華文文學未能得到研究[2]，因此1945年以後的先遷南韓華人華文文學成為本書的主要研究對象。由於第四代之後的先遷韓華，與老一輩韓華接觸機會逐漸減少，接受韓國學校教育的機會越來越多，韓國化的傾向越加嚴重，與漢語相比，更精通韓語。因此，從事華文文學創作的活躍程度，較之第二、三代韓華出現回落現象。中國大陸出身的後遷韓華，在大陸成長，文化程度普遍較高，從事華文創作的機會應該很大。但由於移居時間較短，尚未形成活躍的華文創作氛圍。

---

[1]　參考金惠俊，〈試論華人華文文學〉〔韓〕，《中國語文論叢》Vol.50，首爾：中國語文研究會，2011，pp. 80-83；金惠俊、梁楠，〈韓國華人華文文學初探〉，《中國語文論叢》Vol.55，首爾：中國語文研究會，2011，p. 323。

[2]　從移居時期與先遷韓華的生活情況上來看，1945年以前的先遷韓華，積極從事文學創作活動的可能性不是很大，但是也不能斷言1945年以前的先遷韓華華文文學完全不存在。另外，從目前南北韓追求和平的局勢上來看，未來對於先遷北韓華人華文文學的研究條件，也可能會出現好轉。關於這兩項研究還有待今後的不斷發掘與考察。

因此，第二、三代先遷韓華華文文學，就成為韓華華文文學研究的重點。再遷韓華中大部分從事華文創作者，都是再移居之前的第二、三代先遷韓華。從某種意義上說，是第二、三代先遷韓華創作陣營的轉移。他們與第二、三代先遷韓華有著共同的回憶，又有著不同的再移居經驗。因此，再遷韓華文學與第二、三代先遷韓華文學，出現了同中有異，異中有同的特徵。

世界各地的華人華文文學，在具有息息相通性的同時，又各自展現出與眾不同的面貌。這裡可能有很多因素在起作用，比如，移居者的人數和性格，或者移居的時期及移居期間長短等。其中，起到關鍵性作用的因素，應當是華人移居者群體自身與其移居社會的關係。[3]韓華華文文學也同樣在這些因素的作用下，呈現出不同於其他地區華人華文文學的獨特性。

首先，早期韓華在移居地韓國所處的獨特社會地位，使韓華與韓國社會形成了一種特殊的關係，因而韓華華文文學具有了不同於其他地區華人華文文學的獨特特徵。

進入19世紀，特別是從鴉片戰爭爆發後的1840年開始，出現了大量以華工身分移居海外的中國人（漢族），目前遍佈全世界的華人中，90%以上都是在19世紀中期鴉片戰爭爆發後至中華人民共和國成立這段時期內，移居海外的華人或其後裔。[4]中國人（漢族）大量移居新加坡，始於英國對新加坡的殖民開發。1832年，新加坡成為英國在東南亞殖民貿易基地後，由於對大量勞動力的需求，就出現了買賣被稱為「豬仔」的契約華工現象，再加上1842年8月簽訂的《南京條約》中規定允許中國人自由出

3　金惠俊，〈試論華人華文文學〉〔韓〕，《中國語文論叢》Vol.50，首爾：中國語文研究會，2011，p. 83。

4　林采茂、呂秉昌、李丹、崔承現、李聖蘭，《華僑離散者移住路線和記憶的歷史》〔韓〕，城南：BookKorea，2013，p. 51。

入國境，因此苦力貿易更加正規化，再到1860年《北京條約》的簽訂，人身買賣甚至也被合法化，苦力貿易也隨之發展到頂峰。1821-1931年約有六百萬中國人做為契約華工運抵新加坡，或經新加坡轉入南洋諸國從事苦力。1965年新加坡獨立後，隨著政局的逐漸穩定，新加坡華人逐漸放棄返回中國的想法，並將國籍改為新加坡籍，在當地扎下根來，1945年以前移居新加坡的華人及其後裔大都已成為新加坡國民。

　　華人人口最多的印尼，也是由於19世紀初葉荷蘭殖民當局放寬對華人的政策，再加上印尼種植園和錫礦業的發展，大量的契約華工湧入印尼，使得印尼華人人口大幅增長，僅至19世紀末期，華人人口就已超過五十萬人。中國人（漢族）大批移居馬來亞，是自第二次鴉片戰爭戰敗後簽訂的《北京條約》允許外國商人招募苦力以及允許中國人自由出入境之後開始。當時西方殖民者從中國東南沿海招募或誘騙大批廉價勞工，到馬來亞等地從事挖錫種植等勞動。1805年英國殖民者還建立了招工移民機構，至1916年廢除契約華工為止，由中國移居馬來亞的華工總數高達五百五十萬人。

　　1848年1月，美國的加利福尼亞州發現金礦，出現淘金熱潮，中國華工開始到達三藩市開採金礦。1862年，美國國會通過了興建太平洋鐵路法案，由於工程非常艱鉅，勞力缺乏，「中央太平洋鐵路公司」便於1865年開始試用華工三千名，1868年又雇用了一萬兩千名華工，至1880年全美華人已有10萬人以上，主要是沒有文化的賒單工，從事開礦山、修鐵路、墾荒地、捕海魚等職業。1858年初，加弗雷基河谷發現金礦，同年6月第一批華工三百人從美國乘船抵達加拿大維多利亞港，赴金礦淘金。到1860年代，僅在加拿大不列顛哥倫比亞淘金的華人就達3萬多人。

1880年，加拿大修建太平洋鐵路，從中國先後招募兩萬多華工參加築路工程。加拿大華工大部分也屬於賒單工，至1891年以華工身分移居加拿大的華人就已超過九千人。[5]

這裡之所以敘述這些早期移居東南亞、北美等其他地區華人的歷史，是為了強調移居這些地區的早期華人，沒有得到清政府的任何支持，甚至在當時，清政府對於西方殖民者誘拐掠奪華工的行為也沒有採取任何阻止或營救措施。[6]與此相比，早期移居韓國華人的情況就顯得大為不同。他們從移居韓國（朝鮮）開始，就得到了清政府的大力支持。在清政府的庇護下，早期韓華輕而易舉地占有了土地，並順利地掌握了韓國主要經濟命脈，獲得了可觀的經濟利益。與那些在其他地區被稱為「豬仔」的早期移居華人不同，早期韓華在移居地韓國被視為「一等國民」[7]，成為韓國人既羨慕又恐怖的對象。因此而產生的韓華華文文學的獨特性，主要體現在兩個方面：

第一，韓華華文文學中出現的「排斥」具有相互性。

當地人對移居者的排斥，或者說外國人嫌惡症，是世界各地都存在的普遍現象，只要是存在利益衝突的群體間都有可能產生。韓華華文文學也像其他地區華人華文文學一樣，體現著移居者在移居地感受的「排斥」，但是與其他地區華人華文文學不同的是，韓華華文文學中所體現的「排斥」具有相互性。

5　以上敘述參考國務院僑辦僑務幹部學校編著，《華僑華人概述》，北京：九州出版社，2005，pp. 3-124；林采茂、呂秉昌、李丹、崔承現，《華僑離散者的群體記憶與再領土化》〔韓〕，城南：BookKorea，2014，pp. 76-149；林采茂、呂秉昌、李丹、崔承現、李聖蘭，《華僑離散者移住路線和記憶的歷史》〔韓〕，城南：BookKorea，2013，pp. 51-110。

6　林采茂、呂秉昌、李丹、崔承現，《華僑離散者的群體記憶與再領土化》〔韓〕，城南：BookKorea，2014，p. 108.

7　國務院僑辦僑務幹部學校編著，《華僑華人概述》，北京：九州出版社，2005，p. 91。

從先遷韓華華文文學作品中可以看出，早期韓華因為在移居地所處的特殊地位，甚至在不懂韓語的情況下，也沒有任何生活上的不便。隨心所欲的生活，使他們幾乎感受不到來自韓國社會的「排斥」。如果說早期韓華與韓國人之間存在緊張情緒，那也是由於韓國人的羨慕與恐怖，而對早期韓華產生的「疏遠」情緒。隨著先遷韓華在韓國社會地位的變遷，雖然先遷韓華和韓國人在個人關係上，大部分都能夠和睦相處，但是他們仍然可以感受到來自韓國社會的「排斥」氛圍，這種「排斥」仍然存在相互性。

　　也許「大國奴」與「高麗棒子」這兩個稱謂，是對這種相互性最好的闡釋。這兩個稱謂均出自韓華華文文學作品，體現著先遷韓華與韓國人之間，相互看待對方的複雜「情緒」。「大國奴」作為韓國人對於先遷韓華的稱謂，本是先遷韓華對韓語「대국놈」〔大國者〕的誤譯，但是在誤譯當中，又不完全出於誤會，其中飽含著韓國人對早期韓華傲慢姿態的，既羨慕又反感的兩面性情緒；也包涵著先遷韓華由高傲的「大國國民」，淪落為無知貪婪的社會底層的失落與無奈；熔鑄著先遷韓華在移居社會的複雜情緒下，受盡歧視與排斥的人生經驗。「高麗棒子」是華人對韓語「방자」〔幫子或房子〕的誤傳，誤傳中又帶有輕蔑的成分，含有韓華對自己文化上的優越感；同時也內涵著一種「取寵式」的逆反情緒。即，這種表面上看起來意在區分彼此，主動拒絕被同化的行為，實際上是當先遷韓華在地化願望受到挫折之後，一種發洩不滿情緒的方式，最終目的仍然在於引起韓國社會對韓華的關注。

　　韓國與中華人民共和國建交後，隨著兩國間交流的增多，以留學或投資等方式來韓的中國大陸人口逐漸增多，其中又從短

期變為長期移居的後遷韓華人口也隨之增多。韓國政府通過實施各種政策，放寬移居條件，促進華人的在韓投資與移居。韓國政府的一系列積極促進華人投資和移居的政策，雖然發揮了一定的積極作用，但同時也產生了一些負面影響。其中一個表現，就是使韓國人看待韓華的態度上，混合著中國熱與中國恐怖兩種感情的，韓國人的兩面性情緒。[8]因此，韓華華文文學體現出，後遷韓華與早期韓華，在韓國社會所感受的「排斥」具有相似性，仍然存在相互性的特徵。

第二，韓華華文文學中的「排斥」，體現出韓國人對韓華的一種特殊的文化想像。

華人在遍佈世界各地的移居地，從事經營中餐館、洗衣店等行業是非常普遍的現象。但是很少有華人在移居地經營的中餐館，像韓華在韓國經營的中餐館那樣，具有特殊的意義。

中餐館與韓華具有密切的關係：先遷韓華最早在韓國開設中餐館，是為了給清政府派遣到朝鮮的軍人，提供飲食上的方便。隨後韓華中餐館，又成了韓華富商喜歡光顧的地方。韓華經濟繁榮時期，不僅是對韓華來說，還是對韓國人來說，韓華的中餐館都屬於高級餐飲場所，韓華也因此獲得了豐厚利潤。隨著韓華經濟的衰落，再加上韓國政府在政策上的壓制，具有知識和經濟實力韓華的再遷，使中餐館幾乎一度成為仍然留在韓國韓華的唯一營生，同時也被再遷韓華帶到了再遷之地，並且具有了再遷之地的色彩。近來，後遷韓華也在為滿足從中國大陸移居來韓的華人以及韓國人的需求，延續著韓華中餐館的歷史。

---

[8] 申玄俊，〈中國崛起以後韓國華僑與多文化主義——殘餘的中國人還是新生的跨文化主體？〉〔韓〕，《韓中人文學研究》Vol.49，首爾：韓中人文學會，2015，pp. 287-289。

中餐館與韓國人也具有密切的關係：韓華在韓國的移居過程中不斷受到韓國文化的影響，韓國人也同樣通過韓華受到中國文化的影響。其中一個典型的例子就是「炸醬麵」。做為韓華中餐館的代表食物，已經成為韓國人飲食文化的一部分。甚至在一段時期，炸醬麵的價格，達到了可以左右韓國物價的程度。

　　由此可見，從某種意義上說，「炸醬麵」在韓國社會具有的特殊文化意義，同樣是引發韓國人對韓華產生既羨慕又恐怖的兩面性情緒的因素之一，是影響韓華與韓國社會形成特殊關係的因素之一。在此過程中，韓華就成為了韓國人文化想像的對象。這一點在先遷韓華的很多文學作品中被體現出來。作品中，「掌櫃」、「王書房」這些本來在中國古代用於對店主的稱謂，在韓國指代王姓女婿的稱呼，被染上了貶義色彩，成為象徵著落後無知貪婪吝嗇的，先遷韓華的代名詞。在這裡，韓國人是想像的主體，而先遷韓華就成為被想像，被建構的對象。

　　正如再遷韓華華文文學作品中所說：韓華再遷美國後，為了適應美國人口味偏甜的習慣，每道菜都加些糖，開創出適合美國人口味的「美式中菜」。在美國婦孺皆知的中菜是「雞炒麵」，在韓國家喻戶曉的中菜是「炸醬麵」。但問題是「雞炒麵」在美國人心目中只是單純的中菜聯想名詞，而「炸醬麵」在韓國人心目中卻是百味雜陳，另有弦外之音，其中隱藏著中國人的落後、無知、低能。[9] 再遷韓華作者，將自己的親身經歷與感受通過文學的形式表現出來，同時也是韓華華文文學具有自身獨特性的有力證明。

　　隨著韓國社會對韓華的重視，韓華與韓國社會在關係上的變化，這些曾經被賦予貶義色彩的「掌櫃」、「王書房」，都已成

---

[9]　參考崔仁茂編著，《韓華在浴火中重生》，南埃爾蒙特：捌玖印刷公司，2003.1，p. 110。

為韓華移居歷史的陳跡，留下來的是記錄著這些片斷的韓華華文文學。

其次，韓華在人口數量和人口特徵上存在的獨特性，以及韓華同時受到韓國文化、中國大陸文化、臺灣文化間穿插交錯的影響，使韓華華文文學體現出不同於其他地區華人華文文學的獨特特徵。由此產生的獨特性，主要體現在韓華華文文學中出現的，與眾不同的混種性上。

從全世界範圍內的華人人口分佈上看，韓國華人的人口數量，就顯得微乎其微了。主要集中在亞洲38個國家和地區的華人人口已超過三千萬，占全世界華人總數的82%以上。但是韓國華人人口，即使將先遷韓華、再遷韓華、後遷韓華加在一起也不足二十萬人。而移居歷史最長，在移居時間上已經充分具備文學創作條件的先遷韓華，人口數量僅有兩萬餘人。另外，全世界華人中，廣東出身的華人約占華人總數的60%，福建出身的華人約占華人總數的30%[10]，僅此兩地出身的華人就約占華人總數的90%。由此比例上來看，90%以上屬於山東出身的先遷韓華，在整個世界華人網路裡，顯得獨樹一幟。

再加上韓國文化、中國大陸文化、臺灣文化間的相互交流與碰撞、相互交切與混雜，不僅使韓華在口頭語、書面語以及文化上出現了特殊的混種性特徵，並且形成了韓華自身獨特的混種性身分認同。這些獨特的混種特徵，又通過韓華華文文學表現出來。

第一，韓華華文文學中出現了韓華在口頭語上的混種現象。

先遷韓華在韓華學校接受的國語教育，以及在移居過程中對

---

[10] 林采茨、呂秉昌、李丹、崔承現、李聖蘭，《華僑離散者移住路線和記憶的歷史》〔韓〕，城南：BookKorea，2013，p. 51。

韓語環境的接觸，這些因素都在不斷對先遷韓華的山東方言產生衝擊，使先遷韓華在口頭語上，自創了屬於自己的語言——「韓華漢語」。

韓華作者以文學的形式，表達出自己的親身感受：一方面「韓華漢語」使他們覺得語言似乎是一道無法逾越的厚障壁，隔在先遷韓華與故鄉人之間。先遷韓華那種特殊的腔調，即使回到故鄉自信滿滿地搬出家鄉話，也會被故鄉人詢問：「你從韓國回來的？」另一方面，他們又從「韓華漢語」中感到了先遷韓華的凝聚力。即使先遷韓華再遷他地，離開韓國幾十年；即使變得龍鍾老態，駝背佝僂，也會因為「韓華漢語」被認出是韓華來。[11]

後遷韓華移居韓國的時間僅有二十幾年，又在中國大陸充分接受了漢語教育，即使如此，在後遷韓華的口頭語中，也已經開始出現混種現象。這一點可以通過韓華小說中所體現的，後遷韓華作者李文的視角中看出。在他的觀察下：移居韓國兩年的時光，可以讓許多後遷韓華油然而生一種已然身為「老華僑之感」，言語間不時夾雜韓語，因為他們在中國大陸待了短暫的二十多年，而在韓國已經度過了漫長的兩年。[12]後遷韓華的小說中，不僅體現出後遷韓華已經開始形成口頭語上的混種現象，並且也體現出，在後遷韓華眼裡，「老華僑」即筆者所謂的「先遷韓華」，已然是語言混種的典型。

第二，韓華華文文學中出現了韓華書面語上的混種現象。這

---

11 參考賈鳳鳴，〈閒話韓國華僑的普通話〉，《美國齊魯韓華雜誌》第30期，Laguan Woods, Califonia：美國齊魯聯誼協會，2011.7，p. 10；馬晉琦，〈千言萬語說不盡第二故鄉韓國情〉，《美國齊魯韓華雜誌》第25期，Laguan Woods, Califonia：美國齊魯聯誼協會，2010.1，p. 13。

12 參考李文，《蒲公英：文麒留韓記》，北京：人民日報出版社，2017.1，p. 134。

種現象不僅體現在先遷韓華從事華文文學創作時，混雜使用自創性的韓語直接音譯詞彙，還體現在他們文學創作中的一些表達方式和思考方式上。

所謂自創性使用韓語直接音譯詞彙，是指先遷韓華在進行華文創作過程中，即使存在與韓語詞彙相對應的漢語詞彙，仍然有意或無意地使用韓華直接由韓語詞彙音譯成漢語的詞彙，此時的漢語失去了原有的意義，僅做為這個音譯詞彙的標注符號存在。這些詞彙在被韓華創造的過程中，也就具有了混種性意義。這些詞彙在先遷韓華之間言傳意會，但是對於其他沒有體驗過韓國文化的人，甚至很難理解其中的內涵。

之所以會出現這種現象，很可能與先遷韓華在移居韓國之前，沒有受到多少國語／普通話的普及有關。因為，中國大陸於1955年才開始正式推廣普通話，從先遷韓華移居時間上來看，應該沒有多少可以接觸普通話的機會，移居後也大多接受中華民國的國語教育。另外，隨著先遷韓華世代的更迭延續，他們與漢語環境接觸的機會逐漸減少，與韓語環境的接觸機會逐漸增多。隨著時間的流逝，韓國與中國大陸或臺灣社會，在一些新興的事物和現象的出現上也會產生差異。先遷韓華直接接受那些只在韓國出現的事物與現象，為了表達這些事物與現象，只有通過意譯或者音譯使用的方式，相對來說，後者更加便利。

第三，韓華華文文學中體現了韓華文化上的混種性。

先遷韓華華文文學作品中體現出，韓華在移居韓國的過程中，主動或被動地接受著韓國文化的影響，結果使早期韓華還保留的一些故鄉的風俗習慣，比如：春節祭祖、婚禮、節假日等風俗，都隨著韓國人的生活節奏，韓國人的文化氛圍而不斷改變，出現越來越明顯的韓國化傾向。

不僅如此，再遷韓華還通過與美國華人與美國韓人的比較，將自己的觀察與感受通過華文文學的形式表現出來。他們覺得韓華在韓國幾十年的移居生涯，不僅在飲食習慣上，比如：頓頓離不開泡菜的習慣等；甚至連脾氣秉性上，比如：豪邁熱情，輩分有序，講義氣，急脾氣等，都更接近美國韓人，因而美國韓人群居的地方，再遷韓華也喜歡「插一腳」。[13]

　　後遷韓華華文文學作品中體現出，後遷韓華主要通過模仿的形式，進行積極地在地化實踐。因此，在韓國生活時間的長短，積極模仿韓國人的程度等因素，就成了左右後遷韓華文化混種程度的重要因素。比如：當後遷韓華認識到，語言是決定他們是否可以與韓國人交流，融入韓國社會的關鍵時，就會像高三學生一般，拿出對得住自己家人的拼勁兒，努力學習韓語，希望有朝一日成為韓語狂人，名正言順地坐進韓國的某職員辦公室，成為大韓民國的一分子。做為一名後遷韓華，作者的體會是：適應是一個漫長的，一點一滴積累的過程，韓國的水土風物，人情世故，像一絲絲細密的根莖，在心裡越扎越深。有時甚至擔心日後回到中國，還能否很好地適應中國的職場環境。[14]

　　第四，韓華華文文學中體現了韓華身分認同上的混種性。

　　通過先遷韓華華文文學我們可以推測：早期韓華由於擁有清政府這樣的堅強後盾，再加上自身文化上的優越感，他們很可能仍然保持著中國人的認同。

　　通過先遷韓華華文文學我們可以充分看到第二、三代先遷韓華混種性身分認同的形成：20世紀中葉開始，先遷韓華在韓國社

---

[13]　參考李作堂，〈淺談旅美韓華與韓裔〉，《韓華世界》第1期，Walnut Creek, Califonia：韓華基金會，2007.10，p. 8。

[14]　參考李文，《蒲公英：文麒留韓記》，北京：人民日報出版社，2017.1，p. 163。

結論　華人華文文學中的韓國華人華文文學

221

會受到來自政治與經濟方面的不平等待遇，感受到韓國社會的排斥氛圍，再加上先遷韓華的自主型教育體系，這些都使先遷韓華保持著很強的凝聚力。不管先遷韓華人口增減變化與否，他們都在為維繫自己的組織和出版物而不懈努力，並堅持在自己發行的華文出版物上刊登文學作品。但是，吃著韓國的飯菜，喝著韓國的燒酒，聽著韓國的歌，看著韓國電視長大的第二、三代先遷韓華，即使短期到中國大陸探親，也總會不自覺的聯想到韓國。在中國大陸，他們只是遊客，是短暫觀光和遊玩的過客。他們的家人和朋友在韓國，他們的工作和事業在韓國，他們的真實生活在韓國，他們人生此刻的落腳點在韓國。

因此，第二、三代先遷韓華的筆下，展現出一個先遷韓華虛擬建構的，只屬於先遷韓華自己的，特殊的生存空間，以此將先遷韓華與非先遷韓華區分開來。這一生活空間，有些類似於霍米‧巴巴所提出的「第三空間」的概念。處於特殊生存空間內部的先遷韓華，在承認自己是以中國人的身分生存在韓國社會的同時，也將自己與中國大陸的中國人相區分，與短暫往來韓國的商人遊客相區分。並且，他們又以生活在韓國社會的中國人身分進行在地化實踐，努力使自己成為韓國社會的一部分，渴望得到韓國社會的承認。如果說先遷韓華以中國人身分移居到韓國社會本身是一種錯置，那麼他們對於為了更好的生存就應該融入韓國社會的反思，並在此反思的基礎上進行扎根韓國社會的在地化實踐，則是對此錯置的解構。

通過先遷韓華華文文學我們可以預測：第三代，或之後世代的先遷韓華，隨著在地化的更加深入，在他們的混種性身分認同裡，韓國化的成分應該更多一些。

後遷韓華華文文學資料有限，這對於後遷韓華華文文學的研

究，的確存在局限性。但是通過後遷韓華華文長篇小說，我們仍然可以看到後遷韓華身分認同上的混種特徵。

　　後遷韓華在未來居住地的選擇上採取開放式態度，即，哪裡有機會，哪裡更適合自己發展，就會選擇在哪裡生活。因此，韓國是其未來居住地的選項之一，中國是他們從未放棄過的選項，甚至其他地區也都有可能。在韓國生活期間，他們會利用網路與中國國內的朋友互相溝通，同時對於韓國文化也採取積極受容的態度。後遷韓華具有往返韓中兩地的雙重居住特徵，不管是以何種形式移居韓國，他們即使處在向後遷韓華轉型前的階段，也已經做好了積極融入韓國社會的決心，並在積極地在地化實踐中形成了混種性身分認同。就像韓華作者所體會的那樣：「與其說是生活改變了我，不如說是在必然的基礎上改變了這些的是自己。」[15]

　　通過後遷韓華華文文學我們可以預測：由於後遷韓華與先遷韓華的差異不僅體現在移居時間上，在移居形式上也存在很大區別，屬於完全自主性的移居行為。後遷韓華在中國大陸成長，至少具有中學以上的文化程度，他們從事華文文學創作的機會很大。但是因為他們的移居時間較短，恐怕距離他們正式開展文學活動還需要一段時間。由於後遷韓華的這種韓中兩地型雙重居住策略，未來的後遷韓華華文文學，應該具有與先遷韓華華文文學不同的特質。另外，隨著時間的流逝，當後遷韓華對移居地韓國投注越來越多的情感，形成越來越強烈的在地化欲望時，後遷韓華很可能會以一種新的語言混種形式，使韓華華文文學繼續保持活力。

---

[15] 李文，《蒲公英：文麒留韓記》，北京：人民日報出版社，2017.1，p. 63。

人類的身分認同是在與他人、事件、事物等構成的多層連接中形成的關係產物，形成關係的他人、事件、事物等，從地理上來看可以是可接觸的，也可以是相遠離的；從時間上來看可以是現在的事情，也可以是過去的事情。跨國移居者通過對故鄉的脫離與循環，以及跨越國境的擴張的社會網路，形成新的身分認同。通過與眾多他者的接觸與內化，進行多種方式的相互交流，並在此過程中形成混種性。[16]混種性身分認同意味著韓華已經具有多重所屬，這些所屬也已經不像拼接在一起的碎片那樣容易被分離，而是互相糅雜融合在一起，難以再分割開來。

　　但是，做為跨國移居者的先遷韓華，仍然同時遭受著來自幾個地區主流社會的排斥，甚至政策上的壓迫。先遷韓華也通過華文文學的形式呼籲，這些來自多重主流社會的隱形壓迫，正在將他們推向必須做出無奈選擇的「三岔路口」。所謂的「三岔路口」，是指先遷韓華被迫面臨的選擇，即，第一條路是：繼續保持原來的中華民國國籍，忍受種種不平等待遇和歧視，幻想著有朝一日能夠重新回到往日的美好時光；第二條路是：為順應現實環境，根據祖籍地緣，改為中華人民共和國國籍；第三條路是：為維護財產和扎根韓國，申請歸化為韓國國籍。[17]

　　先遷韓華通過華文文學的形式，強調著自己在身分認同上的混種性，強調著被多重所屬的各個主流社會接受的渴望。同時他們也通過華文文學的形式，告訴人們現實中的先遷韓華，至少是大多數先遷韓華，仍然是這樣一個群體：雖然具有中華民國國

---

[16] 李瑛閔，〈全球時代的跨國移住與場所的再構：文化地理研究觀點與方法的再建〉〔韓〕，《文化歷史地理》Vol.25No.11，首爾：韓國文化歷史地理學會，2013，p. 57。

[17] 參考鞠柏嶺，〈歧路上的韓國華僑〉，《美國齊魯韓華雜誌》第35期，Laguan Woods, Califonia：美國齊魯聯誼協會，2013.1，p. 22。

籍,卻不具有可以證明國民身分的證件;具有中國大陸故鄉的祖籍,卻不被中國大陸承認是同胞;經常被中國大陸人誤解是臺灣人,卻不能像臺灣同胞一樣獲得中國大陸發給的「臺胞證」,只能獲得發給一般外國人的「通行證」;長期生活在韓國,並且獲得永駐的資格,卻不具有公民的身分,只能以地方市民的身分,行使市民的選舉權,但不包括被選舉權。

出生於黎巴嫩後移居法國的文學作家阿敏・馬盧夫,在他的書中迫切呼籲當今時代對於重新認識身分認同的必要性,他說:「在這個以令人暈眩的速度飛速混雜融合的世界化時代,我們迫切需要一個關於身分認同的新概念。但是兩分法式的選擇方式在身分認同領域仍然在暗地裡處於絕對優勢。如果我們同時代的人沒有勇氣承認自身多樣的所屬,需要在否定自我與否定他者之間被迫做出選擇,那麼我們就是在製造把流血事件當作快事的瘋子群體,或是在製造迷路徬徨者的群體。」[18] 也許有人會覺得他的說法有些過激,但是在這個跨國移居者與日俱增的現實情況下,對身分認同概念的重新認識,已經成為整個人類共同面對的課題。

韓國華人以華文文學的形式,向全世界宣告韓華自身的獨特性,宣告韓華華文文學的獨特性;韓國華人以華文文學的形式,向全世界宣告韓華的混種性身分認同,宣告對於被承認多重所屬的渴望。筆者認為聆聽這些發聲,並且使這些聲音發得更加有效,是做為學者應盡的責任。但是,目前有關韓華華文文學的研究力量還十分薄弱,特別是相較其他地區華人華文文學的研究情況更顯不足。

---

[18] 阿敏・馬盧夫,朴昶昊譯,《殺人的身分認同》〔韓〕,首爾:理論與實踐出版社,2006,pp. 49。

就東南亞地區華人華文文學來說，不僅新加坡、馬來西亞等地區的華人華文文學研究成果極為豐碩，泰國、印尼等地區的華人華文文學也得到了充分的重視，最近越南、老撾（寮國）、緬甸、汶萊等地華人華文文學也相繼被研究。北美、澳洲、歐洲等地區華人華文文學的研究也是碩果纍纍。但是有關韓華華文文學的研究嚴重不足，韓國學界有關韓華華文文學的研究成果，僅限於筆者獨立完成或與其他學者共同完成的幾篇學術論文。中國大陸學界的情況更糟，關於韓國華人的研究僅包括27篇學術論文，8篇碩士學位論文，1篇博士學位論文。至於韓華華文文學的研究成果，尚處於零狀態。[19]相反，在中國大陸學界，僅就美國華裔文學的研究，就包括學術論文300餘篇，博士學位論文90餘篇[20]，與韓華華文文學形成了鮮明的對照。

筆者希望通過對韓華華文文學獨特性的整理，對於更加完整的理解華人華文文學的特徵上，起到一定的貢獻意義；通過強調韓華華文文學中所體現的韓華語言混種性與文化混種性，在重新思考中國文學的概念和範疇問題上，起到一定的啟發意義；通過強調韓華華文文學中所體現的混種性身分認同，在呼籲人類認識新型身分認同的必要性上，可以發揮微薄之力。

由於資料收集上的限制，造成本書對韓華華文文學的研究並不完整。比如：針對早期韓華華文文學、先遷北韓華人華文文學、更豐富的後遷韓華華文文學情況等等，都有待今後包括筆者在內的更多學者繼續發掘和研究，使韓華華文文學的研究更加完整化。再鑒於第二代先遷韓華柳耀廣和鞠柏嶺等作者，已經具有

---

[19]　中國大陸學界關於韓國華人與韓華華文文學研究現況的調查時間為2020年3月25日。
[20]　彌沙，《美國華裔文學批評的嬗變：族裔性、文學性、世界性》，黑龍江大學博士學位論文，2016，p. 7。

從事韓文創作的經驗，這就說明第三代以及之後世代的先遷韓華，使用韓語或者韓漢雙語創作的機會非常大。因此，還可以將研究視野擴大到包括韓華韓文文學在內的韓華文學的研究上。

▌參考文獻

1、韓國華人華文資料

（1）韓國華人華文刊物

《韓華春秋》（月刊），首爾：韓華春秋編輯委員會，1964.6-1965.12。

《韓中文化》（月刊），首爾：韓中文化協會，1974.6－1984.12。

《韓華》（月刊），首爾：韓中文化協會，1990.5-1991.2。

《韓華學報》（創刊號），首爾：韓華學會，2001.8。

《韓華通訊》（月報），首爾：漢城華僑協會，2002.6-2018.3。

《韓華學報》（第2輯），首爾：韓華學會，2003.7。

《韓華學報》（第3輯），首爾：韓華學會，2004.12。

《韓華世界》（年刊），Walnut Creek, Califonia：韓華基金會，2009-2011。

《美國齊魯韓華雜誌》（季刊），Laguan Woods, Califonia：美國齊魯聯誼協會，2000.9-2018.1。

（2）韓國華人華文單行本

秦裕光編著，《旅韓六十年見聞錄─韓國華僑史話》，臺北：中華民國韓國研究學會，1983。

初安民，《愁心先醉》，臺中：晨星出版社，1985。

初安民，《往南方的路》，臺南：臺南市立圖書館，2001.12。

崔仁茂編著，《韓華在浴火中重生》，南埃爾蒙特市：捌玖印刷公司，2003.1。

郝明義，《故事》，臺北：大塊文化出版股份有限公司，2004.3。

李文，《蒲公英：文麒留韓記》，北京：人民日報出版社，2017.1。

（3）其他韓國華人華文資料

柳耀廣詩畫展中的華文詩歌，首爾：中國大使館中山堂，1969.10.10-12。

柳耀廣日記，1969。

2、單行本

（1）韓國國內出版

박은경，《한국화교의 종족성》，서울 : 한국연구원，1986.

질 들뢰즈·펠릭스 가타리，이진경 옮김，《카프카 : 소수적인 문학을 위하여》，서울 : 동문선，2001.

최승현，《화교의 역사 생존의 역사》，인천 : 화약고，2006.

아민 말루프，박창호 옮김，《사람 잡는 정체성》，서울 : 이론과 실천출판사，2006.

구선희·허영란·장용경，《한국화교의 생활과 정체성》，과천 : 국사편찬위원회，2007.

가야트리 차크라보르티 스피박，문학이론연구회 옮김，《경계선 넘기 - 새로운 문학연구의 모색》，고양 : 도서출판 인간사랑，2008.

로버트 J.C. 영，김용규 옮김，《백색신화》，부산 : 경성대학교 출판부，2008.

김욱동，《포스트모더니즘》，서울 : 연세대출판부，2008.

김태만，《내 안의 타자，부산 차이니스 디아스포라》，부산 : 부산발전연구원，2009.

고부응 엮음，《탈식민주의 - 이론과 쟁점》，서울 : 문학과지성사，2009.

강진아，《동순태호 : 동아시아 화교 자본과 근대조선》，대구 : 경북대학교 출판부，2011.

데이비드 허다트，조만성 옮김，《호미바바의 탈식민적 정체성》，서울 : 앨피출판사，2011.

가라타니 고진，조영일 옮김，《근대문학의 종언》，서울 : 도서출판 b，2012.

왕언메이，송승석 역，《한국화교-냉전체제와 조국의식》，서울 : 학고방，2013.

김용규，《혼종문화론》，서울 : 소명출판사，2013.

임채완·여병창·이단·최승현·이성란，《화교 디아스포라 이주루트와 기억의 역사》，성남 : 북코리아，2013.

임채완·여병창·리단·최승현，《화교 디아스포라의 집단적 기억과 재영토화》，성남 : 북코리아，2014.

김경연·김용규 역음，《세계문학의 가장자리에서》，서울 : 현암사，2014.

왕더웨이，김혜준 옮김 《현대 중문소설 작가 22인 : 세기를 넘나드는 작가

들》，서울：학고방，2014.

왕더웨이，김혜준 옮김，《시노폰 담론 중국문학：현대성의 다양한 목소
　　리》，서울：학고방，2017.

（2）韓國以外地區出版

Shu-mei Shih, *Visuality and Identity: Sinophone Articulations across the Pacific*,
　　University of California Press, June. 2007.

Shu-mei Shih, Chien-hsin Tsai and Brain Bernards, *Sinophone Studies: A Critical
　　Reader*, New York: Columbia University Press, Jan. 2013.

邵毓麟，《使韓回憶錄》，臺北：傳記文學出版社，1980。

王賡武，《東南亞與華人—王賡武教授論文選集》，北京：中國友誼出版公
　　司，1986。

王東原，《浮生簡述》，臺北：傳記文學出版社，1987。

楊昭全、孫玉梅，《朝鮮華僑史》，北京：中國華僑出版公司，1991。

周蕾，《寫在家國以外》，香港：牛津大學出版社，1995。

李曉虹，《中國當代散文審美建構》，深圳：海天出版社，1999。

黃萬華，《文化轉換中的世界華文文學》，北京：中國社會科學出版社，1999。

饒芃子主編，《中國文學在東南亞》，汕頭：暨南大學出版社，1999。

黃萬華主編，《美國華文文學論》，濟南：山東文藝出版社，2000。

梁必承、李正熙、全敏譯，《韓國，沒有中國城的國家》，北京：清華大學出
　　版社，2000。

王賡武，《王賡武自選集》，上海：上海教育出版社，2002。

梁秉鈞，《書與城市》，香港：牛津大學出版社，2002。

錢超英編，《澳大利亞新華人文學及文化研究資料選》，杭州：中國美術學院
　　出版社，2002。

王德威，《現代中國小說十講》，上海：復旦大學出版社，2003。

程愛民主編，《美國華裔文學研究》，北京：北京大學出版社，2003。

黃萬華，《多元文化語境中的華文文學》，濟南：山東文藝出版社，2004。

法蘭茲、法農著，萬冰譯，《黑皮膚，白面具》，南京：譯林出版社，2005。

法蘭茲‧法農著，萬冰譯，《全世界受苦的人》，南京：譯林出版社，2005。

馬仲可，《山東華僑研究》，北京：新星出版社，2005。

王德威，《眾聲喧譁以後》，臺北：麥田出版社，2005。

饒芃子，《世界華文文學的新視野》，北京：中國社會科學出版社，2005。

國務院僑辦僑務幹部學校編著，《華僑華人概述》，北京：九州出版社，2005。

劉俊，《跨界整合─世界華文文學綜論》，北京：新星出版社，2005。

陸益龍，《嵌入式適應模式─韓國華僑文化與生活方式的變遷》，北京：中國社會科學出版社，2006。

陳函平，《北美新華文文學》，銀川：寧夏人民出版社，2006。

蒲若茜，《族裔經驗與文化想像》，北京：中國社會科學出版社，2006。

王德威，《當代小說二十家》，北京：三聯書店，2006。

王曉初、朱文斌主編，《世界華文文學研究》第3輯，合肥：安徽大學出版社，2006。

王曉初、朱文斌主編，《世界華文文學研究》第4輯，合肥：安徽大學出版社，2007。

饒芃子，《離散與回望》，天津：南開大學出版社，2007。

毛會迎，《韓晟昊傳》，北京：中國文史出版社，2007。

愛德華・W. 薩伊德著，王宇根譯，《東方學》，北京：三聯書店，2007。

劉禾，《跨語際實踐》，北京：三聯書店，2008。

孔慶東，《獨立韓秋》，重慶：重慶出版社，2008。

王曉初、朱文斌主編，《世界華文文學研究》第5輯，合肥：安徽大學出版社，2009。

吳兵、王立禮主編，《華裔美國作家研究》，天津：南開大學出版社，2009。

也斯，《後殖民食物與愛情》，香港：牛津大學出版社，2009。

趙稀方，《後殖民理論》，北京：北京大學出版社，2009。

王德威，《後遺民寫作》，臺北：麥田出版，初版二刷，2010。

王甯、生安鋒、趙建紅，《又見東方─後殖民主義理論與思潮》，重慶：重慶大學出版社，2011。

生安鋒，《霍米・巴巴的後殖民理論研究》，北京：北京大學出版社，2011。

王淑玲，《韓國華僑歷史與現狀研究》，北京：社會科學文獻出版社，2013。

羅伯特・J・C・揚著，容新芳譯，《後殖民主義與世界格局》，南京：譯林出版社，2013。

史書美著，楊華慶譯，蔡建鑫校，《視覺與認同─跨太平洋華語語系表述呈現》，臺北：聯經出版社，2013。

葛兆光，《宅茲中國》，北京：中華書局，2015。

史書美，《反離散─華語語系研究論》，臺北：聯經出版社，2017。

3、學術論文

（1）韓文學術論文

엄익상·한종호·김순진，〈서울 日照화교 방언조사보고〉，《중국언어연구》
　　Vol.5，서울：한국중국언어학회，1997，pp. 191-212.

엄익상·김현정·정미숙，〈인천 榮成화교 한어음계분석〉，《중국언어연구》
　　Vol.5，서울：한국중국언어학회，1997，pp. 171-189.

장상언，〈화교학생들의 언어생활에 관한 연구：한국의 바이링구얼〉，《일
　　어일문학》，Vol.10 부산：대한일어일문학회，1998，pp. 349-360.

엄익상，〈한국 화교 방언：조사 및 연구를 위한 제언〉，《중국어문학논집》
　　Vol.11，서울：중국어문학연구회，1999，pp. 273-293.

왕춘식，〈한국 화교2세의 질곡과 소망〉，《당대비평》，서울：생각나무출
　　판사，2000，pp. 235-244.

장수현，〈한화（韓華），그 배제의 역사〉，《당대비평》，서울：생각나무
　　출판사，2000，pp245-258.

김경국·최승현·이강복·최지현，〈한국의 화교연구 배경 및 동향 분석〉，《중
　　국인문과학》Vol.26，광주：중국인문학회，2003，pp. 495-516.

이창호，〈신화교의 국내 이주와 정체성의 정치〉，《민족연구》Vol.58，서
　　울：한국민족연구원，2004，pp. 4-27.

박경태，〈화교，우리 안의 감춰진 이웃〉，《황해문화》Vol.47，인천：새얼
　　문화재단，2005，pp. 234-248.

이해우·박용진，〈전라북도 화교의 세대 간 언어 사용 실태에 대한 조사 연구〉，
　　《중국어문학논집》No.41，서울：중국어문학연구회，2006，pp. 53-73.

임채완，박동훈，〈한국 화교의 역할과 발전방향〉，《한국동북아논총》
　　Vol.41，파주：한국동북아학회，2006，pp. 5-32.

최승현，〈화교의 애국심 문제에 관한 역사적 고찰〉，《중국학논총》
　　Vol.23，대전：한국중국문화학회，2007，pp. 225-247.

이창호，〈한국 화교（華僑）의 사회적 지위와 관계의 공간 - 인천 화교의 관시
　　（關係）와 후이（會）를 중심으로〉，《비교문화연구》 Vol.14No.1，서
　　울：서울대학교 비교문화연구소，2008，pp. 75-122.

손희연·서세정，〈한국 화교 화자들의 이중언어 사용 연구〉，《사회언어학》

Vol.16No.1，서울 : 한국사회언어학회，2008，pp. 185-211.

박배균，〈초국가적 이주와 정착을 바라보는 공간적 관점에 대한 연구—장소，영역，네트워크，스케일의 4가지 공간적 차원을 중심으로〉，《한국지역지리학회지》Vol.15，대구 : 한국지역지리학회，2009，pp. 616-634.

박경태，〈화교 (華僑) 에서 화인 (華人) 으로 : 식민시기와 냉전시기 인도네시아의 화인 정책〉，《다문화사회연구》Vol.2No.2，서울 : 숙명여자대학교 다문화통합연구소，2009，pp. 33-61.

김혜준，〈한국의 중국현대문학 학위논문 및 이론서 목록〉，《중국현대문학》No.52，서울 : 한국중국현대문학학회，2010，pp. 225-246.

송승석，〈『한국화교』 연구의 현황과 미래- 동아시아 구역 내 『한국화교』 연구를 중심으로〉，《중국현대문학》Vol.55，서울 : 한국중국현대문학학회，2010，pp. 163-199。

최승현，〈韓中混血考1 : 근대이전 한국의 중국계 정착민에 관한 연구〉，《중국학논총》Vol.29，대전 : 한국중국문화학회，2010，pp. 173-190.

김혜준，〈화인화문문학 (華人華文文學) 연구를 위한 시론〉，《중국어문논총》Vol.50，서울 : 중국어문연구회，2011，pp. 77-116.

강소영，〈해외거주 한국화교의 한국어 사용현황 연구〉，《어문연구》Vol.70，대전 : 어문연구학회，2011，pp. 5-28.

강소영，〈이중언어 사용자의 코드 스위칭의 유형과 원인 분석〉，《한어문교육》Vol.26，서울 : 한국언어문학교육학회，2012，pp. 207-237.

이창호，〈한국화교의 "귀환" 이주와 새로운 적응〉，《한국문화인류학》Vol.45，서울 : 한국문화인류학회，2012，pp. 153-199.

이창호，〈이주민 2세대의 고향 (home) 의 의미와 초국적 정체성 : 화교 동생들의 인터넷 커뮤니티를 중심으로〉，《한국문화인류학》Vol.45No.1，서울 : 한국문화인류학회，2012，pp. 3-41.

김경학，〈한국 화교의 초국가적 성격과 전망- 광주지역 화교를 중심으로〉，《민족문화논총》Vol.51，대구 : 영남대학교 민족문화연구소，2012，pp. 191-226.

이용일，〈학제적 이주연구로서 이주의 역사〉，《로컬리티 인문학》Vol.8，부산 : 부산대학교 한국민족문화연구소，2012，pp247-252.

이영민，〈글로벌 시대의 트랜스이주와 장소의 재구성 : 문화지리적 연구관점과 방법의 재정립〉，《문화역사지리》Vol.25No.11，서울 : 한국문화역사지리학회，2013，pp. 47-62.

이용균,〈초국가적 이주 연구의 발전과 한계 : 발생학적 이해와 미래 연구 방향〉,《한국도시지리학회지》Vol.16No.1,서울 : 한국도시지리학회, 2013,pp. 37-55.

宋佳,〈한국화교의 출판활동에 대한 일연구〉,《한국학연구》Vol.46,서울 : 고려대학교 한국학연구소,2013,pp. 71-102.

송승석,〈화교 (華僑),번역,정치적 글쓰기―진유광 (秦裕光) 의 한국화교 서사 (書寫) 를 중심으로〉,《외국학연구》Vol.24,서울 : 중앙대학교 외국학연구소,2013,pp. 323-361.

여병창,〈화교디아스포라의 한반도 이주와 언어 정체성 고찰 - 한국 화교의 이중언어 사용양상을 중심으로 >,《중국문학연구》Vol.52,서울 : 한국중문학회,2013,pp. 263-293.

강진아,〈경계인의 역사 : 화교의 어제와 오늘〉,《로컬리티 인문화》Vol.12, 부산 : 부산대학교 한국민족문화연구소,2014,pp. 275-285.

신현준,〈중국 굴기 이후 한국화교와 다문화주의―잔여적 중국인인가 부상하는 과 (跨) 문화 주체인가?〉,《한중인문학연구》Vol.49,서울 : 한중인문학회,2015,pp. 263-292.

안미정·우양호,〈한국화교로 본 한국의 다문화주의 성찰〉,《한국민족문화》 Vol.56,부산 : 부산대학교 한국민족문화연구소,2015,pp. 383-416.

안병일,〈미시간의 사례를 통하여 본 한국화교의 미국 이주와 정착,그리고 "미국한화 (美國韓華)"정체성〉,《한국문화인류학》Vol.48No.3,서울 : 한국문화인류학회,2015,pp. 3-45.

왕언메이,〈해방 70년과 한국화교의 삶- 한국화교에게『진정한 해방』은 찾아왔는가?〉,《로컬리티의 인문학》Vol.44,부산 : 부산대학교 한국민족문화연구소,2015,pp. 1-1.

정은주,〈국민과 외국인의 경계 : 한국 내 화교의 시민권적 지위에 대한 성격 분석〉,《한국문화인류학》Vol.48No.1,서울 : 한국문화인류학회,2015, pp. 119-169.

이은상·정진선,〈중국 중산계층의 성장과 신화교의 제주도 유입〉,《역사와 세계》Vol.49,부산 : 효원사학회,2016,pp. 63-95.

김기호,〈중국과 대만 사이에서 변화하는 한국 화교의 이주민 정체성 - 서울 화교 사단 조직에 대한 사례 연구〉,《아태연구》Vol.23No.3,서울 : 경희대학교 국제지역연구원,2016,pp. 157-189.

김효선,〈한국 화교의 한중 코드전환 유형과 분포- 부산 화교 3세를 중심으로〉,

《어문연구》Vol.45No.2，서울：한국어문교육연구회，2017，pp. 35-59.

김혜미·이병철·이진경，〈한국 화교의 정체성 유형에 대한 연구〉，《사회과학
연구》Vol.43No.2，서울：경희대학교 사회과학연구원，2017，pp. 213-238.

김혜준，〈시노폰 문학, 세계화문문학, 화인화문문학 — 시노폰 문학（Sinophone
literature）주장에 대한 중국 대륙 학계의 긍정과 비판〉，《중국어문논총》
Vol.80，서울：중국어문연구회，2017，pp. 329-357.

김혜준，〈시노폰 문학（Sinophone literature），경계의 해체 또는 재획정〉，
《중국현대문학》No.80，서울：한국중국현대문학학회，2017，pp. 73-105.

박규택，〈대구화교중고등학교 학생의 이중적 언어사용과 혼종적 정체성〉，
《한국지역지리학회지》Vol.23No.2，대구：한국지역지리학회，2017，pp.
354-365.

추광재·최민지，〈이중 언어 사용의 특성과 교육 방법에 대한 고찰-한국 화교를
중심으로〉，《학습자중심교과교육연구》Vol.17No.6，서울：학습자중심
교과교육학회，2017，pp. 83-105.

（2）韓文以外學術論文

Shu-mei Shih, "Global Literature and the Technologies of Recognition," *PMLA: Publications of the Modern Language Association of America*, Vol.119 No.1, 2004.

GIELIS, R., "A global sense of migrant places: towards a place perspective in the study of migrant transnationalism", *GLOBAL NETWORKS* Vol.9 No.2, 2009, pp. 271-287.

Shu-mei Shih, "Theory, Asia, Sinophone," *Postcolonial Studies*, Vol.13 No.4, 2010.

衣建美，〈韓華教師成天地：第三屆世界華文作家協會—韓國地區報告〉，
《中央日報》（臺灣），1998.8.3。

郭梁，〈中國的華僑華人研究與學科建設—淺議「華僑華人學」〉，《華僑華
人歷史研究》2003年3月第1期，北京：中國華僑華人歷史研究所，2003，
pp. 1-7。

尹佑晉，〈韓國釜山榮成華僑方言與中國山東榮成方言的單字音系比較研究〉，
《中國言語研究》Vol.17，首爾：韓國中國言語學會，2003，pp. 545-558。

廖赤陽、王維，〈「日華文學」：一座漂迫中的孤島〉，黃萬華主編，《多元
文化語境的華文文學》，濟南：山東文藝出版社，2004，pp. 67-96。

張錦忠，〈跨國流動的華文文學—臺灣文學場域裡的「在臺馬華文學」〉，《中
國現代文學》No.34，首爾：韓國中國現代文學學會，2005，pp. 27-41。

王德威，〈中文寫作的越界與回歸—談華語語系文學〉，《上海文學》2006年9月號，上海：上海市作家協會，2006，pp. 91-93。

尹佑晉，〈山東榮成方言與釜山華僑榮成方言的聲母比較〉，《中國言語研究》Vol.22，首爾：韓國中國言語學會，2006，pp. 209-238。

梁楠，〈從《韓晟昊傳》看韓華離散者的身分認同—以1948年後為中心〉，《韓中言語文化研究》No.23，首爾：韓國中國言語文化研究會，2010，pp. 153-172。

朱崇科，〈華語語系的華語建構及其問題〉，《學術研究》第7期，廣州：廣東省社會科學界聯合會，2010，pp. 146-152。

劉保安，〈論狄金森詩歌中的意象〉，《新鄉學院學報》第24卷 第5期，新鄉：新鄉學院，2010，pp. 115-118。

楊俊蕾，〈「中心－邊緣」雙夢記：海外華語語系文學研究中的流散、離散敘述〉，《中國比較文學》2010年第4期，上海：上海外國語大學中國比較文學學會，2010，pp. 89-98。

金惠俊、梁楠，〈韓國華人華文文學初探〉，《中國語文論叢》Vol.55，首爾：中國語文研究會，2011，pp. 323-343。

殷梅，〈從山東方言俗語看齊魯文化〉，《青島科技大學學報》第27卷第3期，青島：青島科技大學，2011，pp. 54-57。

史書美著，趙娟譯，〈反離散：華語語系做為文化生產的場域〉，《華文文學》總第107期，汕頭：汕頭大學，2011，pp. 5-14。

王德威，〈文學地理與國族想像：臺灣的魯迅，南洋的張愛玲〉，《中國現代文學》第22期，臺北：中國現代文學學會，2012，pp. 11-38。

蔡建鑫，〈多元面向的華語語系文學觀察—關於《華語語系文學與文化》專輯〉，《中國現代文學》第22期，臺北：中國現代文學學會，2012，pp. 1-9。

曾軍，〈「華語語系學術」的生成及其問題〉，《當代作家評論》2012年第4期，瀋陽：遼寧省作家協會，2012，pp. 203-205。

莊華興，〈馬華文學的疆界化與去疆界化：一個史的描述〉，《中國現代文學》第22期，臺北：中國現代文學學會，2012，pp. 93-106。

梁楠，〈離散語境下韓國華人的身分認同〉，《中國現代文學》No.67，首爾：韓國中國現代文學學會，2013，pp. 165-186。

曾琳，〈讀史書美「反離散」原文及中譯文有感〉，《華文文學》2014年第2期，汕頭：汕頭大學，2014，pp. 40-44。

王德威，〈華語語系的人文視野與新加坡經驗：十個關鍵字〉，《華文文學》

第122期，汕頭：汕頭大學，2014，pp. 7-13。

朱崇科，〈再論華語語系（文學）話語〉，《揚子江評論》2014年第1期，南京：江蘇省作家協會，2014，pp. 15-20。

梁楠、高慧琳，〈韓國華人華文文學的混種性─以1990年代出版《韓華》雜誌為中心〉，《中國小說論叢》Vol.47，富川：韓國中國小說學會，2015，pp. 223-239。

王德威，〈華夷風起：馬來西亞與華語語系文學〉，《中山人文學報》第38期，高雄：中山大學，2015，pp. 5-17。

趙稀方，〈從後殖民理論到華語語系文學〉，《北方論叢》總第250期，哈爾濱：哈爾濱師範大學，2015，pp. 31-35。

許維賢、楊明惠，〈華語語系研究不只是對中國中心主義的批判：史書美訪談錄〉，《中外文學》第44卷第1期，臺北：臺灣大學外文系，2015，pp. 173-189。

劉俊，〈「華語語系文學」的生成、發展與批判─以史書美、王德威為中心〉，《文藝研究》第11期，北京：中國藝術研究院，2015，pp. 51-60。

龐好農，〈論薩伏依《異域》的心象敘事〉，《外國語文》第31卷 第5期，重慶：四川外語學院，2015，pp. 14-19。

朴宰雨、于麗麗、鄭有軫，〈韓國華文文學：探索四個來源與現狀〉，《中國學報》Vol.73，首爾：韓國中國學會，2015，pp. 333-351。

梁楠，〈生根的流星：論韓華詩人初安民《愁心先醉》中的跨國認同〉，《中國現代文學》No.80，首爾：韓國中國現代文學學會，2017，pp. 107-131。

4、學位論文

강덕지，《한국화교의 경제에 관한 고찰》，성균관대학교 석사학위논문，1974.

신문염，《재한 화교의 경제에 관한 연구》，경희대학교 석사학위논문，1974.

추미란，《재한화교의 기업경영에 대한 실증적 연구》，단국대학교 석사학위논문，1976.

담영성，《조선말기의 청국상인에 관한 연구》，단국대학교 석사학위논문，1977.

담건평，《재한화교의 사단조직에 대한 연구：서울지역을 중심으로》，서울대학교 석사학위논문，1985.

주봉의，《화교들의 문화이식 과정에 있어서의 매체이용 패턴에 관한 연구》，
　　서울대학교 석사학위논문，1985.

도수화，《현대 山東省 海陽縣 방언 조사 : 한국 거주 화교의 발음을 중심으로》，
　　고려대학교 석사학위논문，1993.

곽병곤，《한중수교 이후 재한 화교사회의 변화에 관한 연구》，고려대학교 석
　　사학위논문，2002.

김기호，《초국가시대의 이주민 정체성—한국화교의 사례 연구》，서울대학교
　　석사학위논문，2005.

박수현，《한국어-중국어 이중언어사용의 연구- 한국 화교 (華僑) 언어를 중심
　　으로》，영남대학교 석사학위논문，2010.

손유정，《1965년 7·19사건과 한국 화교사회—《韓華春秋》를 중심으로》，
　　울산대학교 석사학위논문，2014.

박은경，《화교의 정착과 이동 : 한국의 경우》，이화여자대학교 박사학위논
　　문，1981.

이옥련，《근대 한국화교사회의 형성과 전개》，인하대학교 박사학위논문，
　　2005.

이창호，《한국 화교의 사회적 공간과 장소 : 인천 차이나타운을 중심으로》，
　　한국학중앙연구원 박사학위논문，2007.

이종우，《한국 화교의 현지화에 관한 연구 : 부산 거주 화교를 中心으로》，
　　동아대학교 박사학위논문，2007.

이진석，《부산지역 화교의 사회연결망 변화와 사회자본화》，동아대학교 박
　　사학위논문，2010.

성정혜，《탈식민시대의 디아스포라와 혼종성 : 살만 루시디의〈자정의 아이
　　들〉，〈수치〉，〈악마의 시〉》，이화여자대학교 박사학위논문，2010.

최영，《한국과 중국의 재외동포정책 비교연구》，전남대학교 박사학위논문，
　　2011.

김일권，《재한 중국인의 포섭과 배제를 통해 본 한국 다문화주의 연구 : 구 화교，
　　신 화교，조선족을 중심으로》，한국외국어대학교 박사학위논문，2012.

고혜림，《북미 화인화문문학에 나타난 디아스포라문학적 특징》，부산대학교
　　박사학위논문，2013.

蔡千芊，《韓國華僑在韓社會地位的變遷》，中國文化大學碩士學位論文，2016。

崔承現，《韓國華僑史研究—從「上國」國民到多層認同》，北京大學博士學位
　　論文，2000。

尹佑晉，《韓國釜山華僑的榮成方言與中國榮成本土方言的語音比較研究》，
　　山東大學博士學位論文，2007。

劉增美，《族裔性與文學性之間─美國華裔文學批評研究》，南京師範大學大
　　學博士學位論文，2011。

彌沙，《美國華裔文學批評的嬗變 ：族裔性、文學性、世界性》，黑龍江大學
　　博士學位論文，2016。

5、參考網站

美國南加州韓華聯誼會網站：http://www.hanhwa-la.org

漢城華僑協會網站：http://www.craskhc.com

國立臺灣文學館臺灣作家作品目錄網站：http://www.nmtl.gov.tw/

출입국·외국인정책본부사이트：http://www.immigration.go.kr

교육과학기술부사이트：http://www.mest.go.kr

後記

　　韓國華人華文文學研究的進行，前後花費了很長時間。

　　其中很重要的原因是由於研究資料的缺乏。

　　筆者在查找資料的過程中，幾經周折，不斷受挫。幾近崩潰之際，韓華李溪信先生，終於將收藏二十餘年的韓華雜誌，借予筆者，以作研究之用。至今翻開李先生主編的韓華雜誌，都可以清晰憶起，在筆者二十幾次的登門拜望之後，李先生與筆者促膝長談的情景，李先生講述的那些創辦韓華雜誌的艱難往事。這一珍貴資料，使筆者的韓華華文文學研究真正走上了正軌。

　　另外，如果沒有再遷美國韓華崔仁茂先生的熱心幫助，恐怕筆者很難如此順利地將韓華華文文學研究，擴展到再遷美國韓華領域。至今難忘筆者在沒有聯絡電話，也沒有電郵的情況下，僅憑一個位址，懷著忐忑不安的心情，遠赴美國加州拜望素昧平生的崔仁茂先生時，崔先生夫婦熱情接待筆者的情景，至今難忘崔先生夫婦招待筆者的那碗熱騰騰的中國水餃，和餃子旁的那盤韓國泡菜。

　　原本打算以本書來報答兩位先生對筆者的巨大幫助，但兩位先生卻故人已去，留下的只有筆者永遠的遺憾。

　　而筆者能夠將韓華華文文學研究，拓展到再遷臺灣韓華領域，則要衷心感謝臺灣國立東華大學的須文蔚教授。在須教授熱心與無私的幫助下，筆者有幸聯繫到再遷臺灣韓華詩人初安民與出版家郝明義先生。初先生與筆者在臺北一家咖啡廳，伴著窗外的雨聲，長達幾個小時的談話情景現在也仍然歷歷在目。

還要感謝國立臺灣師範大學的金恩美教授，以及韓國檀國大學的許庚寅教授、高麗大學的衣建美教授、梁山大學的於德豪教授（現已離職）、韓華顧問鞠柏嶺先生，支援筆者研究，多次為筆者提供重要線索與資料。感謝韓華雜誌編輯兼作者柳耀廣先生慷慨提供資料，甚至包括本人日記，令筆者深為感動。

當然筆者最大的幸運，就是遇到導師金惠俊教授。金惠俊教授總是站在學術最前沿，保持開闊的視野，導師的諄諄教誨，使筆者獲得了巨大的學術靈感。結合自身的跨國移居經驗，放眼全世界，關注全世界範圍內的跨國移居者群體，將人類學、社會學等領域的知識，引入到文學的研究中來。不僅使筆者有機會完成這部在此領域具有世界首創意義的著作，並且可以超越文學資料的梳理水準，使韓國華人華文文學研究，上升到更高層次的理論高度。筆者將以此專著為起點，繼續前行。

感謝韓國國立釜山大學現代中國文化研究室的全體研究員。我們並肩一路走來，並將繼續一起走下去。

感謝秀威資訊編輯部的鄭伊庭經理在出版工作上的大力幫助。

語言文學類　PG2445　文學視界116

韓國華人華文文學論：
多變的身分、多重的認同

作　　　者 / 梁　楠
責 任 編 輯 / 鄭伊庭
圖 文 排 版 / 楊家齊
封 面 設 計 / 蔡瑋筠

發 行 人 / 宋政坤
法 律 顧 問 / 毛國樑　律師
出 版 發 行 / 秀威資訊科技股份有限公司
　　　　　　114台北市內湖區瑞光路76巷65號1樓
　　　　　　電話：+886-2-2796-3638　傳真：+886-2-2796-1377
　　　　　　http://www.showwe.com.tw
劃 撥 帳 號 / 19563868　戶名：秀威資訊科技股份有限公司
　　　　　　讀者服務信箱：service@showwe.com.tw
展 售 門 市 / 國家書店（松江門市）
　　　　　　104台北市中山區松江路209號1樓
　　　　　　電話：+886-2-2518-0207　傳真：+886-2-2518-0778
網 路 訂 購 / 秀威網路書店：https://store.showwe.tw
　　　　　　國家網路書店：https://www.govbooks.com.tw

2020年7月　BOD一版
定價：320元
版權所有　翻印必究
本書如有缺頁、破損或裝訂錯誤，請寄回更換

國家圖書館出版品預行編目

韓國華人華文文學論：多變的身分、多重的認同 / 梁楠著.
　-- 一版. -- 臺北市：秀威資訊科技, 2020.07
　　面；　公分. -- (語言文學類)
　BOD版
　ISBN 978-986-326-826-0(平裝)

　1. 海外華文文學　2. 文學評論

850.92　　　　　　　　　　　　　　　　　109008553

讀者回函卡

感謝您購買本書,為提升服務品質,請填妥以下資料,將讀者回函卡直接寄回或傳真本公司,收到您的寶貴意見後,我們會收藏記錄及檢討,謝謝!如您需要了解本公司最新出版書目、購書優惠或企劃活動,歡迎您上網查詢或下載相關資料:http:// www.showwe.com.tw

您購買的書名:_____

出生日期:_____年_____月_____日

學歷:□高中 (含) 以下　　□大專　　□研究所 (含) 以上

職業:□製造業　□金融業　□資訊業　□軍警　□傳播業　□自由業
　　　□服務業　□公務員　□教職　　□學生　□家管　　□其它____

購書地點:□網路書店　□實體書店　□書展　□郵購　□贈閱　□其他

您從何得知本書的消息?

　□網路書店　□實體書店　□網路搜尋　□電子報　□書訊　□雜誌
　□傳播媒體　□親友推薦　□網站推薦　□部落格　□其他_____

您對本書的評價:(請填代號　1.非常滿意　2.滿意　3.尚可　4.再改進)
　封面設計____　版面編排____　內容____　文/譯筆____　價格____

讀完書後您覺得:
　□很有收穫　□有收穫　□收穫不多　□沒收穫

對我們的建議:_____

_____

_____

_____

11466
台北市內湖區瑞光路 76 巷 65 號 1 樓

秀威資訊科技股份有限公司　　　收

BOD 數位出版事業部

....

（請沿線對折寄回，謝謝！）

姓　　名：＿＿＿＿＿＿＿＿＿　年齡：＿＿＿＿　性別：□女　□男

郵遞區號：□□□□□

地　　址：＿＿＿＿＿＿＿＿＿＿＿＿＿＿＿＿＿＿＿

聯絡電話：(日) ＿＿＿＿＿＿＿＿＿　(夜) ＿＿＿＿＿＿＿＿＿

E-mail：＿＿＿＿＿＿＿＿＿＿＿＿＿＿＿＿＿＿＿